S

Fipp, Vanessa und die Koofmichs

Ein unbekanntes Flugobjekt landet vor dem Reichstag

Es begann an einem Freitagnachmittag im Mai.

Der Mai ist bekanntlich der schönste Monat im Jahr, weil es warm und grün wird. Und der Freitagnachmittag ist die schönste Zeit in der Woche. Da freuen sich die meisten Menschen auf das Wochenende, an dem sie nicht arbeiten oder in die Schule müssen. Ausgenommen ein paar Arbeitssüchtige und Nerds, die gerne zur Schule gehen. Die Hunde freuen sich, weil man am Wochenende mehr mit ihnen spazieren geht. Sogar die Arbeitslosen freuen sich aufs Wochenende, denn am Wochenende haben fast alle Menschen nichts zu tun.

Aber warum sage ich, dass der Freitagnachmittag die schönste Zeit in der Woche ist – und nicht das Wochenende selbst?

Ganz einfach. Am Freitagnachmittag kann man sich auf das Wochenende freuen, ohne dass man schon weiß, wie viele Enttäuschungen einen am Samstag und am Sonntag erwarten. Vielleicht verregnet der Besuch im Strandbad, der Grill brennt nicht so richtig, und der legendäre Freizeitpark erweist sich als der reinste Nepp. Oft genug fängt man dann schon am Sonntagnachmittag an, sich auf den Montag zu freuen.

Und warum philosophiere ich hier über den Freitagnachmittag? In der Überschrift war immerhin von der Landung eines Flugobjekts die Rede.

Stimmt. Kommt noch. Aber ich lasse es gerne ein bisschen langsam angehen. Und deshalb beschreibe ich zuerst die Stimmung, die an jenem Freitagnachmittag herrschte, als das Unerhörte geschah. Stimmungen sind ausgesprochen wichtig. Manchmal sogar wichtiger als die sogenannte Action. Aber nun zur Sache.

Das Unerhörte geschah mitten in der Hauptstadt, in Berlin, und zwar in der Mitte von Mitte. In Berlin gibt es tatsächlich einen Stadtteil, der »Mitte« heißt. Am linken Rand von Mitte stehen zwei Gebäude einander gegenüber, ein altes und ein neues, die beide so wichtig sind, dass man durchaus sagen kann: Der Platz zwischen ihnen ist die absolute Mitte von Berlin. Und außerdem die Mitte von ganz Deutschland.

Das eine Gebäude, das alte, heißt Reichstag. Ein ziemlich pompöser grauer Klotz, auf den man vor ein paar Jahren eine neue und durchsichtige Kuppel gebaut hat. Der Reichstag ist so etwas gewöhnt. Er ist schon mehrmals abgebrannt, wieder aufgebaut, renoviert und umgebaut worden, und zuletzt hat er diese Kuppel bekommen, in der man sogar herumspazieren kann. Vorausgesetzt, man steht eine halbe Ewigkeit Schlange, bis man hineindarf.

Im Reichstag drin ist der Bundestag. Das klingt kompliziert, und leider ist es das auch. Politik und alles, was damit zusammenhängt, ist in jedem Land eine schwierige Angelegenheit. Und bei uns in Deutschland ist sie besonders schwierig, vor allem, wenn es um die Vergangenheit geht. Mehr will ich dazu gar nicht sagen. Jedenfalls ist im Reichstag der Bundestag, und wie jeder weiß oder wissen sollte, ist das unser

Parlament, das wir alle vier Jahre wählen und in dem Gesetze beschlossen werden.

Das Gebäude gegenüber vom Reichstag ist überhaupt nicht alt, und es ist auch kein pompöser grauer Klotz. Es sieht im Gegenteil sehr modern und ein bisschen verwegen aus, mit lauter Ecken und Kanten und Bögen und vielen verschiedenen Fenstern. Das ist das Kanzleramt. Darin arbeiten der Kanzler und seine Mitarbeiter. Oder natürlich die Kanzlerin, wenn gerade eine Frau den Posten hat.

Der Kanzler ist bekanntlich der mächtigste Politiker in unserem Staat. Allerdings ist er nicht so mächtig, dass er alles alleine beschließen könnte. Nein, die Politiker im Bundestag gegenüber schauen ihm ständig auf die Finger, und wenn er nicht eine Mehrheit von ihnen überzeugen kann, dann wird nicht gemacht, was er will. Basta!

Weil das zum Glück so ist, muss der Kanzler sehr oft, manchmal mehrmals am Tag, von seinem Kanzleramt hinüber zum Reichstag und wieder zurück gehen. Wenn man sich also mit einem Butterbrot und einer Flasche Limo auf den Platz zwischen Reichstag und Kanzleramt ins Gras setzt, dann kann man womöglich mit eigenen Augen verfolgen, wie bei uns Politik gemacht wird. Wenigstens kann man dem Kanzler zuwinken, wenn er von einem Gebäude ins andere geht. Vorausgesetzt, dass man ihn mag. Wer ihn nicht mag, der kann weggucken und hoffen, dass der Kanzler sieht, wie man wegguckt, weil man ihn nicht mag.

Zurück zu besagtem Freitagnachmittag. Da liefen also etliche Hundert Menschen mit einem breiten Demnächst-ist-Wochenende-Grinsen auf dem Gesicht über den Platz vor dem Reichstag oder saßen darauf im Gras. Es waren viele Touristen darunter, und die grinsten auch, denn sie waren alle sehr beschäftigt damit, sich mit ihren Smartphones zu fotografieren und die Bilder nach Hause zu schicken, am besten mit der gläsernen Kuppel des Reichstags wie ein Heiligenschein hinter ihren grinsenden Gesichtern.

Tja, und dann passierte es. In wenigen Sekunden erstarrten all die grinsenden Münder zu dünnen Strichen oder zu runden Os, dazu wurden die Augen auf Maximalgröße aufgerissen. Wahrscheinlich schickten ein paar Dutzend Touristen in diesen Sekunden Selfies in die Welt, auf denen sie aussahen wie staunende Smileys.

Der Grund dafür: Um 16 Uhr 45 erschien ein ziemlich großes Flugobjekt. Es kam, wie man so sagt, aus heiterem Himmel, was gut zum Wetter passte. Kaum war es sichtbar geworden, da schwebte es schon so nahe über dem Boden, dass man es gut erkennen konnte.

Vor allem konnte man erkennen, dass es landen wollte oder musste, genau auf der Mitte des Platzes. Denn niemand, der nicht landen will oder muss, fliegt so niedrig. Blitzschnell sprangen alle Leute auf, ließen ihre Butterbrotpapiere und ihre Limoflaschen stehen und liegen und rannten weg von der Mitte des Platzes zu dessen Rand. Doch statt gleich weiter wegzulaufen, irgendwohin, bloß weg, blieben sie dort stehen, drehten sich wieder um und drückten sich zitternd aneinander.

Auf drei Metern Höhe hielt das Flugobjekt kurz an, womöglich, weil es beim Aufsetzen auf dem Boden keinen Schaden anrichten und erst einmal die Lage peilen wollte. Während es dann weiter zu Boden sank, machte es die typischen Wiep-, Wiiep-, Wiiiiep-Geräusche, die Autos beim Einparken von sich geben. Und man mochte es kaum glauben: Bei all dem spuckte es weder Feuer noch Qualm aus seinen

Düsen, weil es nämlich überhaupt keine Düsen hatte. Jedenfalls war nichts dergleichen zu sehen. Endlich ging das Wiiiiep-Geräusch in ein Wuuup-Geräusch über, dann war es ganz still, und das Flugobjekt stand mit seinen sieben hohen, dünnen und in der Mitte eingeknickten Beinen auf dem Platz vor dem Reichstag. Das Gras hatte unter dieser Landung kaum gelitten, nicht einmal die Butterbrotpapiere hatte es zur Seite geweht.

Und was für ein Flugobjekt war das? Wo kam es her? War es eine XXL-Drohne, das superteure Spielzeug eines verwöhnten Millionärssohnes? Oder testete ein Internet-Versandhandel gerade eine neue Methode, den Kunden ihre Pakete direkt vor die Tür zu legen? Hatte womöglich der Bundestag neue abhörsichere Diensthandys in den Landesfarben Schwarz-Rot-Gold bestellt?

Schluss mit dem Unsinn! Dieses Flugobjekt sah absolut nicht so aus, als käme es von der Erde und als würde es von Menschen gesteuert. Da gab es nämlich nicht nur keine Düsen, sondern auch keine kleinen oder großen Propeller, es war überhaupt nichts zu erkennen, das nach einem Antrieb oder einer Steuerung aussah. Da war nur diese vollkommen runde, etwas grünlich schimmernde Kugel, die jetzt ein paar Meter über dem Boden von ihren dünnen Beinen gestützt wurde.

Und diese Kugel war nicht eben klein! Sie maß sicher dreißig, wenn nicht fünfunddreißig Meter im Durchmesser. Wenn man sich drei dreistöckige Häuser nebeneinander vorstellt, kommt das als Vergleich gut hin. Allerdings hatte die Kugel keinerlei Fenster oder Türen oder Bullaugen. Es saß nur oben auf ihr eine viel kleinere Kugel, die wie ein Köpfchen auf einem Spinnenkörper aussah und zwei lange Fühler hatte, die aber wahrscheinlich keine Fühler waren, sondern Antennen.

Doch Vorsicht bei einem Wort wie Antennen! Wer ohne Düsen und Propeller durch die Luft fliegt, der braucht vermutlich auch keine Antennen. Ganz oben auf diesen, ich sage jetzt trotzdem: Antennen brannten zwei rote Lichter, so hell, dass man sie auch bei Tageslicht sehen konnte. Alles in allem war dieses Flugobjekt also eine imposante Erscheinung.

Was eine totale Untertreibung ist. Das Teil war einfach der Hammer!

Wie man auf Ufos reagiert

Da stand es nun, dieses unbekannte Flugobjekt, das ich ab sofort aus Zeitersparnis genauso nennen werde, wie man dergleichen für gewöhnlich nennt, nämlich Ufo. Drumherum standen die Leute mit dem eingefrorenen Grinsen und den o-förmigen Mündern. Es waren ein paar Politiker darunter, die aus dem Reichstag gekommen waren und sich beeilt hatten, um noch schnell ihren Zug nach Stuttgart zu kriegen. Aber jetzt hatten sie die ganze Politik und sogar ihr gemütliches schwäbisches Zuhause vollkommen vergessen. Gleich neben ihnen rückten die Mitglieder einer chinesischen Reisegruppe eng zusammen und fassten sich bei den Händen. Eben hatten sie noch die gläserne Kuppel des Reichstags besichtigt und sie ziemlich »jíhǎo« gefunden. Jetzt aber wären sie gerne wieder zu Hause in Peking auf dem Platz des Himmlischen Friedens gewesen, wo schon alles Mögliche passiert ist, aber so etwas wie das hier noch nie.

Vereinzelt standen auch Polizisten in der Menschenmenge. Sie taten allerdings genau dasselbe wie alle anderen, nämlich: nichts. Nur grinsen oder den Mund aufreißen. Übrigens machte niemand mehr Fotos von sich selbst, und es machte auch niemand Fotos vom Ufo. Dabei wäre das nun wirklich ein lohnendes Motiv gewesen, verglichen mit dem ewig gleichen Grinsen auf dem ewig gleichen eigenen Gesicht.

Warum machte niemand ein Foto vom Ufo?

Die Antwort ist sehr einfach und besteht aus fünf Buchstaben: A, N, G, S, T. Die Leute hatten Angst, sehr große Angst.

Eigentlich komisch, oder? Es gibt Tausende von Filmen und Büchern, in denen irgendwelche Ufos aus den unendlichen Tiefen des Weltalls auf der Erde landen, Science-Fiction eben. Es dürfte ziemlich schwer sein, jemanden zu finden, der so etwas noch nie gelesen oder gesehen hat. Die Landung von Ufos ist eine Art Schulfach außerhalb der Schule, in dem jeder schon mindestens ein paar Unterrichtsstunden bekommen hat, die allermeisten davon sogar freiwillig.

Und weil wir alle in diesem Fach gebildet sind, wissen wir auch alle, was man tun muss, um einen möglichst angenehmen Kontakt zu den Außerirdischen herzustellen. Vereinfacht gesagt: Man tut am besten, was man tut, wenn man großen Hunden begegnet, die man nicht kennt. Das Wichtigste dabei ist: Bloß keine A. N. G. S. T. zeigen! Tut man es nämlich, dann denkt der große Hund: »Aha. Dieser Typ hat Angst vor mir. Das rieche ich. Also wird er womöglich gleich aus Angst etwas unternehmen. Vielleicht läuft er weg. Das wäre cool. Dann könnte ich hinter ihm herlaufen und ihm noch mehr Angst machen. Aber vielleicht besorgt er sich auch einen Knüppel und verprügelt mich.«

Und weiter denkt sich der Hund: »Nee, auf Prügel lasse ich es nicht erst ankommen. Heute ist kein guter Tag, um verprügelt zu werden. Ich beiße diesem Menschen kräftig in den Arm, dann kann er die Sache mit dem Knüppel für die nächsten drei Wochen vergessen.«

Und genau das, so lehren uns alle Science-Fiction-Filme und -Bücher, kann leicht passieren, wenn man Außerirdischen begegnet. Man hat Angst vor ihnen, deshalb kreischt und fuchtelt man herum und ruft nach der Feuerwehr oder einem Sondereinsatzkommando. Prompt denken die Außerirdischen: »Hoppla, man ist uns hier nicht wohlgesonnen, da feuern wir doch vorsichtshalber mit unseren Laserkanonen auf diese kreischenden Erdlinge. Und diese Blechdosen mit dem Rohr vorne dran, die hier herumstehen, die blasen wir gleich mit in die Luft, damit es in unserer Landezone ordentlicher aussieht.« – Peng! Schon bricht ein Krieg der Sterne aus.

Also muss man es ganz anders machen. Das Wichtigste bei jeder Begegnung mit Außerirdischen ist: nicht aufregen, freundlich sein – und bloß keine Angst zeigen. Wenn ein Ufo im eigenen Garten landet und man gewissermaßen der Held in seinem eigenen Science-Fiction-Film wird, dann muss man vollkommen cool bleiben, lässig »Hallo« sagen und den Außerirdischen kalte Getränke anbieten. Anschließend kann man ihnen die besten Geschäfte in der Stadt zeigen und die beliebtesten Lokale. So, als wäre es das Selbstverständlichste von der Welt, Kontakt zu unbekannten Lebensformen aufzunehmen. Und vor allem: bloß keine Angst zeigen!

Wahrscheinlich wussten das die meisten der Leute, die jetzt eng gedrängt um den Platz vor dem Reichstag standen. Aber leider ist das Wissen die eine Sache, und die andere Sache ist das Tun. Denn was die Leute kräftig taten, das war: Angst haben. Man konnte ihre Angst sehen und riechen, sie schlotterten und schwitzen. Manche riefen nach der Polizei, die meisten aber nach ihren Müttern, darunter auch Leute, die selbst schon Großväter oder Großmütter waren. Wäre jetzt ein außerirdischer Hund aus dem Ufo gekommen, dann hätte er wahrscheinlich keine Sekunde gezögert und allen Leuten kräftig in die Arme gebissen.

Zum Glück kam kein Hund aus dem Ufo. Allerdings auch

kein anderes Lebewesen. Es ging nur eins der beiden roten Lichter an den Spitzen der Antennenfühler aus. Und dann – passierte überhaupt nichts mehr. Niemand tat irgendetwas. Außer Angst zu haben, zu schlottern und zu schwitzen. Bald verstummten auch die Mama-Rufe.

Der Hausmeister Patzek macht Meldung

Der Erste, der etwas tat, war Wilfried Patzek, der Hausmeister des Kanzleramts. Er war ein tatkräftiger Mann im besten Alter. Allerdings war er, wie fast alle Hausmeister, ein bisschen griesgrämig. Das lag an seinem Beruf, Hausmeister wünschen sich nun einmal sehnlichst, dass die Hausbewohner sich an alle Regeln halten und nichts kaputt machen. Die Hausbewohner hingegen wollen wohnen oder feiern oder arbeiten. Deshalb können sie sich nicht an alle Regeln halten. Und wenn der Haupthausbewohner sogar der Kanzler ist, dann können die Regeln oft genug sehen, wo sie bleiben. Der Kanzler muss nämlich zu jeder Tages- und Nachtzeit arbeiten, dauernd hat er politischen Besuch, und dieser Besuch bleibt meistens länger als vereinbart. In den Spätnachrichten heißt es dann, die politischen Gespräche des Kanzlers seien besonders intensiv gewesen.

Für den Hausmeister Patzek bedeutete das allerdings, dass er noch länger aufbleiben musste und erst in den frühen Morgenstunden alles abschließen und das Licht ausmachen konnte. Kein Wunder also, dass Patzek manchmal etwas griesgrämig war und nur ganz wenig lächelte, wenn der Kanzler ihn morgens auf seinem Weg zum Reichstag freundlich grüßte.

Patzek hatte gerade die Straße vor dem Kanzleramt gefegt, als das Ufo landete. Das heißt, er hatte das Reinigungskommando beaufsichtigt, das die Straße fegte. Als das Ufo landete, ließen alle Reinigungsleute ihre Besen fallen, um in Richtung Ufo zu glotzen und vor Angst zu schlottern und zu schwitzen. Alle, außer Patzek. Der zog sein Diensthandy aus der Kitteltasche und rief, in dieser Reihenfolge, die Polizei, den Kanzler und einen Berliner Radiosender an.

Auf seinen ersten Anruf hin kam die Polizei. Eigentlich war sie sogar schon da, denn in der Gegend gehen immer Polizisten Streife. Die betreffenden Beamten waren allerdings momentan mit dem Angsthaben vollauf beschäftigt. Die beiden Polizisten, die statt ihrer in einem Streifenwagen vorfuhren, hatten die Landung des Ufos nicht gesehen und waren offenbar einsatzbereit. Sie stellten mit einem Blick fest, dass das Ufo im absoluten Halteverbot gelandet war. Allerdings konnten sie ihm kein Strafmandat verpassen, weil es keinen Scheibenwischer hatte, hinter den sie den Zettel hätten klemmen können.

Das war ein Scherz! Die neu angekommenen Polizisten stellten vielmehr fest, dass sie nicht zuständig waren. Das hier, sagten sie, sei eindeutig ein Fall für höhere Dienststellen. Ganz schnell stiegen sie wieder in ihren Streifenwagen und brausten davon. Sogar das Polizeiauto sah aus, als hätte es Angst.

Patzek reagierte unbeirrt und rief den Kanzler an. Natürlich nicht direkt und persönlich, aber in seinem Diensthandy war eine Geheimnummer gespeichert, unter der er bei Notfällen einen gewissen Roman Blamberger erreichen konnte, den persönlichen Assistenten des Kanzlers. Etwa, um ihm mitzuteilen, dass das Kanzleramt brennt oder von der Spree, die gleich nebenan vorbeifließt, überflutet wird. Hausmeister bemerken dergleichen oft als Erste.

Blamberger nahm den Anruf an, doch als Patzek ihm mit leicht zitternder Stimme mitteilte, dass in sehr geringer Entfernung vom Kanzleramt ein nicht zu identifizierendes Flugobjekt gelandet sei, wollte der Assistent gar nicht darüber reden. Stattdessen zischte er ins Telefon, dass Hausmeister, die im Dienst Alkohol trinken, blitzschnell gefeuert werden. Daraufhin brach Patzek das Telefongespräch ab. Er tat es nicht aus Sorge um seinen Arbeitsplatz, sondern aus Wut. Er hasste nämlich alle Assistenten des Kanzlers. In seinen Augen waren es lauter junge Schnösel, die sich für wesentlich wichtiger hielten, als sie tatsächlich waren. Und dieser Blamberger machte für ihn keine Ausnahme.

Sein dritter Anruf, der bei einem Berliner Radiosender, wurde allerdings der größte Reinfall. Beim Sender wollte ihn zuerst niemand ausreden lassen, er wurde mehrfach verbunden und musste sich Dudelmusik anhören, bis er endlich den Satz sagen durfte, den er sich mittlerweile überlegt hatte. Der Satz lautete: »Vor dem Reichstag ist ein Ufo gelandet, und ich schwöre, das ist die Wahrheit.«

»Tut mir leid, Herr Planschek«, sagte daraufhin die Moderatorin der Nachmittagssendung. »Aber das ist leider die falsche Lösung für unser Wochenendrätsel. Vielleicht versuchen Sie es am nächsten Freitag noch einmal. Tschü-hüss.«

Daraufhin beendete Wilfried Patzek verständlicherweise seine Bemühungen, die Menschheit über die Ankunft eines Ufos in Berlin zu informieren. Sollte doch jemand anders diesen Job übernehmen.

Fipp West sendet eine Botschaft in die Welt

Dieser andere war Fipp West, dreizehn Jahre alt, ein bisschen klein geraten für sein Alter, dafür so leuchtend rothaarig, dass man ihn auf größere Entfernungen leicht erkennen konnte. Fipp hieß eigentlich Philipp Franziskus Ferdinand Maria von Westen und zu Beuthen. Sein Ururgroßvater war noch ein richtiger Graf gewesen mit einem eigenen Schloss und ein paar eigenen Dörfern und Bauern. Aber in den letzten hundert Jahren war die Familie von Westen und zu Beuthen von ihrem hohen Ross heruntergestiegen zu den anderen Leuten ohne von und zu. Fipps Vater arbeitete in der Computerbranche, und seine Mutter war Sachbearbeiterin in der Stadtverwaltung von Berlin.

Vom alten gräflichen Besitz waren Fipps Vater zwei Dinge geblieben. Erstens: eine Wohnung mitten in Berlin, gleich gegenüber einem Ministerium in der Wilhelmstraße, gar nicht weit vom Brandenburger Tor. Das war allerbeste Lage, und normalerweise wäre die Wohnung ein Vermögen wert gewesen. Doch leider lag sie oben im vierten Stock eines vollkommen heruntergekommenen Altbaus. Das Haus sollte längst schon abgerissen werden, um Platz zu machen für einen schönen Neubau mit superteuren Büros. Aber die achtzehn Wohnungen in dem Haus gehörten insgesamt siebenundvierzig Besitzern, die über die ganze Welt verstreut lebten. Und bevor die sich darüber einig würden, an wen sie das Haus verkaufen sollten, würde es wahrscheinlich aus Altersschwäche krachend in sich zusammensinken.

Alle Wohnungen in dem Haus standen schon seit Jahren leer und gammelten vor sich hin. Alle, bis auf die Wohnung der von Westens und zu Beuthens. Dort allerdings waren die Fenster undicht, es tropfte durchs Dach, gelegentlich brach man mit dem Fuß durch eine morsche Bodendiele, und wenn man mehr als zwei elektrische Geräte gleichzeitig anschaltete, fiel der Strom aus. Fipps Eltern hatten kein Geld für die fälligen Reparaturen, aber zum Glück war die Wohnung riesengroß, und wenn es in einem Zimmer zu schlimm wurde, dann gab man es auf, verschloss es und zog ein Zimmer weiter.

Neben dieser Bruchbude war Fipps Vater von seinen Vorfahren nur der schöne lange Nachname geblieben, und als sein Sohn geboren wurde, gab er ihm, wie das bei Grafens üblich ist, ein ganzes Pfund wohlklingender Vornamen. Doch als er ihn ein paar Jahre später in der Schule anmeldete, tat er es unter dem Namen Philipp von Westen, denn aus eigener Erfahrung wusste er nur zu gut, wie es einem auf dem Schulhof ergeht, wenn man von Westen und zu Beuthen heißt und ein ganzes Pfund Vornamen hat. Philipps Mitschüler knapsten dann noch mehr an seinem Namen herum, bis schließlich Fipp West daraus wurde.

Dieser Fipp war nun gerade unterwegs, um seine Mitschülerin Vanessa zu besuchen. Kaum war er durch das Brandenburger Tor gelaufen, sah er das Ufo auf dem Platz vor dem Reichstag landen. Doch als er näher heranging, verstellten ihm die dichten Reihen der schlotternden Zuschauer den Blick. Mehr als die beiden Antennenfühler oben auf dem Ufo konnte er nicht erkennen. Er versuchte, sich nach vorne zu drängen. Das war schwierig, denn die Leute drückten sich fest aneinander, auch wenn sie gar nicht miteinander verwandt oder ineinander verliebt waren. Natürlich vor Angst.

Fipp hatte allerdings überhaupt keine Angst. Null Angst! Null Komma null Angst. Das heißt, im wirklichen Leben, in der Schule, im Bus und auf der Straße hatte er ziemlich viel Angst. Denn wenn man klein für sein Alter ist und leuchtend rote Haare hat, wird man gern ein bisschen geschubst und veräppelt, besonders von denen, die ein bisschen groß für ihr Alter sind. Bei Fipp kam noch hinzu, dass er gute Noten in der Schule bekam, ohne sich dafür anzustrengen. Außer im Sport, wo er schlechte Noten bekam, obwohl er sich wahnsinnig anstrengte. So etwas wird von Mitschülern nicht gerne gesehen. Und zu allem Übel hatte er Hobbys, die auf der großen Hitparade des Uncoolen sehr weit oben stehen. Ich will sie nicht alle aufzählen; nur so viel sei gesagt: Fipp interessierte sich für Schmetterlinge. Ungelogen! Auch eine Art, um Prügel zu betteln.

Um nun einen Ausgleich zu seiner uncoolen Existenz als Nerd zu schaffen, tat Fipp einiges, das ihn abhärten sollte. Täglich schaute er mindestens einen Film, in dem außerirdische Invasoren oder aggressive Viren die gesamte Weltbevölkerung auslöschen. Oder einen Film, in dem gigantische Roboter sich gegenseitig verprügeln und dabei ganze Städte zerstampfen. Hatte er dann noch Zeit, schaute er sich auf YouTube Videos von vermutlich Hirnamputierten an, die berühmt werden wollten, indem sie aus dem zweiten Stock in einen Swimmingpool mit fünf Zentimeter Wassertiefe sprangen. Oder einfach ungebremst gegen die Wand liefen.

So versuchte Fipp, seine Nerven zu stärken. Und wenn er

auch nichts gegen die größeren Jungs unternehmen konnte, so würde er zum Ausgleich dafür womöglich als Einziger ruhig und gelassen bleiben, wenn die ganz große Katastrophe über die Menschheit hereinbrechen würde.

Man ahnt, worauf es hinausläuft. Fipp West, der ängstliche Nachfahre von Leuten, die einstmals über ganze Dörfer herrschten und gerne mal Prügel austeilten, wenn ein Bauer nicht parierte, genau dieser Fipp war, als er das Ufo sah, der festen Überzeugung, jetzt habe endlich seine große Stunde geschlagen. Dreizehn lange Jahre Wegducken und Wegrennen würden genau jetzt zu Ende gehen. Denn er, genau er würde der ganzen Welt zeigen, wie sich Männer benehmen, die wirklich eiserne Nerven haben.

Doch dazu musste er endlich in die erste Reihe kommen, um einen besseren Ausblick auf das Ufo zu haben. Er schaffte es schließlich, indem er auf allen vieren durch die schlanken Beine der chinesischen Touristengruppe kroch. Am Ende seiner Krabbeltour war Fipp neben einer der Ufo-Stelzen angekommen. Jetzt hieß es, ein Beweisfoto zu machen, natürlich ein Selfie von Fipp West mit dem Ufo und der Kuppel vom Reichstag im Hintergrund, ein doppelter Heiligenschein über seinen leuchtend roten Haaren. Zum Glück war ihm sein Smartphone gerade mal nicht von den großen Jungs geklaut worden.

Und jetzt noch der ultimative Supertrick. Wie bekam man dieses heißeste Foto des 21. Jahrhunderts am schnellsten über die ganze Welt verbreitet? Fipp kannte die Antwort: ein Klick auf die Instagram-Seite des Popstars Madilla Zirrus, die momentan die meisten Freunde auf der ganzen Welt hatte, Hunderte von Millionen. Die bekam jetzt Post von ihrem Follower Fipp aus Berlin, Germany.

»Hallo, Madilla«, schrieb Fipp, »ich wollte, du wärest jetzt hier in Berlin vor dem Reichstag. Da ist nämlich gerade ein Ufo gelandet. Ich vermute mal, das sind intergalaktische Fans von dir, die zu deinem nächsten Konzert wollen.« Das alles natürlich auf Englisch. Noch einen Zwinkersmiley drangehängt und – abgeschickt.

Ab jetzt tat Fipp nur noch eines: glotzen. Mit einem Auge auf das Ufo über ihm, aber da tat sich rein gar nichts. Mit dem anderen Auge auf sein Smartphone, und dabei zählte er die Sekunden. Bei dreizehn kamen die ersten Antworten:

What the hell ist this?

¡¿Qué pasa?!

Qu'est-ce que c'est ?

Чѓо это?

Gànmá?

Und so weiter. In praktisch allen Sprachen der Welt.

Aktion gelungen! Sofort wurde das Bild von Mandillas Followern auf sämtlichen Social-Media-Kanälen geteilt. Bevor Fipp bis fünfzig gezählt hatte, war es hunderttausendfach um die Welt gereist, und jetzt sah man es überall: das sensationelle außerirdische Flugobjekt sowie das vollkommen angstfreie Grinsen im Gesicht eines rothaarigen Dreizehnjährigen namens #*fippforever*.

Vanessa Patzek begibt sich in Gefahr

Inzwischen hatte der Hausmeister Patzek beschlossen, sich nicht weiter um das Ufo zu kümmern. Er hatte seine Pflicht erfüllt, jetzt würde er Dienstschluss machen und ein wohlverdientes Feierabendbier trinken. Die Hausmeisterwohnung lag praktischerweise hinten rechts im Kanzleramt, aus ihren Fenstern hatte man einen sehr schönen Blick auf die Spree. So eine Wohnung hätte anderswo in Berlin ein Vermögen gekostet, und man hätte sie sowieso nicht gekriegt.

Allerdings war es manchmal eine Zumutung, in dieser Wohnung zu leben. Das Kanzleramt war das am besten gesicherte Gebäude im ganzen Land, und man machte keine fünf Schritte darin, ohne seinen Spezialausweis vorzeigen zu müssen. Überall standen Sicherheitsleute, die einen scharf anschauten, um zu sehen, ob man irgendetwas bei sich hatte, womit man dem Kanzler gefährlich werden könnte. Zum Beispiel einen Besen. Das verschlimmerte gelegentlich Patzeks Griesgrämigkeit. Seine Frau hingegen fand es angenehm, dass man so gut auf sie aufpasste.

Das galt auch für Vanessa, die Tochter der Patzeks. Sie war dreizehn Jahre alt, ziemlich groß für ihr Alter und hatte lange blonde Haare, die sie meistens zu einem Pferdeschwanz zusammenband. Sie störte sich überhaupt nicht an dem Security-Getue im Kanzleramt. Sie wohnte gerne dort. Sie trug ihren Spezialausweis an einem Leuchtband um den Hals wie einen Backstagepass für ein angesagtes Konzert. Den Sicherheitsleuten warf sie Kusshändchen zu, als wäre sie ein Superstar wie Madilla Zirrus. In der Schule erzählte sie Geschichten von den Präsidentinnen und Königen, die beim Kanzler zu Besuch kamen und denen sie die Hand geben durfte. Wenn es Königinnen seien, mache sie dazu sogar einen Hofknicks.

Das war allerdings gelogen. Wenn Staatsbesuch kam, mussten die Patzeks manchmal stundenlang in ihrer Wohnung bleiben oder durften gar nicht ins Kanzleramt zurück. Tatsächlich sah Vanessa nicht einmal den Kanzler besonders oft. Aber sie wusste, dass niemand von ihren Mitschülern beweisen konnte, dass sie log. Außerdem mochten die Mitschüler ihre Geschichten, denn die waren gut erzählt, mit vielen komischen Einzelheiten.

Als ihr Vater jetzt in die Küche kam, saß sie gerade mit ihrer Mutter beim Abendbrot. Patzek holte sich ein Bier aus dem Kühlschrank und sagte dabei ein Schimpfwort, das hier verschwiegen werden muss.

»Wen meinst du damit?«, sagte Frau Patzek, aber es hörte sich nicht besonders interessiert an. Ihr Mann war öfters auf irgendwelche Leute nicht gut zu sprechen, daher hatte sie das Interesse an den Opfern seiner Griesgram-Attacken verloren.

»Blamberger«, sagte Patzek. Ihn wurmte noch, dass der Assistent ihn am Telefon so unfreundlich abgefertigt hatte. »Aber der wird sich noch umsehen. Demnächst ist sein Chef nämlich arbeitslos, und dann kann auch diese Flitzpiepe sehen, wo sie bleibt.«

Jetzt war Frau Patzek ein wenig interessierter. »Was ist denn los?«, sagte sie. »Hat jemand den Kanzler gestürzt?

Heute Mittag hab ich ihn noch im Radio gehört, da klang er sehr zuversichtlich.«

»Papperlapapp«, sagte Patzek »Gegenüber auf der Wiese sind Außerirdische gelandet. In einem Ufo. Die werden den Laden übernehmen und alle Kanzler und Präsidenten in die Wüste schicken.«

»Echt jetzt?«, sagte Frau Patzek. Sie war nun doch alarmiert. Ihr Mann trank zwar gerne ein Bier, manchmal auch zwei, aber dass er grüne Männchen vom Mars auf der Straße sah, war bislang noch nicht vorgekommen.

»Genau«, sagte Patzek. »Und du kannst auch schon mal packen. Ich denke nämlich nicht daran, für irgendeinen Alien und seine Combo den Hüter der galaktischen Besenkammer zu spielen. Lass uns sehen, dass wir hier wegkommen. Etwas Besseres finden wir überall.«

»Oje«, sagte Frau Patzek. Dabei überlegte sie, was für eine Art von Arzt sie jetzt anrufen musste.

In diesem Moment ertönte ein Geräusch, das in der patzekschen Wohnung häufig für schlechte Stimmung sorgte. Es war das Geräusch von Vanessas Smartphone, das überaus wichtige Nachrichten ankündigte. Das Geräusch ertönte des Öfteren bei den Mahlzeiten der Familie, und wenn Vanessas Hand dann nach dem Gerät zuckte, gab es höchst unerfreuliche Diskussionen darüber, wann und zu welcher Gelegenheit man chatten, twittern, simsen oder WhatsApp benutzen darf.

Auch jetzt sah es kurz so aus, als würden Vater Patzek sein Ufo-Gerede und Mutter Patzek die Sorge um den Gesundheitszustand ihres Mannes vergessen, um sich wieder einmal gemeinsam ihrem Lieblingsthema »Telefonregeln« zu widmen. Doch da stieß Vanessa schon einen spitzen Schrei aus und hielt ihr Smartphone so in die Küche, wie es Schiedsrichter tun, wenn sie einem Fußballspieler die rote Karte zeigen.

Die Eltern Patzek schauten auf das Foto im Smartphone. Den Typ mit den roten Haaren am unteren Bildrand kannten sie, das war Philipp, ein Klassenkamerad von Vanessa. Ein eher komischer Typ, allerdings irgendwie nett, zumal er Vanessa bei den Hausaufgaben und beim Lernen für Klassenarbeiten half. Oben rechts im Bild, das war unverkennbar die Kuppel des Reichstags. Aber das Ding da oben links. Donnerwetter! Sah das nicht aus wie ein Ufo, das aus den Tiefen des Weltalls gekommen war?

»Meine Rede«, sagte der Hausmeister Patzek. »Das isses. Aber mir will natürlich keiner glauben.« Er öffnete die Bierflasche, und vielleicht sagte er noch etwas, aber das hörten Vanessa und ihre Mutter nicht mehr, denn sie waren schon raus aus der Wohnung. Auf den Fluren im Kanzleramt kamen sie ausnahmsweise schnell voran, denn kaum sahen sie einen von den Sicherheitsleuten, griff der auch schon zu seinem Smartphone, guckte drauf, sagte »krass« und rannte Richtung Ausgang.

Draußen auf der Straße gab es auch ein mächtiges Gerenne. Von überallher kamen Leute, wie zu einem Flashmob. Allerdings taten sie sich nicht zusammen, um nach irgendeinem Oldie zu tanzen. Stattdessen liefen sie Richtung Ufo und drängten sich dort hinter den Leuten zusammen, die seine Landung beobachtet hatten und immer noch vor sich hin schlotterten und schwitzten.

Die neu hinzukommenden Menschen hatten offenbar gar keine Angst. Vielleicht lag es daran, dass ihnen das Ufo zuerst in ihren Smartphones erschienen war. Ich schätze, vor Dingen im Smartphone hat man viel weniger Angst als vor

Dingen in der Wirklichkeit. Was manchmal schlimme Folgen hat.

Jedenfalls dauerte es nicht lange, und rund um das Ufo stand eine gewaltige Menschenmenge, ein Ring von Menschen, der von außen her immer breiter wurde, sodass schon bald die Straßen neben dem Platz vorm Reichstag voller Menschen waren und niemand von den Neuankömmlingen die geringste Chance hatte, mehr von dem Ufo zu sehen als seine beiden Antennenfühler. Vielleicht wogte die Menschenmenge gerade deshalb hin und her, jedenfalls bildeten sich Wirbel und Strudel aus menschlichen Körpern, so wie sie sich im Wasser bilden, wenn es um Steine fließt.

Eine höchst gefährliche Situation! Kaum standen Vanessa und ihre Mutter auf dem Bürgersteig, wurden sie von der wogenden Menschenmenge erfasst. Die Mutter schaffte es gerade noch zurück hinter den Zaun des Kanzleramtes, aber Vanessa war viel zu neugierig, um sich wieder in die Wohnung zurückzukämpfen. Außerdem war sie eine gute Sportlerin und verfügte nach eigener Aussage über eine »perfekte Körperbeherrschung«. Tatsächlich wuselte sie sich so in die Menschenmenge hinein, dass deren Strömungen sie zu den Denkmälern trugen, die im Park gleich gegenüber standen.

Dieser Park ist der »Tiergarten«. Früher war dort wirklich mal ein Zoo. Tiere gibt es da auch heute noch, aber die sitzen nicht in Käfigen, um sich von Menschen beobachten zu lassen. Sie laufen vielmehr frei herum und beobachten die Menschen beim Chillen und beim Grillen, und wenn die Menschen spätabends verschwunden sind, kommen diese Tiere aus ihren Verstecken und fressen den liegen gebliebenen Müll.

Vanessa erreichte das Denkmal, das eine der früheren

Kanzlerinnen darstellte. Sie kletterte rasch auf seinen Sockel und befreite sich damit aus der strömenden und wogenden Menschenmasse. Aber das Ergebnis war enttäuschend, denn allzu viel sah sie von hier oben nicht, der Sockel war dafür nicht hoch genug. Die frühere Kanzlerin hatte das übrigens so gewollt. Sie sei immer eine volksnahe Politikerin gewesen, hatte sie gesagt, und deswegen wolle sie auch als Denkmal nahe bei den Leuten bleiben. Überdies standen zwischen Vanessa und dem Ufo nicht nur die vielen Menschen, sondern auch ein paar Laster, die in der Menge stecken geblieben waren und jetzt die Sicht versperrten.

In den letzten Minuten hatte Vanessas Smartphone pausenlos Alarm gezwitschert, gegongt und gesungen. Doch weil es immer um das Foto von dem Ufo über Fipps Kopf gegangen war, hatte sie es nicht mehr beachtet. Jetzt aber gab es ein altmodisches Telefongeklingel von sich. Dieser Ton war für Fipp reserviert, und der rief offenbar gerade an, ganz oldschool, typisch für ihn.

»Hey«, sagte Vanessa. »Biste noch da? Kannste was sehen?«

»Ja und ja«, sagte Fipp. »Was momentan allerdings wichtiger ist: Ich werde in fünf Minuten totgetrampelt. Die Leute in der ersten Reihe stehen noch wie die Parkuhren. Aber von hinten wird schwer gedrängelt. Demnächst knicken die Parkuhren um, und dann bin ich Matsche. Ganz ehrlich, ich will hier raus!«

»Hm«, sagte Vanessa. Sie kannte Fipps Trainingsprogramm, mit dem er sich zu einem eiskalten Typen machen wollte, der im entscheidenden Moment die Nerven behält und die Welt rettet.

»Du bist echt in der ersten Reihe?«, sagte sie.

»Ja, leider.« Fipps Stimme klang gestresst.

»Und du willst da raus?«

Was Fipp genau antwortete, war nicht deutlich zu verstehen, aber es klang nach einem Ja.

»Okay«, sagte Vanessa. »Du willst da raus. Ich verstehe das. Aber dich kennen jetzt ein paar Millionen Menschen. Das ist die Chance deines Lebens. Du musst auf deinem Posten bleiben. Die Community erwartet das von dir. Niemand ist so nah dran wie du! Mach weiter Fotos und poste die. Wenn sie dich dann tottrampeln, bist du nicht umsonst gestorben.«

In diesem Moment wogte eine neue Menschenwelle gegen das Denkmal, und Vanessa verkroch sich sicherheitshalber auf die Rückseite der Kanzlerin. Zum Glück hatte die hinten eine Blazerfalte aus Bronze, an der Vanessa sich festhalten konnte. Käme es noch schlimmer und sie müsste weiter hochklettern, war dafür auch gesorgt, denn auf der Vorderseite machte die ehemalige Kanzlerin etwas mit ihren Händen, das man als Räuberleiter nutzen könnte.

»Scheiß drauf!«, sagte Fipp, dessen Stimme aus dem Smartphone kaum noch zu verstehen war. »Ich will kein Held sein. Ich will hier raus.«

Vanessas Versuch, Fipp Mut zu machen, war offenbar gescheitert. Sie selbst wollte jetzt auch nach Hause. Aber die Leute standen so eng um das Denkmal herum, dass sie ihnen auf die Schultern hätte steigen müssen. Oder sie hätte sich wie die Rockstars mit einem Hechtsprung in die Menge werfen müssen, in der Hoffnung, man würde sie dann über alle Köpfe hinweg bis zum Kanzleramt durchreichen. Die Chancen dafür standen allerdings schlecht. Zwar sahen die Leute genauso fanatisch und verzückt aus wie die Besucher eines

Rockkonzerts, aber höchstwahrscheinlich hatten sie nicht die geringste Lust, bei einem Crowdsurfing mitzumachen. Allmählich wurde Vanessa mulmig.

Und dann knallte es auch noch irgendwo. Nicht sehr laut, eher mittellaut, wie ein Fahrradreifen, der platzt. Aber der Knall reichte aus, dass die Leute zu schreien und zu kreischen anfingen, und das Wogen und Drängen wurde noch schlimmer. Das waren keine guten Zeichen! Um den Horror komplett zu machen, stieg auch noch ein ziemlich kräftiger Mann zu Vanessa auf den Denkmalsockel. Er zog eine Frau zu sich hinauf und dann noch eine. Der Sockel war jetzt definitiv überfüllt. Vanessa musste sehr an sich halten, um nicht laut »Hilfe« zu rufen.

Was ihr allerdings nur kurz gelang. Dann schrie sie: »Hilfe!«

Es dauerte ein paar ziemlich lange Minuten, bis tatsächlich Hilfe kam. Vor dem Brandenburger Tor, von wo mehr und mehr Leute Richtung Reichstag und Ufo strömten, erschienen Polizisten auf Pferden. Ganz langsam bewegten sie sich vorwärts, also die Pferde, Schritt für Schritt, um niemanden umzustoßen. Gelegentlich warf ein Pferd den Kopf zurück und legte die Ohren an, ein Zeichen dafür, dass es ziemlich nervös war. Aber Polizeipferde sind Profis, die verlieren nicht so schnell die Nerven. Allmählich kamen sie näher, und eines von ihnen ging genau in Richtung Denkmal, von wo Vanessa ihm mit dem rechten Arm winkte, während sie sich mit dem linken am Blazerzipfel der Kanzlerin festhielt. Schritt für Schritt schob sich das Pferd durch die Menschenmenge, die sich vor seiner Brust gerade so weit teilte, dass es vorankam.

»Geht's dir gut?«, sagte der Polizist auf dem Pferd, als er das Denkmal erreichte.

»Nein!«, sagte Vanessa. »Ich will nach Hause.« Ihre Stimme klang weinerlich, ohne dass sie das gewollt hatte.

»Das geht jetzt nicht«, sagte der Polizist. »Bleib hier oben und halt dich gut fest. In ein paar Stunden haben wir den Platz geräumt. Dann kommst du sicher zu deinen Eltern.«

Vanessa dachte kurz nach, soweit von Nachdenken in dieser panischen Situation die Rede sein konnte. Ein paar Stunden am Blazerzipfel der Altkanzlerin? Bitte nicht! Also spielte sie ihren Joker aus, den einzigen, den sie hatte. Gerne tat sie es nicht, aber hier ging es ums Überleben.

»Mein Vater arbeitet für den Kanzler«, sagte sie. »Er ist jetzt da drüben.« Und sie zeigte in Richtung Kanzleramt.

»Ach ja?«, sagte der Polizist. Es klang nach Zweifel. »Was macht dein Vater denn für den Kanzler?«

»Praktisch alles«, sagte Vanessa, aber sie wusste sofort, das würde nicht reichen. Ihr Gehirn lief auf Hochtouren. Schließlich sagte sie: »Er koordiniert die Bedarfsfristen für den Stab der persönlichen Assistenten.« Das war nicht einmal gelogen, dafür war es viel zu bekloppt. Aber siehe da, der VIP-Bonus funktionierte.

»Steig auf«, sagte der Polizist. Womöglich hatte er Angst, einen Fehler zu machen. Er reichte ihr seine Hand, und kurz darauf saß Vanessa Patzek zum ersten Mal in ihrem Leben auf einem Pferd, dazu noch vor einem Mann in Uniform, so als wäre sie eine Prinzessin in einem altmodischen Kinderbuch. Die sitzen gerne mal vor einem Prinzen in Uniform auf einem weißen Pferd und lassen sich so zu ihrer Hochzeit tragen. Was noch fehlte, waren ein weißes Kleid und ein Diadem mit Diamanten im Haar.

Ganz langsam schritt das Pferd durch die Menge. Was für ein großes kaltblütiges Herz musste in diesem Tier schlagen!

Manchmal stupste es mit seiner Schnauze jemanden in den Nacken, weil er nicht bemerkt hatte, dass ein Pferd an ihm vorbeiwollte, aber dann quetschte sich der Betreffende rasch zur Seite, so gut er das in der Menschenmenge konnte. Tat er es nicht oder gelang es ihm nicht, biss das Pferd ihn ins Ohr, nicht kräftig, aber deutlich. Und dann schaffte es der Betreffende, sich erstaunlich dünne zu machen. Niemand murrte oder schimpfte, wahrscheinlich weil alle wussten, dass man mit einem Pferd nicht streiten sollte, egal, wer darauf sitzt.

Endlich kamen Vanessa und ihr Retter vor dem Kanzleramt an. Dort stand mittlerweile eine Reihe von Soldaten mit Gewehren in der Hand. Sicher hatten sie den Auftrag, den Kanzler zu schützen. Zum Glück trug Vanessa ihren Ausweis um den Hals, und deshalb hob sie jemand vom Pferd und schleuste sie durch die Soldaten hindurch zum Eingang des Gebäudes. Dort konnte sie ihrem Vater und ihrer Mutter in die Arme fallen und ungestört heulen, so laut sie wollte; bei dem Lärm fiel das niemandem auf. Der Hausmeister Patzek tröstete seine Tochter, so gut er konnte. Es ist bei griesgrämigen Menschen gar nicht so selten, dass sie weich und fürsorglich werden, wenn es mal hart auf hart kommt. Womöglich sparen sie sich, während sie griesgrämig sind, ihre besseren Eigenschaften für den Notfall auf. Allerdings wäre Vanessa zwischen ihren Eltern beinahe passiert, wovor sie der Polizist und das Pferd gerettet hatten: nämlich zerquetscht zu werden.

»Ich geh dann mal auf mein Zimmer«, sagte Vanessa, als das Heulen und das Quetschen etwas nachgelassen hatten. Aber Vanessa wäre nicht Vanessa gewesen, wenn sie sich jetzt verkrochen hätte. Stattdessen drückte sie sich durch das Kanzleramt, vorbei an ein paar Sicherheitsleuten, die man wohl wieder zurück auf ihre Posten geschickt hatte. In einem unbeobachteten Moment schlüpfte sie in das Treppenhaus, durch das man in die oberen Stockwerke kam. Normalerweise standen auch hier überall Sicherheitsmenschen, aber die wurden jetzt wohl anderswo gebraucht. Tatsächlich waren die oberen Stockwerke menschenleer.

Im obersten Stockwerk des Kanzleramts befindet sich der sogenannte Repräsentationsraum. Der Hausmeister Patzek pflegte ihn den Mehrzweckraum zu nennen, was auch nicht ganz falsch ist. Der Raum besitzt eine halbrunde Fensterseite, und durch die hatte man jetzt eine grandiose Aussicht auf das Ufo. Man musste dazu allerdings durch eine Fenstertür auf den Balkon treten und dort die braun-grün gefleckten Tarnnetze, die vom Dach herab über dem Geländer hingen, ein wenig zur Seite schieben.

Warum diese Netze über dem Balkon hingen? Irgendjemand hatte wohl versucht, das Kanzleramt ein bisschen zu tarnen, um es vor eventuellen Angriffen durch das Ufo zu schützen. Netter Versuch, aber auch ein bisschen albern. Allerdings verhinderten diese Netze jetzt, dass Vanessa von unten gesehen wurde. Also hatten die Dinger doch einen Zweck.

Und da stand es also, das Ufo, mitten auf der grünen Wiese, und rundherum war, mit einem gewissen Abstand, alles schwarz beziehungsweise blond vor Menschen. Wenn man genau hinsah, konnte man allerdings bemerken, wie der Abstand zwischen Menschenmenge und Ufo sich allmählich verkleinerte. »Die Parkuhren knicken ein«, sagte Vanessa leise. Sie zog ihr Smartphone aus der Tasche und rief Fipp an, den Social-Media-Helden. Tatsächlich bekam sie eine Verbindung.

»Bist du noch am Leben?«, sagte Vanessa.

»Nein.« Das war erstaunlich deutlich zu verstehen.

»Okay. Glückwunsch. Kannst du da, wo du bist, mit irgendeinem Menschen reden?«

»Ich weiß nicht, ob hier Menschen sind«, sagte Fipp. »In der ersten Reihe stehen diese zitternden Parkuhren, und dahinter sehe ich nur Arme mit Smartphones. Ob da Menschen dranhängen, kann ich nicht mit Sicherheit sagen. Und wenn ja, werden die nicht mit mir reden. Dafür sind die zu beschäftigt.«

»Ich verstehe«, sagte Vanessa. »Dann pass mal auf. Wenn die Kuppel vom Reichstag zwölf Uhr von dem Kreis um dieses Ufo ist, wo bist dann du?«

Ein kurzes Knistern in der Leitung. »Viertel nach drei.«

»Hervorragend«, sagte Vanessa. »Und jetzt musst du ausnahmsweise mal machen, was ich dir sage, obwohl es mit Mathe zu tun hat. Ich hab nämlich momentan den Durchblick. Also: Ungefähr aus zwei Uhr sind Polizisten auf Pferden unterwegs. Ich denke mal, hundert. Oder tausend. Jedenfalls mehr, als du jemals gesehen hast. Ich meine: im wirklichen Leben. Die machen gerade eine freie Gasse, die von dem Fliegeding zum Brandenburger Tor führt. Halt dich in die Richtung. Da wird demnächst Luft sein, und da kommst du raus. Notfalls kannst du dich von so einem Pferdepolizisten auch persönlich retten lassen.«

»Woher weißt du das?«, sagte Fipp.

Vanessa sagte etwas von strategischem Genie.

»Danke«, sagte Fipp. »Ich versuch's dann mal. Wenn ich's nicht schaffe, denk gelegentlich an mich. War immer nett mit dir. Ich meine, Mathe und so. Und sag meinem Vater, ich hätte unserem Namen Ehre gemacht. Das wird ihn freuen. Ist bestimmt das erste Mal seit Langem. Tschüss dann auch.«

»Tschüss«, sagte Vanessa. Ganz kurz hatte sie das Gefühl, gleich in Ohnmacht zu fallen. So ganz altmodisch, prinzessinnenmäßig. Passierte dann zwar nicht, aber sicherheitshalber legte sie sich auf den Boden vom Balkon und schaute durch die Tarnnetze in den Himmel.

Kamen da vielleicht noch mehr Ufos aus den Tiefen des Weltalls? Nein, das waren nur irgendwelche Lichtpünktchen, die Vanessa auch noch sehen konnte, wenn sie die Augen schloss. »Wahrscheinlich die Nerven«, sagte sie leise. Ihre Mutter sagte das immer, wenn Vanessa morgens vor der Schule irgendetwas wehtat.

Und dann geschah noch etwas ganz Unerhörtes an diesem Tag, an dem wahrlich viel Unerhörtes geschehen war. Vanessa schlief ein, auf diesem gänzlich unbewachten Balkon des Kanzleramtes, während ein paar Stockwerke weiter unten eine riesige Menschenmenge um ein gelandetes Ufo wogte. Lassen wir sie in Ruhe schlafen und schauen wir, wie es anderswo zuging.

Der Kanzler erfährt von der Landung des Ufos

Wenn früher etwas Außerordentliches passierte, dann erfuhren die wichtigen Politiker es so: Es klopfte an der Tür, sie öffnete sich einen winzigen Spalt, und ein Diener schob seinen blassen Kopf ein Stückchen hindurch. Die wichtigen Politiker verbaten sich die Störung. Daraufhin verbeugte sich der blasse Diener im Türspalt, so tief er konnte, und sagte, dass er eigentlich lieber sterben würde, als die hohen Herren zu stören, doch leider, leider sei etwas außerordentlich Wichtiges passiert, das die Herren dringend und sofort zur Kenntnis nehmen müssten. Man ließ ihn dann eintreten, und mit zitternder Stimme brachte er seine Nachricht hervor. Ganz früher wurde er, wenn es eine schlechte Nachricht war, dafür getötet, aber dieser Brauch wurde irgendwann aufgegeben, weil niemand mehr den Überbringer schlechter Nachrichten spielen wollte.

Heute ist das natürlich vollkommen anders. Beispiel gefällig? Bleiben wir gleich bei unserem Fall.

Als das Ufo vor dem Reichstag landete, war der Kanzler gerade dabei, seinem Gast, einem reichen König von Weitweg, eine Fabrik zu zeigen. Reiche Könige interessieren sich sehr für deutsche Fabriken. Wenn sie zu Besuch kommen, kann man ihnen kaum eine größere Freude machen, als ihnen eine Fabrik zu zeigen.

Aber Vorsicht! Womöglich kaufen sie dann den ganzen Laden. Gut ist das, wenn die neuen Besitzer die Firma vergrößern und neue Arbeitsplätze schaffen. Schlecht ist es, wenn die Fabrik abgebaut und in einem anderen Land wieder aufgebaut wird. Dann sind die Arbeitsplätze futsch. Also muss man als Kanzler gehörig aufpassen, dass man keine Fehler macht.

Die Besichtigung war gerade vorbei, und der Kanzler saß mit seinem Gast im Chefbüro der Fabrik. Mit dabei waren ein paar Minister, Direktoren, Ingenieure, Berater, Referenten, Assistenten, Dolmetscher und viele Familienmitglieder des Königs von Weitweg.

Und jetzt hatte die Nachricht von der Landung des Ufos ihren Auftritt. Zur Erinnerung: Früher wäre die Tür aufgegangen, der Diener hätte seinen Kopf und so weiter. Ganz anders heute, im 21. Jahrhundert. Zuerst klingelte das Smartphone von Roman Blamberger, dem persönlichen Assistenten des Kanzlers. Sehr unangenehm, diese Störung! Aber wenn sein Telefon klingelte, musste er rangehen, denn wer seine Nummer kannte, rief nur im Notfall an. Blamberger drückte sich also in eine Ecke des Raumes, aber am anderen Ende der Leitung war bloß der offenbar sturzbetrunkene Hausmeister Patzek, der etwas von Ufos faselte. Blamberger stellte ihn leise, aber scharf zur Rede.

Als Nächstes meldete sich das Smartphone eines Referenten, der vergessen hatte, es stumm zu stellen. Peinlich, peinlich! Der Mann bekam einen roten Kopf und wollte in seine Hosentasche greifen, aber das war gar nicht so einfach, denn seine Hose war nach der neuesten Mode sehr eng geschnitten. Endlich hatte er sein piepsendes Gerät heraus, da fiel es ihm auf den Boden und rutschte unter einen Stuhl, sodass er auf allen vieren danach suchen musste. Gipfel der Peinlichkeit! Als er es endlich erwischt hatte, sahen ihn alle mit tadelnden Gesichtern an. Am liebsten hätte er das Teil aus dem Fenster geworfen.

»Entschuldigung«, sagte er. Sein Kopf war so rot wie eine Aubergine.

Das klingelnde Handy Nummer drei gehörte einem Königsvetter oder Königsneffen. Ihm war das allerdings gar nicht peinlich, er schaute vielmehr lange auf das Display und reichte es dann weiter an einen anderen Königsverwandten. Der sagte daraufhin etwas ziemlich Ausführliches auf Fremdländisch.

»Wie bitte?«, sagte der Kanzler. Er war ein bisschen genervt. Dabei sah er einen Dolmetscher an.

»Nun ja«, sagte der Dolmetscher. »Ich weiß nicht, wie ich das übersetzen soll. Es ist eine traditionelle Verwünschung, in der es unter anderem darum geht, was man alles mit den Ausscheidungen eines Mufflons tun könnte, wenn einem etwas Schlechtes zustößt.«

»Aha«, sagte der Kanzler. Er wollte unbedingt souverän bleiben und so tun, als würde er dieses ganze Telefongeklingel überhaupt nicht wahrnehmen. Doch dann klingelten oder piepsten oder sangen praktisch alle Geräte im Raum. Es wurde ziemlich laut.

»Blamberger«, sagte der Kanzler.

»Ja, bitte?« Der persönliche Assistent trat heran.

»Erinnern Sie mich bitte daran, dass wir im Rechtsausschuss prüfen lassen, ob wir ein Gesetz erlassen dürfen, das den Gebrauch von Smartphones bei gewissen Gelegenheiten einschränkt. Ich erinnere mich an einen amerikanischen Gangsterfilm, da mussten die Ganoven zu Beginn einer Besprechung ihre Revolver abgeben. So etwas Ähnliches stelle ich mir vor. Und wer sich weigert, wird erschossen.«

»Glänzende Idee«, sagte Blamberger. »Ich werde das sofort notieren.« Er wusste natürlich, dass der Kanzler es spaßhaft meinte, und um den Spaß zu verlängern, zog er sein Smartphone, das er auch als Notizblock benutzte, aus der Tasche. Doch dann machte er große Augen, und seine Hände begannen zu zittern. Er reichte dem Kanzler seinen Apparat. »Ich glaube, das sollten Sie sehen.«

Der Kanzler schaute auf das Gerät. Dann schwieg er kurz. »Aha«, sagte er schließlich. Er wies auf die anderen Leute im Raum, die sich jetzt gegenseitig ihre Geräte zeigten, laut miteinander redeten und offenbar vergessen hatten, dass dies hier ein Staatsbesuch war, bei dem eigentlich nur zwei Leute reden durften, nämlich Gast und Gastgeber, und alle anderen den Mund zu halten hatten.

»Die wissen es auch schon?«, sagte der Kanzler, aber das war eine sogenannte rhetorische Frage, also eine Frage, auf die man keine Antwort erwartet. Denn es war absolut offenkundig: Jeder hier im Raum und vermutlich auch der Rest der Menschheit wurde gerade darüber informiert, dass in Berlin ein Ufo gelandet war. Und man konnte davon ausgehen, dass jetzt überall auf der Welt nicht nur Staatsbesuche unterbrochen wurden, sondern auch Schulstunden, Küchenpartys, Rugbyspiele, Rudelsingen, Geburtstagsshopping, Heiratsanträge, Gerichtsverhandlungen und Mittagsschläfchen.

Man könnte auch sagen: Die Welt stand still. Vor lauter Schreck.

Der Krisenstab Triple X

»Können wir?«, sagte der Kanzler.

Er meinte: Können wir, ohne allzu unhöflich zu sein, dieses ab sofort höchst unbedeutende Treffen abbrechen, damit ich mich mit der Landung von Ichweißnichtwem vor meiner Haustür befassen kann?

»Wir können«, sagte Blamberger. So geschah es dann auch, und niemand von den Gästen, Referenten, Assistenten und Dolmetschern bemerkte es. Dafür waren sie viel zu beschäftigt damit, die Bilder, die sie bekommen hatten, wieder an andere Leute weiterzusenden, natürlich zusammen mit mehr oder weniger ausführlichen Kommentaren, die allerdings alle auf dasselbe hinausliefen, nämlich auf die drei Fragen:

1. Wer sind die?
2. Was wollen die?
3. Müssen wir jetzt ganz schnell abhauen? Und wenn ja, wohin?

»Weiß man schon, wer die sind?«, sagte auch der Kanzler, als er in sein Dienstauto gestiegen war, wo sein Assistent ihm eine telefonische Verbindung zur Führung der Bundeswehr geschaltet hatte.

Nein, man wusste es nicht. Besser gesagt: Man hatte nicht einmal den Schimmer einer Ahnung. Offenbar war das Ufo völlig unbemerkt von all den vielen Tausend Radargeräten auf dem Planeten Erde angekommen. Die Ersten, die es gesehen hatten, waren die Leute vor dem Reichstag, vor deren Füßen es gelandet war.

»Ein absolutes Rätsel«, sagte der Chef der Bundeswehr, der sich am Telefon anhörte, als würde er gerade seinen Jogginganzug aus- und seine Uniform anziehen. Was übrigens der Fall war. »Wir haben schon mit den Amerikanern gesprochen, mit den Engländern, den Franzosen und den Russen. Die wissen auch nichts. Nichts und wieder nichts. Allerdings fürchte ich, dass die Russen es für einen blöden Scherz unsererseits halten. Wofür ich, ehrlich gesagt, Verständnis habe.«

»Und die Chinesen?«, sagte der Kanzler. »Was ist mit den Chinesen?«

»Sagen gar nichts. Hüllen sich in ihr berühmtes Schweigen.«

Der Chef der Bundeswehr hieß übrigens General Gerth, Gerhart Gerth mit vollem Namen, woran man sehen kann, dass es nicht unbedingt schädlich für die Karriere eines Menschen sein muss, wenn seine Eltern ihm einen unpassenden Vornamen gegeben haben. Das mal so nebenbei als Trost für alle Peter Peters, Günther Günthers, Andreas Anders und so weiter.

»Wie immer«, sagte der Kanzler und meinte die Chinesen. »Und was tun wir jetzt?«

General Gerth war um einiges älter als der Kanzler, aber er wollte unter keinen Umständen belehrend oder vorlaut wirken. »Nun ja«, sagte er. »Wenn die so problemlos an unserem Radar vorbeikommen, dann wette ich mal, dass sie noch eine Reihe anderer Tricks auf Lager haben.« Er räusperte sich. »Jedenfalls rate ich dringend dazu, alles zu vermeiden, was auch nur im Geringsten aggressiv wirken könnte.«

»Hm«, sagte der Kanzler. »Ganz meine Meinung. Geben Sie entsprechende Befehle.«

Als Junge hatte der Kanzler sehr gerne Science-Fiction-Filme gesehen. Gleich fielen ihm ein paar davon ein. Und eins war doch in allen gleich gewesen: Wann immer so ein Ding auf der Erde landete, standen die Chancen, es mit Panzern und Gewehren zu vertreiben, definitiv gleich null. Meistens bauten die Ufos als Erstes einen unsichtbaren Schutzschild um sich herum, und wer auf den schoss, dem ging es so, als hätte er einen harten Gummiball aus kurzer Entfernung mit voller Wucht gegen die Wand geworfen. Was bekanntlich eine Beule am eigenen Kopf zur Folge hat.

Der Kanzler wusste natürlich auch, was ich eben schon über die schlimmen Folgen der Angst gesagt habe. Man erinnert sich an das Beispiel mit dem Hund, der vorsichtshalber kräftig zubeißt. Doch keine Angst zu zeigen, hieß noch nicht, mit den Außerirdischen nett ins Gespräch zu kommen. In den Filmen war es jedenfalls immer sehr schwierig, in friedlicher Absicht Kontakt aufzunehmen. Die Außerirdischen waren meistens sehr nervös und verstanden alles falsch. Was nur zu verständlich ist. Auch Touristen auf der Erde sind im Ausland oft sehr nervös, weil sie gar nichts verstehen oder, schlimmer noch, alles falsch.

Leider konnte man aus der ganzen Science-Fiction auch lernen, dass die Außerirdischen oft gar nicht in der Absicht kamen, friedliche und angenehme Gespräche zu führen. Stattdessen wollten sie alle Menschen töten, um selbst ungestört auf der Erde leben zu können. So wie man im Ferienhaus am See zuerst eine blaue Lampe aufstellt, die alle Mücken tötet, damit man seine Ferien in Ruhe genießen kann. Oder wie man Gift für die Schnecken auslegt, bevor man im Garten Salat und Möhren pflanzt.

Manchmal kamen die Außerirdischen auch nur, um die Erde hemmungslos auszuplündern und dann wieder abzuhauen, was im Endeffekt auch darauf hinauslief, dass die Menschheit ausgelöscht wurde. Es lebt sich einfach nicht so gut auf dem Planeten Erde, wenn die Wälder abgeholzt sind, das Wasser aus den Meeren weggepumpt, die Luft verpestet und alles voller Löcher ist, in denen nach wertvollen Metallen gegraben wurde.

Nur in besonderen Glücksfällen schafften es die Menschen in der Science-Fiction, solch ekelhafte Eindringlinge und Ausbeuter wieder loszuwerden. Der Kanzler erinnerte sich an einen besonders düsteren und bedrohlichen Film, in dem die Aliens am Schluss nur durch eine Schnupfenepidemie von ihrem Zerstörungswerk abgehalten wurden. Der Schnupfen war für sie nämlich eine tödliche Krankheit, bei der ihnen nicht nur Schleim aus der Nase kam, sondern ihr ganzer Kopf zu Schleim wurde. Sehr eklig, aber für die Menschheit ausnahmsweise ein Segen.

»Blamberger«, sagte der Kanzler, nachdem er das Telefonat mit General Gerth beendet hatte, »notieren Sie bitte: Schnupfen.«

»Selbstverständlich«, sagte der Assistent. Er notierte das. Anschließend notierte er: »beim Hausmeister entschuldigen« und »Gesundheitszustand des Kanzlers permanent beobachten«.

Übrigens sollte ich noch sagen, dass Roman Blamberger ein aufmerksamer und fähiger Mitarbeiter war, eine ideale Besetzung für seinen Job. Er war unaufgeregt, fleißig und vor allem extrem leidensfähig. Einer von denen, von denen es heißt: Man kann sie durch die Vordertür rausschmeißen, dann kommen sie durch die Hintertür wieder rein, als wäre nichts gewesen.

Natürlich fuhr das Dienstauto des Kanzlers jetzt nicht direkt zum Kanzleramt. Das wäre völlig unmöglich gewesen, weil die Straßen in der Mitte von Berlin total verstopft waren. Stattdessen ging die Reise zu einem freien Feld, auf dem schon ein Hubschrauber der Bundeswehr wartete. Der flog aber auch nicht zum Kanzleramt; die Aliens sollten ja durch nichts und niemanden gereizt werden. Stattdessen brachte er den Kanzler und seine Begleiter zu einem Hafen an der Spree, wo schon ein Schnellboot der Polizei wartete. Und das fuhr eilig zu der Stelle, wo der Garten des Kanzleramts an den Fluss grenzt.

Das Folgende dürfte ich eigentlich gar nicht verraten.

Nun ja, ich sage nur so viel: Es gibt da einen Zugang zum Kanzleramt, der ziemlich geheim ist. Er führt direkt in den ebenfalls streng geheimen Regierungsbunker. Der liegt fünf Stockwerke tief unter dem Kanzleramt und ist mit fünf Meter dicken Betonwänden gegen alles gesichert. Dort sollen sich die Regierungsmitglieder aufhalten, wenn eine große Gefahr für das Land besteht. Und dort werden auch die Krisenstäbe untergebracht, die in besonderen Notfällen das Kommando übernehmen, zum Beispiel bei Überschwemmungen oder wenn eine ansteckende Krankheit ausgebrochen ist.

Frage jetzt: Gab es auch einen Krisenstab speziell für die Landung von Außerirdischen mitten in Berlin? Antwort: Nein, den gab es nicht. Was es aber gab, das war ein Krisenstab für Ereignisse, die bislang noch nie eingetreten waren und die man sich noch nicht vorstellen konnte. Das war der sogenannte »Krisenstab Triple X«. Genau der kam jetzt zusammen, und hinter dem Boot, das den Kanzler zum Bunker brachte, folgten in kurzen Abständen andere Boote, voll besetzt mit Fachleuten für dies, das und jenes. Der Krisenstab Triple X war der größte von allen möglichen Krisenstäben. Logisch, denn wenn er sich um Notfälle kümmern sollte, die noch nie passiert waren, konnte man nicht im Voraus wissen, wen genau man zu ihrer Bekämpfung brauchte.

Nach und nach gingen diese Leute von Bord und hinunter in den Bunker. Es war eine beeindruckende Reihe höchst verschiedener Typen. Kein Wunder, sie kamen ja aus den verschiedensten Bereichen des Lebens. Da gab es die typischen Nerds mit den geflickten Brillengestellen. Es gab Machertypen in professionellen Outfits. Es gab Leute der Marke »Zerstreuter Wissenschaftler« und Leute, die aussahen wie Türsteher vor teuren Diskotheken. Außerdem gab es etliche Leute, die höchst durchschnittlich aussahen. Wahrscheinlich kannten sie sich in irgendeinem klitzekleinen Bereich des Lebens so gut aus wie niemand sonst. Eines allerdings war ihnen allen gemeinsam: Sie zogen sehr besorgte Gesichter. Denn sie wussten: Wenn man sie jetzt tatsächlich zu diesem legendären Krisenstab Triple X einberufen hatte, dann war die Lage so ernst wie noch nie.

Die Kontrolle über die Bilder

Wie es unten im Kanzlerbunker aussah, muss ich eigentlich nicht ausführlich beschreiben. Man kennt solche Räume aus Hunderten von Filmen: gedämpftes, bläuliches Licht, im Hintergrund eine illuminierte Landkarte der ganzen Welt, viele Reihen von Computerarbeitsplätzen wie im Kontrollzentrum der NASA, mit Glaswänden abgeteilte Besprechungsräume, blinkende Lämpchen, Pieptöne und Huptöne, beständig klingelnde Telefone und natürlich Hilfskräfte in Uniformen oder in weißen Kitteln, die von rechts nach links und von links nach rechts laufen und dabei maximal besorgte Gesichter zeigen.

Hier angekommen, erfuhr der Kanzler die letzten Neuigkeiten. Die Polizei hatte es inzwischen geschafft, auf der Straße, die vom Brandenburger Tor herüber zum Platz vor dem Reichstag führt, eine freie Gasse zu bilden. Der Krisenstab brachte spontan ein »Hoch!« und ein »Bravo!« auf die Berittene Berliner Polizei aus, besonders auf ihre Pferde, die das geschafft hatten, ohne den Leuten dabei mehr als unbedingt nötig auf die Füße zu treten oder in die Ohren zu beißen. Die freie Gasse wurde jetzt an den Seiten mit drei Meter hohen Absperrgittern gesichert, auf denen oben Rollen mit Stacheldraht montiert wurden, damit keiner auf die Idee kam, drüberzuklettern.

In dieser Gasse stand jetzt ein unauffälliger Wagen der Bundeswehr, aus dem oben eine lange Stange herausragte, darauf eine schwenkbare Hochleistungskamera mit Superzoom. Die filmte seit ein paar Minuten das Ufo und sendete ihre Bilder live in den Kanzlerbunker. Außerdem sendete sie ihre Bilder an einen Zentralcomputer, von wo alle Fernsehsender dieser Welt sie abrufen und über ihre Kanäle ausstrahlen konnten, vorausgesetzt, es wurde ihnen vom Krisenstab erlaubt.

Die Fernsehsender wären natürlich viel lieber mit ihren eigenen Übertragungswagen angerückt, mit eigenen Kameraleuten, Satellitenschüsseln und hauseigenen Reportern. Die Damen und Herren hätten sich dann mit dem Ufo im Hintergrund filmen lassen und dabei in ihre Mikrofone gesagt, dass hinter ihnen ein Ufo stehe, man ansonsten aber noch nichts Genaues wisse. Das ist, wenn man es nüchtern betrachtet, ein alberner Schwachsinn: zu sagen, dass es nichts zu sagen gibt. Aber das macht man eben so. Die Leute vor den Fernsehgeräten, den Monitoren und Displays haben sich daran gewöhnt und wollen es womöglich gar nicht anders haben.

Jetzt kam dergleichen allerdings nicht infrage. Bloß keine Aufregung!, lautete die Parole. Keine hundert Übertragungswagen, die sich gegenseitig über ihre Kabel fahren. Keine bulligen Kameramänner, die sich um den Platz mit der besten Aussicht streiten. Und keine Reporter, die mit hektischen Stimmen sagen, dass sie nicht wissen, was sie sagen sollen.

Nein! Die Parole hieß: kein Getue, kein Lärm, keine unnötigen Aktivitäten. Auf dem Dach des Reichstags hatte sogar eine Spezialeinheit zur Abwehr von Kameradrohnen Stellung bezogen. Die Männer waren aber nicht etwa mit Gewehren bewaffnet, um die Drohnen abzuschießen. Sie hatten vielmehr Raubvögel dabei, die darauf trainiert waren, Drohnen in der Luft abzufangen, indem sie mit ihren scharfen Krallen deren Propeller schredderten.

Wer nicht glaubt, dass es so etwas gibt, der schaut einfach nach. Ich muss nicht ausführlich erklären, wo.

Der Krisenstab hatte mittlerweile veranlasst, dass von allen Seiten Psychologen in die Menschenmenge vor dem Ufo eingeschleust wurden. Die prüften unauffällig, wer von den Schaulustigen wahrscheinlich nicht seelisch stabil genug war, um den Anblick des Ufos länger zu ertragen. Besonders galt das für die Leute, die die Landung mit eigenen Augen beobachtet hatten. Sie wurden nach und nach diskret aus der Menge geführt, weiter hinten im Tiergarten mit warmen Decken und kaltem Tee versorgt und, wenn möglich, von Freunden und Angehörigen abgeholt und nach Hause gebracht.

Ein anderes Spezialkommando sammelte die Handys und Smartphones der Schaulustigen ein. Wer jetzt glaubt, das hätte zu einem Aufstand geführt, der irrt. Natürlich geben die Leute ihre heiß geliebten Geräte äußerst ungern her, und man hätte wahrscheinlich Hunderte von Einsammlern und viel Überredungskunst gebraucht. Doch die Sache wurde anders gedeichselt. An strategischen Stellen wurde das Gerücht in die Menge gesetzt, die Aliens seien imstande, über Mobiltelefone gefährliche Strahlen auszusenden. Ein paar als Zuschauer getarnte Leute aus dem Spezialkommando taten so, als würden ihre Smartphones so heiß, dass sie sie kaum noch anfassen könnten. Dazu schrien sie wie am Spieß.

Der Trick war simpel, aber er wirkte. Sofort fingen die Leute an, ihre Handys und Smartphones wegzuwerfen, obwohl keines davon irgendwie gefährlich geworden war. Allerdings hatten sie begreiflicherweise Hemmungen, ihre Geräte in Richtung Ufo zu werfen, daher warfen sie sich ihre teuren Lieblinge nach hinten über die Schulter. Das ging leider nicht ohne ein paar Beulen an ein paar Köpfen ab. Man nennt das Kollateralschäden, und die passieren leider oft genug. Aber der Plan funktionierte. Drei Stunden nachdem das Ufo gelandet war, gab es außer den Bildern aus dem Kamerawagen der Bundeswehr keine neuen Aufnahmen mehr vom Ort des Geschehens.

Jeder wird verstehen, was für ein kluger Schachzug das war. Würde jetzt irgendetwas passieren, was auch immer, vielleicht dass das Ufo explodieren oder irgendwelche Aliens aussteigen würden, dann könnte man es, wenn überhaupt, nur zu Hause vor einem altmodischen Fernsehbildschirm verfolgen. Kein Smartphone war mehr vor Ort, also versiegte der Strom von neuen Ufobildern in das digitale Universum.

Die Leute, die zuvor die Falschmeldung ausgestreut hatten, die Aliens könnten Todesstrahlen aussenden, verbreiteten jetzt die korrekte Information, dass im Fernsehen ab sofort die Dauerbrennpunktsendung »Ein Ufo in Berlin« gesendet wurde. Und dann ging der Plan vollkommen auf, denn die Menschen trollten sich allmählich nach Hause vor ihre Glotzen oder in irgendeine Kneipe, wo noch ein Fernseher stand. Natürlich waren darunter ein paar ganz Clevere. Die versuchten, die Fernsehbilder mit ihren Smartphones weiterzuleiten. Aber da hatte auf Anweisung des Krisenstabs die Telekom schon alle Sendemasten in der Mitte von Berlin ausgeschaltet. Damit waren Abertausende von Smartphones blind, taub und stumm. Nur im guten alten Fernseher gab's noch was zu sehen und zu hören.

Man muss es zugeben: Selten in der Geschichte der Menschheit ist ein höchst gefährlicher Massenauflauf dermaßen clever und gewaltfrei aufgelöst worden. Es hatte kaum Panik gegeben, und niemand war ernstlich verletzt worden. Stattdessen hatten sich alle nach Hause verzogen wie anno dunnemals, als im Fernsehen die sogenannten »Straßenfeger« liefen, irgendwelche Krimis, die jeder sehen wollte, sodass keiner draußen auf der Straße blieb.

Als es schließlich dunkel wurde an diesem höchst ungewöhnlichen Freitag im Mai, war praktisch niemand mehr auf dem Platz vor dem Reichtag. Also störte niemand dabei, als die drei Meter hohen Sicherheitszäune auch in einem weiten Kreis rund um das Ufo aufgestellt wurden, inklusive dem wohlbekannten Stacheldraht auf ihrer Spitze. Nur die chinesische Reisegruppe hatte nicht weichen wollen. Man brachte ihnen warme Decken und Nudelsuppen. In den Nudelsuppen aber war ein leichtes Schlafmittel, und das erledigte den Rest.

Ach ja, und nicht zu vergessen: Es war immer noch nichts passiert. Kein Alien in Sicht. Also Zeit genug, einmal in den Krisenstab unter dem Kanzleramt zu schauen.

Gerade meldete dort General Gerth dem Kanzler, dass sowohl der Platz vor dem Reichstag wie auch die nähere Umgebung weitestgehend geräumt seien. »Keine Massenpanik«, sagte er, »keine Hysterie, nur ein paar Beulen. Und ein paar Bisse im Nacken.«

»Wie bitte?«, sagte der Kanzler.

»Von Pferden.«

»Ach so«, sagte der Kanzler. »Brillante Arbeit.«

Der General machte ein Geräusch, mit dem erwachsene Männer signalisieren, dass sie sich geschmeichelt fühlen. Eine Art »Bröhemm«.

»Damit haben wir unsere ersten Ziele erreicht«, sagte er

nach diesem Geräusch. »Wir haben die Menschen in Sicherheit gebracht. Und wir haben ganz eindeutig die Bildkontrolle über das Geschehen. Ab sofort bestimmen nur noch wir, wer was zu sehen bekommt.«

»Falls es etwas zu sehen gibt«, sagte der Kanzler. »Vielleicht hauen die wieder ab, ohne auszusteigen. Oder das ist eine unbemannte Sonde, die nur ein paar Boden- und Luftproben nimmt. So wie wir es auf dem Mond und auf dem Mars gemacht haben.«

Der General schüttelte den Kopf. »Unwahrscheinlich«, sagte er. »Viel zu groß für eine Sonde.« Dann kratzte er sich am Ohr. »Aber wer weiß! Vielleicht ist das Ding für die klein. So wie für uns eine Drohne.«

»Wollen wir es hoffen«, sagte der Kanzler. »Dann hätte dieser Spuk vielleicht bald ein Ende.«

Dabei dachte er: »Wie langweilig wäre das denn? Die landen auf uns, pieksen uns an wie eine Mücke, saugen ein bisschen und fliegen wieder davon? Und ich stehe daneben wie ein Trottel, statt der wichtigste Politiker in der Weltgeschichte zu werden. Der Mann, der als Erster dem Universum die Hand reicht. Der Begründer der intergalaktischen Freundschaft. Pustekuchen!«

Politiker denken manchmal so. Wahrscheinlich können sie nichts dafür.

Die Sternstunde der Ufologen

Auf dem großen Monitor im Kanzlerbunker war inzwischen die Weltkarte verschwunden. Bis jetzt waren nirgendwo anders Ufolandungen gemeldet worden, also musste man nicht dauernd auf sämtliche Kontinente starren, um zu sehen, von wo weitere Bedrohungen zu befürchten waren. Stattdessen wurde auf dem großen Monitor das offizielle Regierungsbild vom Ufo gezeigt. Auf etlichen anderen liefen Fernsehprogramme, öffentlich-rechtliche, private, einheimische und ausländische.

Die Programme sahen sich allerdings zum Verwechseln ähnlich. Überall wurde das offizielle Bild vom Ufo gezeigt, und davor saßen Moderatoren, die entweder sagten, dass nichts passiere, oder irgendwelche Experten dazu befragten, warum nichts passiere beziehungsweise was demnächst passieren könnte. Worauf die Experten ausführlich erklärten, warum ihrer Meinung nach nichts passiere beziehungsweise was demnächst passieren könnte.

»Gehe ich recht in der Annahme«, sagte der Kanzler, »dass nicht nur wir, sondern auch sonst niemand auf der Welt auch nur die leiseste Ahnung davon hat, wen wir da zu Besuch bekommen haben?«

»So ist es«, sagte General Gerth. »Aber im Moment können wir uns nichts Besseres wünschen, als dass die Leute alle brav zu Hause vor der Glotze sitzen und sich vom Geschwätz dieser Experten einlullen lassen.«

»Klingt vernünftig«, sagte der Kanzler. »Doch wenn ich ehrlich sein soll: Mir wäre schon ganz lieb, wenn irgendein kleines grünes Männchen aus diesem Schiff herauskäme. Das Warten macht einen ganz kribbelig.« Er kratzte sich im Nacken, dann wandte er sich an seinen Assistenten. »Blamberger, was halten Sie von der Sache? Warum zum Teufel tut sich da nichts?«

Der Assistent war versucht, sich auch im Nacken zu kratzen, konnte es aber unterdrücken. »Ich glaube, bis morgen wird nichts mehr passieren. Die Wesen darin müssen sich ausruhen. Oder sie finden sich in der Dunkelheit schlecht zurecht, weil es auf ihrem Heimatplaneten nicht Tag und Nacht gibt.«

»Interessante Vermutung«, sagte der Kanzler.

Genau dasselbe sagten zeitgleich etliche Moderatoren im Fernsehen zu etlichen Fachleuten für Ufologie. Inzwischen hatte man der halben Menschheit ausführlich erklärt, was das eigentlich ist, die Ufologie. Es ist die Wissenschaft von der Sichtung und Bewertung von Phänomenen, die den Anschein erwecken, außerirdische Flugobjekte zu sein, weil es für ihr Erscheinen am Himmel keine weltlichen Gründe zu geben scheint.

So sagt man das, wenn man es respektvoll ausdrücken möchte. Man kann es aber auch ganz anders formulieren: Ufologie ist der Name, den ein Haufen von Freaks und Spinnern, die über die ganze Welt verstreut leben, für ihr Hobby erfunden haben. Ihr Hobby besteht darin, den Himmel mit Fernrohren nach irgendwelchem Geblinke abzusuchen, von dem sie dann verwackelte Schwarz-Weiß-Aufnahmen machen, die sie als Beweise für die Existenz außerirdischen Lebens ausgeben. Und wenn die Ufo-Freaks nicht gerade den Himmel absuchen, interviewen sie andere Freaks und Spinner, am liebsten solche, die behaupten, sie seien schon einmal von Aliens gefangen und medizinisch untersucht worden.

Allerdings hatte bislang kaum jemand die Ufologen ernst genommen, und daher redeten sie eigentlich nur mit ihresgleichen. Das heißt, die meiste Zeit zankten sie sich darüber, ob irgendein heller Klecks am Himmel ein Ufo war oder bloß ein Luftballon oder ob die sogenannten Kornkreise in den Weizenfeldern die Scherze von Bauernjungen waren oder die Botschaften von transgalaktischen Gottheiten. Man übertreibt nicht, wenn man sagt, dass es nicht drei Ufologen gab, die einer Meinung waren.

Und genau das konnte man jetzt im Fernsehen bewundern. Jeder Sender hatte einen oder sogar mehrere Ufologen ausfindig gemacht, und die wurden jetzt stundenlang befragt. Den Ufologen gefiel das ziemlich gut. Ihr halbes Leben lang hatte man sie für unzurechnungsfähig erklärt, aber seit der Landung in Berlin gab es wohl keinen Zweifel mehr daran, dass sie recht gehabt hatten und der Rest der Menschheit unrecht. Offenbar gab es tatsächlich Lebewesen irgendwo im Weltall, und sie interessierten sich sogar für uns Menschen.

Wer sie aber waren und warum sie gekommen waren und was sie als Nächstes tun würden, darüber gingen bei den Ufologen die Erklärungen wie immer weit auseinander. Es gab dazu so viele Theorien wie es Ufologen gab, und wer genau hinhörte, konnte sogar bemerken, dass mancher selbsternannte Experte sich nach fünf Minuten selbst widersprach. Ich kann ihre Theorien hier nicht alle aufzählen. Sie reichten von: »Die Aliens wollen die menschliche Zivilisation zerstören, um den Planeten für sich auszubeuten und so weiter« bis zu: »Die Aliens wollen die menschliche Zivilisation retten, indem sie uns erklären, wie man CO_2 vermeidet und so weiter«.

Aber egal, was die Ufologen sagten, die Leute vor den Fernsehern hingen ihnen an den Lippen und saugten alle ihre Erklärungen auf wie süßen Saft. »Ganz genau!«, sagten sie. Aber schau an! Nur wenige Sekunden später waren sie anderer Meinung. »Völliger Unfug!«, sagten sie dann.

So sind die Leute nun einmal: Sie wollen, dass irgendwelche Fachleute ihnen klipp und klar sagen, was Sache ist. Aber dann wollen sie alles besser wissen und den Fachleuten widersprechen. Prompt sind sie selbst Fachleute, was natürlich dazu führt, dass alle anderen nun ihnen widersprechen. So war es auch jetzt, bis schließlich jeder auf der Welt eine andere Meinung hatte als sein Nachbar, sein Vater, seine Mutter, seine Kinder, seine Arbeitskollegen und überhaupt.

Und für das Eine-andere-Meinung-Haben war momentan auch Zeit genug, denn tatsächlich passierte, wie der Assistent Blamberger es vorhergesehen hatte, die ganze Nacht über: nichts.

Rein gar nichts.

Der Krisenstab macht seine Arbeit

Es passierte auch nichts, als am Samstagmorgen die Sonne über dem Reichstag aufging und ihr Licht auf das Ufo hinter dem Sicherheitszaun warf.

Und sofort muss ich mich korrigieren! Denn es war schon so einiges passiert. Nur eben nicht das, worauf alle warteten. Zum Beispiel war über Nacht auf Anweisung des Krisenstabs ein großer Teil der Mitte von Berlin geräumt und abgesperrt worden. Niemand kam dort mehr hinein, und von den Leuten, die dort wohnten, hatte man die meisten herausgebracht. Das war nicht wie üblich durch einen Aufruf über Fernsehen oder Radio geschehen. Es waren vielmehr, um eine allgemeine Panik, verstopfte Straßen und noch viel Schlimmeres weiterhin zu vermeiden, Tausende Polizisten von Haus zu Haus gegangen und hatten alle Bewohner aufgefordert, ihre Wohnungen zu verlassen. Es wurde gut für diese Leute gesorgt. Wenn sie nicht bei Freunden oder Verwandten unterkamen, dann gab es besondere Orte für sie, zum Beispiel in Turnhallen und Schwimmbädern am Stadtrand, wo sie ein Bett bekamen, genug zu essen und zu trinken und natürlich höchst anregende Gespräche mit anderen Leuten, die ihr Schicksal teilten.

Wer seine Wohnung auf gar keinen Fall verlassen wollte, der durfte übrigens bleiben. Niemand wurde mit Gewalt weggebracht, es sollte alles so still und friedlich wie möglich vor sich gehen. Die Devise des Krisenstabs lautete ja: Bloß kein Aufruhr, kein Geschrei, keine lauten Diskussionen. Und um Himmels willen kein Schusswaffengebrauch! Die Aliens in ihrem Ufo, wenn denn welche drin waren, sollten auf keinen Fall denken, man würde ihretwegen in Panik geraten. So blieben etliche Leute in ihren Wohnungen, sei es aus Neugier oder sei es, weil sie fürchteten, man könnte sie in ihrer Abwesenheit beklauen.

Die allermeisten Leute, die blieben, waren Inhaber von Geschäften in der Innenstadt. Die hatten Angst, man könnte ihre Läden plündern. In außergewöhnlichen Situationen wie dieser kann es tatsächlich leicht passieren, dass manche Leute glauben, sie hätten jetzt die Berechtigung, endlich einmal im Supermarkt umsonst einkaufen zu gehen. Und anschließend zünden sie den Laden an, um sich so über die hohen Preise zu beschweren.

Die Familie Patzek inklusive Vanessa hatte niemand aufgefordert, das Kanzleramt zu verlassen. Hausmeister werden immer gebraucht. Allerdings wurde in den oberirdischen Etagen keinerlei Politik mehr betrieben, dafür glühten tief unten im Regierungsbunker die Leitungen und die Köpfe. Dort hatten die Mitglieder des Krisenstabs viel zu organisieren. Es reichte ja nicht, bloß die Leute aus Berlin-Mitte zu evakuieren. Busse und Straßenbahnen mussten umgeleitet werden, der Zugverkehr am nahen Hauptbahnhof wurde eingestellt, kein Flugzeug durfte mehr über Berlin fliegen. Im Bereich rund um das Ufo wurden sicherheitshalber Strom und Wasser abgestellt, um Unfälle zu vermeiden. Wer konnte schon wissen, was noch alles passieren würde? Natürlich war das alles höchst wichtig, aber auch ziemlich langweiliger Behördenkram, auf den ich gar nicht weiter eingehen möchte. Daher ist dieses Kapitel so kurz.

Kontakt!

Gegen halb acht Uhr am Samstagmorgen hatten der Kanzler und die anderen Leute im Regierungsbunker ihr Frühstück beendet. Habe ich eigentlich erwähnt, dass sie alle dort übernachtet hatten?

Na, das versteht sich eigentlich von selbst. Man arbeitet nicht den ganzen Tag daran, die Menschheit vor einer möglichen Alien-Invasion zu retten, und geht dann abends nach Hause, um sich eine Tiefkühlpizza in den Ofen zu schieben und irgendwas im Pay-TV zu gucken. Nein, man schläft zu siebt in kleinen Zimmern mit Doppelstockbetten, genau wie die Leute in den Flüchtlingslagern. Und zum Frühstück gibt es auch nicht die Lieblingsmarmelade aus dem Bioladen, nein, man bekommt bloß irgendetwas luftdicht Eingeschweißtes, das die letzten Jahre darauf gewartet hat, irgendwann einmal gegessen oder ungegessen weggeworfen zu werden. Immerhin durften die Mitglieder des Krisenstabs dazu das Frühstücksfernsehen sehen.

Und was gab es dort Schönes? Natürlich liefen weiterhin auf allen Kanälen die Bilder vom Platz vor dem Reichstag, auf denen allerdings immer noch nichts anderes zu sehen war als das Ufo, das ganz still auf seinen sieben Beinen stand.

Der Assistent Blamberger trank noch rasch seine dritte Tasse Kaffee, rabenschwarz und ganz ohne Vanillegeschmack und Milchschaum, die er so liebte. Dann sagte er: »Herr Kanzler, ich habe nachgedacht.«

Der Kanzler hatte schlecht, das heißt, er hatte gar nicht geschlafen, obwohl er als Einziger ein winziges Zimmer für sich alleine gehabt hätte. Stattdessen hatte er die ganze Nacht im Krisenstab gesessen und die Meldungen aus aller Welt verfolgt. Zuerst wollte er antworten: »Das ist ja schön, dass Sie nachgedacht haben, Herr Blamberger, aber dafür werden Sie schließlich auch bezahlt.« Doch er schluckte diese nicht besonders höfliche Erwiderung herunter und sagte: »Großartig, Blamberger. Lassen Sie hören!«

Der Assistent tippte mit einem Kugelschreiber auf den Frühstückstisch. »Die kommen nicht raus. Also nicht einfach so. Verstehen Sie?«

»Hm«, sagte der Kanzler. Eigentlich hätte er »Nein« sagen müssen.

»Na, denken Sie doch mal an Ihre eigenen Staatsbesuche. Sie fahren mit der Limousine vor, in Paris vor dem Élysée-Palast, in Washington vor dem Weißen Haus, und wer steht da auf den Stufen und wartet schon auf Sie? Na?«

»Sie meinen?«, sagte der Kanzler.

»Genau. Die wollen, dass wir sie gebührend empfangen. Das ist ja auch das Mindeste. Wer weiß, vielleicht sind sie Jahre unterwegs gewesen. Vielleicht haben sie Millionen von ihrem Geld in die Reise investiert. Da haben sie wohl das Recht, ein angemessenes Begrüßungskomitee zu verlangen.«

»Verdammt«, sagte der Kanzler. »Darauf hätten wir früher kommen sollen.«

»Nein, nein«, sagte Blamberger. »Es ist noch nicht zu spät. Die werden verstehen, dass wir zuerst entsprechende Maßnahmen treffen mussten. Und wenn sie trotzdem sauer sind, dann sagen wir ihnen, was wir allen sagen, die sich über unsere Politik aufregen.«

»Dass es nur zu ihrem Besten ist.« Der Kanzler nickte lebhaft. Genau das war, was sie immer sagten, wenn sich jemand aufregte: »Es ist nur zu Ihrem Besten.« Dieser Blamberger war doch wirklich ein fähiger Mann. Der Kanzler würde demnächst überlegen müssen, ob er ihn nicht zum Minister machen sollte. Vorausgesetzt natürlich, alle Beteiligten würden diese Alien-Geschichte überleben.

Sofort besprach sich der Kanzler mit dem General Gerth. Der war auch schon wach und auf seinem Posten, aber er hatte Bedenken. Keinesfalls wollte er dafür verantwortlich sein, wenn der Kanzler fünf Meter vor dem Ufo pulverisiert oder eingeschmolzen wurde. Andererseits war er selbst ein Verfechter des Prinzips »Höflichkeit statt Gewalt«. Also ließ er rasch eine Abordnung von Elitesoldaten zusammenstellen, die den Kanzler vom Regierungsbunker zum Platz vor dem Reichstag bringen sollte, zu Fuß natürlich, es waren ja nur ein paar Meter über die Straße. Das alles geschah ruhig und konzentriert, und kaum eine halbe Stunde später standen der Kanzler, sein Assistent, der General Gerth und ein paar ausgesprochen friedlich aussehende Soldaten vor dem Ufo.

Nichts geschah.

»Vielleicht sollten Sie anklopfen«, sagte Blamberger.

»So?«, sagte der Kanzler mit einem leicht beleidigten Ton in der Stimme. »Das ist doch viel zu weit oben. Da komme ich nicht ran. Sollen wir etwa eine Leiter holen? Wie sähe das denn aus, Sie Spaßvogel!«

Ich habe vergessen zu erwähnen, dass der Kanzler etwas weniger als mittelgroß war. Hiermit hole ich das nach. Und wer es nicht weiß, dem sei es gesagt: Männer, die weniger als mittelgroß sind, verstehen in Angelegenheiten, die ihre Körpergröße betreffen, absolut keinen Spaß.

Der Assistent Blamberger hingegen war über einen Meter neunzig groß. Er trat vor, stellte sich auf die Zehenspitzen, hob seinen rechten Arm und klopfte. Er klopfte einmal, er klopfte zweimal.

Wer glaubt, dass man jetzt auf der ganzen Welt im Fernseher sah, wie er auch ein drittes und ein viertes Mal klopfte – der irrt sich. Auf Anweisung des Krisenstabs hatte die Übertragungsleitung zu den Fernsehsendern just in diesem Moment eine Störung, und Millionen Menschen sahen nur weißes Schneegrieseln auf ihren Bildschirmen. Das war natürlich eine Vorsichtsmaßnahme. Man wollte nun wirklich keine Zuschauer dabeihaben, wenn der Kanzler pulverisiert oder eingeschmolzen würde.

Dergleichen schien aber nicht zu passieren, vielmehr passierte, na ja, wir kennen das mittlerweile: nichts.

Nüscht, wie die Berliner sagen würden.

Schließlich klopfte der Kanzler selbst an die tür- und fensterlose Kugel des Ufos. Dazu musste er auf eine kleine Küchenleiter klettern, die rasch jemand besorgt hatte. Das sah in der Tat ein bisschen albern aus, aber vielleicht bestanden die Damen und Herren Aliens darauf, dass er persönlich das machte.

Und jetzt passierte tatsächlich etwas. Das zweite rote Licht an dem Antennenfühler, das gestern erloschen war, ging wieder an. Der Assistent Blamberger sah es als Erster und machte den Kanzler darauf aufmerksam. Dann gab es ein, wie soll ich sagen, summendes oder brummendes Geräusch, das eher heiter als bedrohlich klang. Gleichzeitig schob sich ein Bereich an der Kugel, der die Form und Größe einer normalen Tür hatte, ein ganz kleines bisschen, ein paar Millimeter nur, nach vorne, und von einer Sekunde auf die andere war in diesem

Bereich die Außenhaut des Ufos verschwunden. Wer wie der Kanzler und die Leute um ihn herum nahe genug stand, der konnte jetzt schräg nach oben in das Ufo hineinsehen.

Er sah dann allerdings: nichts, nur die allerschwärzeste Schwärze. Hu, ganz schön gruselig! Da hieß es jetzt, die Nerven behalten. Zum Glück behielten alle die Nerven.

Eine Minute verging, zwei vielleicht. Und dann erschienen sie. Langsam traten sie aus dem Dunkel nach vorne. Die – ja, wer denn eigentlich?

Die Gäste aus den Tiefen des Alls

Das Erste, was man deutlich erkennen konnte: Sie waren zu dritt.

Und wie groß waren sie?

So groß wie erwachsene Menschen.

Schon mal gut. Immerhin keine überdimensionalen Monster und keine gruseligen kleinen Zwerge oder menschenähnliche Insekten.

Und wie sahen sie aus?

Jetzt wird es schwierig, denn sie sahen aus wie – was soll ich sagen? – wie Menschen. Und dann auch wieder nicht. Ich weiß, das ist keine sehr gelungene Beschreibung. Ich werde mir mehr Mühe geben müssen. Hier gilt es jetzt, die Ehre meines Berufs als Schriftsteller zu wahren.

Also, die Aliens sahen aus wie Menschen. Das heißt, oben ein Kopf, in der Mitte ein Rumpf, daran zwei Arme mit Händen, unten zwei Beine mit Füßen. So weit, so gut.

Sehen wir uns die Köpfe genauer an. Haare, Stirn, Augen, Nase, Mund, Kinn – alles vorhanden und am gewohnten Ort.

Die Haare: eher kurz geschnitten, gut frisiert. Was man so »praktische Frisuren« nennt, für die man morgens nicht eine halbe Stunde vor dem Spiegel stehen und kämmen und fönen und gelen muss. Übrigens war einer schwarzhaarig, einer blond und einer rothaarig.

Nun zu den Stirnen. Ich sage mal: ziemlich glatt und faltenlos. Die Augen? Normal, also normale Größe, normale

Form und normale Farben. Nicht aufgerissen vor Schreck und nicht zusammengekniffen, als müsste man in die Sonne schauen. Die Nasen auch ziemlich normal, kein Fall für einen Schönheitschirurgen. Ebenso die Münder, nicht zu rot und nicht zu blass. Und schließlich die Kinne (falls das die Mehrzahl von Kinn ist), mit einem Wort: normal. Die Haut, das sollte ich noch sagen, mittelhell bis mitteldunkel, nicht ungesund oder kränklich, und keine Falten, Warzen, Pickel oder Muttermale.

Ach ja, die Kleidung sollte ich nicht vergessen. Alle drei trugen Jeans. Mittelmodische Jeans mit leichten Slippern. Dazu Freizeithemden, passend zur Jahreszeit. Zusätzlich trug jeder einen Pullover oder ein Sweatshirt um die Schultern, dessen Ärmel auf der Brust locker verknotet waren. Wahrscheinlich für den Fall, dass es doch mal etwas kühler werden würde. Man weiß ja nie so genau, wie sich das Wetter am Urlaubsort entwickelt, Wetter-App hin oder her. Besser, man nimmt noch was Warmes mit für alle Fälle, nicht wahr?

Und? – Begreift man es? Begreift man, was ich hier berichte, in seiner ganzen Bedeutung?

Da betreten zum ersten Mal seit Menschengedenken Lebewesen, die vermutlich aus der Tiefe des Weltraums kommen, unsere Erde, und die sehen aus wie – Ja, wie denn? Wie der Typ, der morgens neben dir im Bus oder in der U-Bahn sitzt und den du anguckst und gar nicht siehst. Oder wie der Typ, der dir in irgendeinem Laden irgendeine nicht so wahnsinnig wichtige Sache verkauft und den du vergessen hast, bevor du mit deiner Einkaufstüte wieder auf der Straße bist. Oder wie jemand, der beim Fußballspiel neben dir auf der Tribüne steht oder im Park, wo Fernsteuerfuzzis ihre Drohnen fliegen lassen, der Typ, der mit dir zusammen aufs Spielfeld oder in die Luft guckt und mit dem du dich sogar unterhalten könntest, ohne dich am nächsten Tag auch nur im Geringsten an ihn zu erinnern. So sahen diese Aliens aus. Mit einem Wort: wie irgendwelche vollkommen durchschnittlichen Typen von nebenan.

Allerdings habe ich eben gesagt, dass die drei menschlich aussahen und zugleich auch nicht. Das stimmt, doch das muss ich noch genauer erklären. Warum sie menschlich aussahen, das dürfte jetzt jedem klar sein. Aber warum unmenschlich? Nun, weil sie genau das nicht waren, was solche Durchschnittstypen von nebenan in Jeans, Freizeithemden und Slippern meistens sind, nämlich: einigermaßen locker.

Nein, die drei waren alles, bloß nicht locker. Sie standen da nebeneinander wie Bohnenstangen oder Fahnenstangen, und ihre Durchschnittsgesichter waren so starr und unbeweglich, als hätte man ihnen an zehn verschiedenen Stellen ein Betäubungsmittel gespritzt.

Und jetzt fällt mir auch endlich ein, wie ich die drei am besten, das heißt am kürzesten beschreiben sollte, mit einem einzigen Wort. Womit auch meine Schriftstellerehre gerettet wäre.

Die Aliens sahen aus wie – Schaufensterpuppen.

Genau so!

Und damit ich es nicht vergesse: Ein Alien war wohl weiblich. Aber mit Sicherheit war das nicht zu sagen. Und genauso unsicher war, ob die beiden anderen männlich waren. Wer weiß, vielleicht war männlich und weiblich dort, wo sie herkamen, kein großer Unterschied oder gar nicht so wichtig.

Wie auch immer, ab jetzt nenne ich den wahrscheinlich weiblichen Alien Charlotte und die beiden anderen Julian und Christopher. Auf diese Art und Weise spare ich mir eine

Menge von beschreibenden und erklärenden Nebensätzen. Und das ist auch nötig, weil sonst die Gefahr bestünde, der Geschichte hinterherzuhinken. Denn nachdem fast einen ganzen Tag lang so gut wie nichts passiert war, überstürzten sich ab sofort die Ereignisse, wie man in solchen Fällen gerne sagt.

Unsere drei aus dem Weltall, Julian, Christopher und Charlotte von und zu Schaufenster-Pupp, machten jetzt nämlich einen Schritt nach vorne und an den Rand dessen, was neuerdings wohl eine Tür im Ufo war, etwa zweieinhalb Meter über dem Erdboden. Der Kanzler und seine Begleiter traten rasch ein Stück nach hinten, um nicht so jämmerlich steil nach oben gucken zu müssen.

»Ich«, sagte der Kanzler, aber dann merkte er, dass er für einen längeren Satz nicht genug Luft hatte. Er atmete tief ein und aus, wie sein Entspannungslehrer es ihm beigebracht hatte, dann holte er wieder Luft und versuchte es noch einmal.

»Ich begrüße Sie sehr herzlich in Berlin«, sagte er. Und als der Assistent Blamberger ihn sachte anstieß, fügte hinzu: »Berlin auf dem Planeten Erde.«

Allerdings sah es nicht so aus, als würden die Aliens diese Begrüßung erwidern wollen. Es sah nicht einmal so aus, als würden sie den Kanzler und seine Begleiter überhaupt zur Kenntnis nehmen. Sie schauten nur starr geradeaus, genau in Richtung Brandenburger Tor.

»Darf ich Sie vielleicht in meinen Amtssitz einladen?«, sagte der Kanzler. »Das ist gleich hier in der Nähe, da haben wir es nicht weit, und die Räume sind klimatisiert.«

Nun ja, etwas Besseres fiel ihm so rasch nicht ein. Aber man begrüßt ja auch nicht alle Tage drei außerirdische Besucher, die noch dazu aussehen wie ehemalige Mitschüler, an die man sich nicht so richtig erinnert. Da wollen wir nicht so streng sein.

Außerdem war es offenbar ganz und gar gleichgültig, was der Kanzler sagte oder tat. Die Aliens reagierten nämlich überhaupt nicht auf ihn, kein bisschen, nicht einmal mit einem Blick oder einem Augenzwinkern. Stattdessen machten sie gleichzeitig einen Schritt nach vorn. Für einen normalen Menschen hätte das bedeutet, dass er aus dem Ufo gefallen wäre. Für die drei aber waren die zweieinhalb Meter bis zum Boden offenbar nur eine einzige Stufe, die sie elegant herunterschritten, um schließlich auf dem Boden zu stehen und damit dem Kanzler unmittelbar gegenüber.

Nein, ich korrigiere mich, sie standen ein wenig schräg vor ihm, und als sie gleichzeitig losgingen, schnurstracks geradeaus durch die abgesperrte Gasse Richtung Brandenburger Tor, da streifte nur der Alien Christopher ganz leicht die rechte Schulter des Kanzlers.

Und dieser kleine Schulterstupser war auch schon der ganze Kontakt zwischen Menschen und Außerirdischen, der hier stattfinden sollte. Danach gingen die stocksteifen Besucher am Sicherheitszaun entlang, ohne nach rechts oder links zu sehen. Auch den Kamerawagen der Bundeswehr würdigten sie keines Blickes. Kurz vor dem Brandenburger Tor stand ein kleiner Junge hinter dem Zaun und hielt Papier und Stift durch die Maschen, weil er ein Autogramm haben wollte. Weiß der Himmel, wie er sich dahin durchgemogelt hatte. Doch auch um ihn kümmerten sich die Aliens einen feuchten Dreck.

Die Aliens shoppen

Als sie das Brandenburger Tor hinter sich hatten, blieben die drei Aliens stehen, hielten jeder eine Hand in die Luft und berührten einander mit den Spitzen ihrer Zeigefinger. Es sah aus wie eines der leicht albernen Rituale, mit denen sich die Spieler von Volleyballmannschaften motivieren wollen, für gewöhnlich zum Sieg oder wenigstens zum Durchhalten. Anschließend gingen sie, ohne einander anzusehen, die Straße Unter den Linden entlang in Richtung Berliner Stadtschloss. Sie gingen mitten über die Fahrbahn, aber hier fuhren schon längst keine Autos mehr. Dafür gab es viele Polizisten, die sich zu beiden Seiten aufstellten, um die Aliens vor etwas zu schützen, das gar nicht da war. Niemand folgte ihnen, nur der Kamerawagen der Bundeswehr, in sicherer Entfernung. Doch auch den beachteten sie immer noch nicht. Kein Winken in die Kamera, kein Lächeln mit allen frisch geweißten Zähnen.

Und erst recht kein Kussmündchen.

Wir lernen jetzt jemanden kennen, den wir vorher nicht kannten und den wir gleich wieder vergessen können. Es handelt sich um Karlfriedrich Mueller, eines der unauffälligen Mitglieder des Krisenstabs, verantwortlich für die Bilder aus dem Kamerawagen. Vor einer halben Stunde hatte er auf Anweisung des Generals Gerth für alle Fernsehsender auf »weißes Schneegriesel« geschaltet, aus Gründen der Sicherheit. Doch weil er so geflasht war vom ersten Auftritt der Aliens, vergaß er, dass er die Anweisung richtig ausgeführt hatte, und dachte stattdessen, er hätte es nicht getan. Also wollte er es rasch nachholen, und das Resultat dieser Verwirrung war, dass die Bilder wieder an alle Fernsehsender gingen. Im Krisenstab bemerkte man es rasch, und es fielen ein paar böse Worte. Aber um eine mögliche Panik zu verhindern und weil die Schaufensterpuppen-Aliens nun wirklich kein schrecklicher Anblick waren und dem Kanzler nichts Böses geschehen war, ließ man die Fernsehsender wieder am Geschehen teilhaben – und damit die gesamte Menschheit. Herzlichen Dank, Karlfriedrich Müller! Pardon, Mueller.

Die Fernsehmoderatoren waren vom Anblick der Schaufensterpuppen zuerst ein bisschen verdutzt. Das sollten wirklich die außerirdischen Besucher sein, diese glatten und ziemlich verstockten Durchschnittstypen? Aber zum Beruf eines Fernsehmoderators gehört eine überdurchschnittliche Coolness in sämtlichen Lebenslagen, also machten die Damen und Herren rasch weiter damit, ihre jeweiligen Fachleute auszuquetschen. Die Ufologen hatten natürlich sofort eine Meinung zum erstaunlichen Aussehen der Aliens. Doch wieder hatte jeder eine andere.

Die einen sagten, sie seien nicht das kleinste bisschen überrascht davon, dass die Aliens wie Menschen aussähen. Es gebe nämlich ein universales Naturgesetz, nach dem jede höhere Lebensform exakt wie ein irdischer Mensch beschaffen sein müsse und nicht anders. Andere Ufologen behaupteten, dass die Aliens in einem menschenähnlichen Roboter steckten, um uns nicht durch ihre wahre Gestalt zu erschrecken. Tatsächlich seien sie etwa drei bis fünf Zentimeter groß und säßen in den Köpfen ihrer Humanroboter, die sie von dort steuerten und durch deren Augen sie auf die Welt schauten wie durch Panoramascheiben.

Was die Marschroute der Aliens anging, so behauptete ein Ufologe, dass sie sich an einem veralteten Geschichtsbuch orientierten und daher glaubten, es gäbe noch einen Kaiser von Deutschland, der in seinem Schloss am anderen Ende der Straße Unter den Linden säße. Den wollten sie jetzt besuchen. Dass es längst keinen Kaiser mehr gab und das Schloss einmal abgerissen und dann als Museum wieder aufgebaut worden war, das alles wüssten sie nicht. Vielleicht waren sie ja schon vor hundert Jahren losgeflogen und hatten seitdem keine Gelegenheit gehabt, die neusten Nachrichten zu hören. Ein anderer Ufologe schwor dagegen Stein und Bein, die Aliens seien unterwegs zum Gelände des alten Flughafens Berlin Tempelhof, um dort die Ankunft einer Flotte von etwa dreitausend weiteren Ufos vorzubereiten.

Was die Stadtschloss-und-Kaiser-Theorie anging, war sie vielleicht gar nicht mal so abwegig. Wie oft kommen Leute in andere Länder und sind schlecht informiert, weswegen sie dann lauter dumme und peinliche Fehler machen. Ganz ehrlich, wem von uns ist das nicht schon mal passiert? Man hat einen Reiseführer dabei, den man von seinen älteren Geschwistern geerbt hat, und schon tritt man in jedes erdenkliche Fettnäpfchen. Zu der Raumflotten-Theorie sei nur so viel gesagt, dass der Ufologe, der sie geäußert hatte, danach nicht mehr im Fernsehen auftreten durfte. Man wollte die Leute keinesfalls unnötig beunruhigen.

Apropos beunruhigen. Werfen wir einen Blick ins Internet. Innerhalb weniger Stunden war der Suchbegriff »Aliens« von vorher schon stattlichen einhundertfünfzehn Millionen auf aberwitzige neunzehn Milliarden Anfragen hochgeschnellt. Danach war der Zähler kaputtgegangen und ausgeschaltet worden. Praktisch alle Welt redete und schrieb jetzt nur noch über Aliens, und die verschiedensten Meinungen und Theorien schlugen ins Internet wie Wassertropfen, die bei starkem Regen millionenfach auf die Erde schlagen. Natürlich konnte niemand alles lesen, was da geschrieben und veröffentlicht wurde. Ich frage mich sogar, ob überhaupt noch gelesen wurde, wo doch alle so sehr damit beschäftigt waren, selbst etwas zu schreiben. Allenfalls wurde noch nach neuen Bildern gesucht, aber das endete immer erfolglos, denn der Nachschub an aktuellen Smartphone-Fotos war ja rigoros unterbrochen worden.

Zurück zu unseren Aliens! Die spazierten also derweil über die Linden. (So verknappt nennen die Berliner die Straße Unter den Linden, und ich mache das jetzt auch.) Sie schauten weiterhin nicht nach rechts und nicht nach links. Zum Stadtschloss wollten sie offenbar nicht, denn nach ein paar Hundert Metern bogen sie rechts ab in die Friedrichstraße, die bekanntlich eine der beliebtesten – und teuersten! – Einkaufsstraßen von Berlin ist. Prompt triumphierte der Ufologe, der auf Tempelhof und Landung der außerirdischen Raumflotte getippt hatte, denn die Richtung stimmte so ungefähr. Trotzdem ließ man ihn nicht mehr vor die Mikrofone.

Eine Zeit lang waren die Aliens im TV nicht mehr zu sehen, denn der Kamerawagen hielt immer noch einen Sicherheitsabstand. Endlich war auch er in die Friedrichstraße eingebogen, und man sah die Aliens, wie sie mitten auf der Fahrbahn zügig voranschritten. Hundert Meter, zweihundert, dreihundert vielleicht, dann blieben sie stehen und machten wieder diese höchst mysteriöse, aber auch etwas alberne Drei-Finger-Geste. Kurze Pause, schon schwenkten sie entschlossen nach links und betraten das Kaufhaus Schnick. Dessen Türen sollten eigentlich verschlossen sein, doch sie öffneten sich sanft, als der Alien Christopher mit ausgestrecktem Mittelfinger darauf zeigte.

»Umschalten auf die Überwachungskameras«, sagte im Regierungsbunker der General Gerth. »Und natürlich ab sofort wieder exklusiv für uns!« So geschah es auch. Den Techniker Karlfriedrich Mueller hatte man inzwischen durch einen Kollegen ersetzt, von dem man glaubte, dass er bessere Nerven hätte. Und der machte prompt die Aliens für den Rest der Welt unsichtbar.

Der Kanzler und seine Begleiter standen inzwischen vor dem Brandenburger Tor. Bis hier waren sie den Aliens gefolgt, doch jetzt waren sie stehen geblieben, weil sie es beschämend fanden, diesen ignoranten Schaufensterpuppen noch weiter hinterherzulaufen. Der Kanzler wollte dem kleinen Jungen hinter dem Sicherheitszaun ein Autogramm geben, aber der zog Stift und Papier durch die Maschen und lief davon, so schnell er konnte.

»Gibt es Neuigkeiten?«, sagte der Kanzler rasch, um diese peinliche Szene zu überspielen.

Der Assistent Blamberger hatte sein Smartphone am Ohr. »Sie haben gerade das Kaufhaus Schnick in der Friedrichstraße betreten.«

»Um Himmels willen!«, sagte der Kanzler. »Die Alien Brothers im Kaufhaus? Hoffentlich gibt das keine Katastrophe!« Das sollte eine lustige Anspielung sein, aber keiner der Anwesenden verstand sie. Ich erkläre sie nicht. Man kann sie notfalls googeln.

Nach einer Katastrophe sah es allerdings erst einmal nicht aus. Immerhin war das Kaufhaus Schnick wie alle Gebäude der Innenstadt evakuiert worden. Drinnen befanden sich nur noch der Kaufhausdirektor Benno Marx und die Hauptkassiererin Pauline Schwerdtfeger. Die beiden hatten sich geweigert, das Kaufhaus im Stich zu lassen, obwohl es ihnen nicht gehörte, was entweder ein Zeichen von Dummheit war oder von Mut. Jetzt saßen sie im Sicherheitsraum des Kaufhauses und sahen auf den Monitoren die Bilder der Überwachungskameras, die gleichzeitig in den Regierungsbunker übertragen wurden.

Diese Bilder zeigten, wie die drei Aliens sich erstmals trennten. Julian ging in die Parfümerieabteilung, Christopher in die Abteilung für Heimtextilien und Charlotte in die Abteilung für Delikatessen aus aller Welt. Dort griffen sie gezielt und rasch Parfüms und Deodorants aus den Regalen, flauschige Tagesdecken und Reiseplaids sowie Kaviar und Hummermayonnaise, Gänseleberpastete, Trüffelwurst, luftgetrocknete Schinken, eingemachte Möweneier und dergleichen mehr. Das alles luden sie in Einkaufswagen, dazu Blinis und Sushi, Chips und Flips sowie stapelweise Schokoriegel, Nussmischungen, Weingummis und Weinbrandbohnen, allesamt aus der gehobenen Preisklasse. Das Ganze ging so fix, dass man glauben mochte, die Aliens kämen seit Jahren täglich zum Shoppen ins Schnick.

Die Aliens bekommen Kredit

Nach kaum einer Viertelstunde standen die drei Aliens mit ihren insgesamt sieben Einkaufswagen an der Zentralkasse des Kaufhauses Schnick. Und sie waren dort nicht allein. Denn erwartet wurden sie vom Direktor Benno Marx und der Hauptkassiererin Pauline Schwerdtfeger. Man merke sich diese Namen! Denn nicht der Kanzler oder sonst jemand mit Amt und Würden sollten die ersten Menschen werden, die mit den Außerirdischen Kontakt aufnahmen, sondern ein Kaufhausdirektor und eine Kassiererin. Man könnte darüber endlos philosophieren, aber dazu ist jetzt keine Zeit.

Die drei Aliens hatten sich um den vordersten Einkaufswagen versammelt. Pauline Schwerdtfeger saß zitternd an ihrer Kasse, durch das Warenlaufband von den außerirdischen Kunden getrennt. Hinter ihr stand Benno Marx, der schwitzte.

Was würde jetzt geschehen? Vielleicht, dachte Marx, wäre es am besten, diese spektakuläre Aktion der Aliens, vermutlich das außergewöhnlichste Ereignis in der Geschichte der Menschheit, eiskalt als stinknormalen Einkaufsvorgang durchzuziehen. Mit anderen Worten: so zu tun, als sei das alles bloß Routine. Zum Glück musste er das nicht allein entscheiden. Im Gegenteil, in seinem rechten Ohr saß in Form eines kleinen Empfangsgerätes ein ganzer Chor von Fachleuten aus dem Krisenstab, der ihn beriet, seitdem die Aliens das Kaufhaus betreten hatten.

»Ganz normal verhalten«, hieß es jetzt in seinem Ohr.

»Nichts anmerken lassen.«

»Behandeln wie einen Routinefall.«

Der Direktor atmete tief durch, machte sein freundlichstes Gesicht und lud die Aliens mit einer eleganten Handbewegung dazu ein, die Waren auf das Laufband zu legen, damit sie registriert und verbucht werden konnten. Die drei verstanden seine Geste prompt und stapelten ihre Einkäufe auf das Band, woraufhin Pauline Schwerdtfeger es mit einem Knopfdruck in Bewegung setzte.

»Brillant gemacht!«, sagte es im Ohr des Direktors. »Sie halten sich großartig. Sie sind ein Held.«

Selten in seinem Leben hatte sich der Direktor Marx so wenig als Held gefühlt wie gerade jetzt. Denn er wusste am besten, dass das Allerkomplizierteste erst noch kam: das Bezahlen. Wie um alle Welten des Universums sollte das vor sich gehen? Marx war sich ziemlich sicher, dass die Außerirdischen keinen Euro, keinen Dollar, keinen Rubel und keinen Yen dabeihatten. Und auch nichts vom chinesischen Geld, dessen Name so schwer auszusprechen ist.

Allerdings musste jeglicher unangenehme Vorfall an der Kasse des Warenhauses Schnick unbedingt verhindert werden. Das wäre ausgerechnet jetzt, da die höchsten Stellen des Landes den Direktor und sein Kaufhaus beobachteten, eine Katastrophe. Sehr schlecht fürs Geschäft! Und womöglich auch schlecht für die ganze Menschheit.

Da ertönte auch schon ein Signal aus der Kasse. Die Einkäufe waren verbucht, zusammen beliefen sie sich auf die stattliche Summe von zweitausendsiebenhundertdreiunddreißig Euro und achtundsiebzig Cent. Das Kaufhaus Schnick war nun mal kein Ein-Euro-Laden, und Qualität hat bekanntlich ihren Preis. Der Betrag wurde im Display angezeigt. Der Alien Charlotte stieß daraufhin ein Geräusch aus, das man ein zartes Grunzen hätte nennen können. Dann zog er (oder vielleicht besser: sie) etwas aus der Brusttasche ihres Freizeithemds und reichte es der Kassiererin.

Dazu sagte sie etwas.

Ja, tatsächlich, ein Alien sprach! Es war nur ein Wort, aber dieses Wort wurde sofort aufgezeichnet und an die Dechiffrierungsabteilung im Krisenstab weitergeleitet. Es hatte so ähnlich geklungen wie »Lümp«, aber das ist nur eine grobe Vereinfachung. Eher müsste man wohl schreiben »L'hwühmmpp«. Wenn ich es allerdings so hingeschrieben sehe, gefällt es mir überhaupt nicht. Viel zu kompliziert.

Wie auch immer. Die Dechiffrierungsabteilung jagte das Wort mit größtmöglicher Geschwindigkeit durch ihre Computer. Doch das Ergebnis war, dass es mit großer Wahrscheinlichkeit in keiner Sprache der Welt vorkam. Es gab nicht den geringsten Hinweis darauf, was es bedeutete. Ich füge hinzu: Man hätte es sich denken können.

Derweil war an der Kasse eine peinliche Pause eingetreten. Die Kassiererin hielt immer noch das Etwas in der Hand, das die Alien Charlotte ihr gegeben hatte, wusste aber nicht, was sie damit anfangen sollte. Woraufhin die Alien Charlotte jenes unverständliche Wort noch zweimal wiederholte, das zweite Mal in einem deutlich genervten Ton.

Dem Direktor war inzwischen aufgefallen, dass jenes besagte Etwas zumindest der Größe nach eine verblüffende Ähnlichkeit mit einer Kreditkarte hatte. Marx, der sonst gerne anderen Leuten sagte, was getan werden sollte, hätte sich jetzt sehr gewünscht, wenn man ihm gesagt hätte, was er tun sollte. Aber aus dem Knopf in seinem Ohr drang nur knisterndes Schweigen.

Und dafür gab es einen Grund. Im Krisenstab war man sich nämlich nicht einig, ob man es riskieren könne, einen außerirdischen Datenträger in ein irdisches Computersystem zu stecken. Womöglich war dieses Einkaufen nur ein Trick der Aliens, um die ganze Welt mit einem megaaggressiven Computervirus zu verseuchen und anschließend die Kontrolle zu übernehmen. Ganz ohne Schutzschild und Laserkanone, nur mit ein paar widerlichen Hackerprogrammen. Andererseits wollte man die Aliens nicht verärgern, indem man ihre Kreditkarte ablehnte. So etwas führt bekanntlich schon bei Gästen in Restaurants und Kunden in Schuhgeschäften zu den heftigsten Reaktionen.

Eine knifflige Situation! Was tun?

Doch bevor im Krisenstab eine Entscheidung fiel, rissen die dünnen Nervenstränge des Direktors Marx. Damit irgendetwas passierte, egal was, gab er der Kassiererin ein Zeichen, sie solle doch die Karte ins Lesegerät stecken.

Sie tat es. Und siehe da: Die Karte passte!

Doch dann leuchtete eine kleine rote Lampe auf, und ein unangenehm schnarrender Ton war zu hören. Eindeutig das Warnsignal für eine ungültige Kreditkarte!

»Moment bitte!«, sagte wenige Sekunden später der Assistent Blamberger vor dem Brandenburger Tor. Er machte den anderen ein Zeichen, dass er etwas Ruhe zum Telefonieren brauche. Dann sagte er mehrmals »Hm!« und »Hm?« in sein Smartphone. Anschließend wandte er sich an den Kanzler. »Die Aliens wollen mit einer Kreditkarte bezahlen«, sagte er. »Natürlich mit einer ungültigen.«

»Um Himmels willen!«, sagte der Kanzler. »Holen Sie

mir sofort die Chefin der Staatsbank an den Apparat. Aber fix!«

Die Direktorin der Staatsbank gehörte natürlich zum Krisenstab im Kanzleramt. »Frau Winterscheidt«, sagte der Kanzler. »Ich erfahre gerade, diese Typen wollen mit einer Kreditkarte bezahlen. Sorgen Sie bitte dafür, dass es keinen Stress gibt.«

»Nun ja«, sagte die Direktorin der Staatsbank. »Ich würde vorher lieber einen Risiko-Check durchführen.«

»Wie lange wird das dauern?«, sagte der Kanzler.

»Etwa zwei Wochen.«

Der Kanzler sagte darauf ein Wort, das zum Glück nicht bis in den Krisenstab drang, da er sich das Smartphone unter den Arm geklemmt hatte. Danach nahm er es wieder ans Ohr.

»Schalten Sie sofort diese Karte frei«, sagte er. »Und damit kein Missverständnis aufkommt. Mit sofort meine ich: von jetzt an in fünf Sekunden!«

»Wird gemacht«, sagte die Staatsbankdirektorin und gab ein Daumen-rauf-Zeichen an die anderen Mitglieder des Krisenstabs. Schon hämmerte einer von ihnen wild in eine Tastatur.

Derweil war an der Kaufhauskasse noch alles beim Alten. Ein Direktor schwitzte, eine Kassiererin zitterte, und drei Aliens wirkten ein bisschen unruhig, erkennbar daran, dass sie von einem Fuß auf den anderen traten. Marx hatte inzwischen den Versuch unternommen, ihnen klarzumachen, sie mögen ihre Einkäufe doch bitte als Begrüßungsgeschenke des Kaufhauses Schnick betrachten. Aber als Antwort, wenn es denn eine Antwort war, zeigte die Alien Charlotte nur auf das Kartenlesegerät, das immer noch den Schnarrton von sich gab. Dabei wiederholte sie das unverständliche Wort. Der Einfachheit halber bleibe ich bei der Schreibung »Lümp«.

Später sollten Marx und Schwerdtfeger immer wieder erzählen, dass sie diese Minuten wie lauter Ewigkeiten empfunden hätten. Marx behauptete sogar, er habe die Zeit atmen hören. Das klingt gut, aber vermutlich hatte es aus einem Gedicht, das er einmal hatte auswendig lernen müssen. Wie dem auch sei, man kann den beiden nachfühlen, wie sie gelitten haben. Bis, ja, bis plötzlich das rote Licht am Kartenlesegerät sich in ein grünes verwandelte und das unangenehme Geräusch aussetzte. Was nichts anderes bedeutete, als dass die Karte akzeptiert und der Einkauf damit rechtskräftig vollzogen und abgeschlossen war.

»Vielen Dank, dass Sie sich für das Kaufhaus Schnick entschieden haben«, sagte der Direktor mit weicher und fast schon zerfließender Stimme. Er reichte der Alien Charlotte die Karte zurück. »Besuchen Sie uns bald wieder. Wir freuen uns, Ihnen behilflich sein zu können. Darf ich Ihnen vielleicht noch unseren kostenlosen Lieferservice anbieten?«

Doch da hatten die Aliens ihre Einkäufe schon wieder in die Einkaufswagen gepackt und steuerten damit Richtung Ausgang. Der Direktor winkte ihnen nach. Etwas Besseres fiel ihm nicht ein.

»Ich hätte eine Bitte«, sagte die Kassiererin Schwerdtfeger. »Dürfte ich jetzt Feierabend machen? Ich würde nämlich gerne in Ohnmacht fallen.« Beides wurde ihr vom Direktor großzügig gestattet, aber er war es dann, der sich auf den Boden neben der Kasse setzte und lautlos weinte.

Auf der Straße vor dem Kaufhaus wurden die Außerirdischen vom Kamerawagen der Bundeswehr erwartet. Und da ihre Einkaufstour offenbar nicht in einem Blutbad geendet hatte, ließ der Krisenstab die Weltbevölkerung wieder per Fernsehen an den Ereignissen teilnehmen. Flugs durften die Moderatoren in den Fernsehstudios, die Ufologen sowie die ganze Menschheit an den Fernsehgeräten das neueste Rätsel lösen: Was hatten die drei in der Zwischenzeit im Kaufhaus Schnick getrieben? Ein besonders schwieriges Rätsel war das allerdings nicht, angesichts von sieben übervollen Einkaufswagen.

Ich verrate die Lösung: Sie hatten sich einfach mit dem Nötigsten versorgt. Was man halt so braucht, wenn man lange unterwegs war.

Die Aliens bekommen ihren Namen

Ich habe Vanessa Patzek und Fipp West ein bisschen vernachlässigt, aber ich habe dafür die beste Entschuldigung. Es gab nämlich nichts Besonderes von ihnen zu berichten. Und eine Geschichte muss sich nicht dauernd um alle ihre Personen kümmern, so als wären sie junge Hunde, die man keine Sekunde aus den Augen lassen darf.

Vanessa hatte mit ihrer Mutter die Nacht von Freitag auf Samstag vor dem Fernseher verbracht. Sie waren dabei abwechselnd eingeschlafen, um wieder aufzuwachen und die jeweils andere zu fragen, ob inzwischen etwas passiert sei. Am Morgen hatten sie dann zusammen mit ein paar Milliarden anderer Menschen die Einkaufstour der Aliens im Fernsehen verfolgt. Der Hausmeister Patzek hatte inzwischen dabei geholfen, den Müll wegzuräumen, den die Mitglieder des Krisenstabs in Massen produzierten. Pizzakartons, Schokoriegelpapier, verschließbare Pappbecher mit Strohhalm und dergleichen. Eben der typische Nerd-Müll.

Fipp hatte sich, wie Vanessa ihm geraten hatte, durch die Sicherheitsgasse der Polizei gerettet. Das war so unspektakulär verlaufen, dass man es nicht ausführlich schildern muss. Was auch in Fipps Interesse ist. Denn auf alles, was passiert war, seit er Vanessa telefonisch um Hilfe angebettelt hatte, war er nicht besonders stolz. Und wer wird schon gerne daran erinnert, dass er versucht hat, aus lauter Dankbarkeit ein Polizeipferd zu umarmen! Aber ich sollte wirklich den Mund halten.

Auch Fipp und seine Familie waren noch in Berlin-Mitte. Niemand hatte sie aufgefordert, ihre Wohnung zu verlassen. Es hatte wohl keiner geglaubt, dass in dem vergammelten Haus noch jemand lebte. Fipps Eltern hatten von sich aus nichts unternommen, halb freiwillig, halb unfreiwillig. Sie besaßen nämlich kein Auto und keine Verwandtschaft. Und in eine vollgestopfte, übelriechende Turnhalle wollte Fipps Vater seine Familie nicht verfrachten. Dafür war er sich nun doch zu fein. Also saß man auch bei Westens vor dem Fernseher und wunderte sich darüber, was die Aliens so trieben.

Mit anderen Worten: nichts Neues bei Vanessa und Fipp. Wir können sie wieder sich selbst überlassen. Aber keine Bange! Später werden sie wieder ins Spiel kommen, und das nicht zu knapp.

Schauen wir lieber zu, wie die drei Aliens mit ihren sieben Einkaufswagen über die Linden zum Brandenburger Tor gingen und dann zum Platz vor dem Reichstag. Sie machten das sehr geschickt. Sie hatten die Wagen zu einer langen Reihe zusammengebunden, die Christopher zog, während Julian den letzten Wagen in der Spur hielt und Charlotte etwas seitlich ging, offenbar um zu kontrollieren, ob die anderen ihren Job auch richtig machten. Womöglich war sie so etwas wie der Chef.

Auf der Rasenfläche, auf der das Ufo stand, kamen die Einkaufswagen zwar ein bisschen ins Holpern, aber das meisterten die Außerirdischen mit Bravour. Genau hier stand auch wieder der Kanzler, der zusammen mit seinem Begrüßungskomitee zurückgeeilt war. Wieder streckte er den Aliens seine Hand zur Begrüßung entgegen, doch wieder gingen sie grußlos an ihm vorbei, ohne ihn oder jemand von seiner Begleitung auch nur anzusehen. Stattdessen führten sie ein beeindruckendes Kunststück vor, indem sie die sieben Einkaufswagen über zwei Meter hoch in die Luft steigen und im Ufo verschwinden ließen. Dasselbe machten sie anschließend mit sich selbst. Die Tür, die eigentlich keine Tür war, schloss sich hinter ihnen und war dann nicht mehr zu erkennen.

Und das war's! Ungelogen. Ich kann's nicht ändern.

Den Rest dieses Tages passierte nichts Besonderes mehr. Das heißt, die Milliarden Menschen auf der ganzen Welt bekamen nur die Bilder vom verschlossenen Ufo vor dem Reichstag zu sehen, immer noch unterbrochen durch die Kommentare der Ufologen, die mittlerweile verschlafen und überfordert wirkten.

Nur eines muss noch berichtet werden. Einer der Ufologen nannte die Besucher aus dem All die AKALEF, was ihm für ein paar Minuten viel Aufmerksamkeit einbrachte. Natürlich wusste er genau so wenig wie alle anderen, wie die Aliens tatsächlich hießen oder woher sie kamen. Er hatte sich nur, wie Fachleute das gerne tun, eine Abkürzung einfallen lassen, und AKALEF stand für »**A**ußerordentlich **K**auflustige **A**ußerirdische **LE**bens**F**orm«.

Der Name setzte sich allerdings nicht durch. Kurz darauf fragte nämlich vor laufenden Kameras ein Reporter eine ziemlich dicke Berlinerin am Alexanderplatz, also außerhalb der Sperrzone, was sie persönlich von den Außerirdischen halte. Als Antwort sagte die Berlinerin im breitesten Dialekt: »Och, die Koofmichs, die find ick janz jelungen.« Und – schwupp! – hatten die Außerirdischen ihren Namen weg: die Koofmichs.

Nun wusste man nicht überall in Deutschland, geschweige denn im Rest der Welt, was ein Koofmich ist. Deswegen wurde es gleich erklärt. Einen Koofmich nennt man in Berlin einen Kaufmann, wenn man sich über ihn lustig machen will. Vielleicht ist das Wort in einer Zeit entstanden, als die Kaufleute noch vor ihren Geschäften standen und ihre Kundschaft mit irgendwelchen Sprüchen hineinlocken wollten: »Koofen Se dit hier!«, »Koofen Se dat hier!« oder »Koofen Se bei mich!«

Manche behaupten allerdings, es habe ursprünglich Koofmichel geheißen. Einen Michel nannte man früher in Deutschland einen, der dickfellig und egoistisch und ein bisschen beschränkt ist. Also war ein Koofmichel einer, der sich nur dafür interessierte, wo es was Gutes für ihn zu kaufen gab und wie er es kriegen konnte – wenn's ging, möglichst billig.

Der Name Koofmichs verbreitete sich rasend schnell über die ganze Welt. Und alle verstanden, was damit gemeint war. Schließlich hatte jeder verfolgen können, was die Außerirdischen als Erstes getan hatten: Sie waren einkaufen gegangen. Offenbar ging ihnen das Shopping über alles. Folgerichtig hießen sie jetzt die Koofmichs, was ebenso schräg wie einprägsam war. Englisch ausgesprochen klang es wie »Kuhfmicks« und französisch wie »Koffmiesch«. Frage mich bitte keiner nach Chinesisch!

Einkaufen! – Man sollte wenigstens einen Moment darüber nachdenken. Denn eigentlich war es doch unerhört! Da waren die sagenhaften Außerirdischen, über die man sich so lange den Kopf zerbrochen hatte, tatsächlich auf der Erde gelandet. Aber statt wichtige Botschaften aus transgalaktischen Welten zu übermitteln oder einen Ufo-Krieg anzuzetteln und die Erde zu unterwerfen, waren die Sternentouristen in aller Gemütsruhe zum Shopping ins teuerste Kaufhaus der Hauptstadt gegangen.

Das war einerseits ein Skandal. Es war eine Beleidigung der

ganzen Menschheit, die in Gestalt des Kanzlers vergebens ihre Hand zum Willkommengruß ausgestreckt hatte. Andererseits aber war es auch beruhigend und irgendwie sogar völkerverbindend. Denn obwohl niemand eine Ahnung davon hatte, von woher die Außerirdischen gekommen waren und wie es dort aussah, konnte man sich jetzt überall auf der Welt problemlos vorstellen, wie es momentan im Inneren ihres Ufos aussah und was die Aliens dort trieben.

Tatsächlich dachte niemand mehr an blinkende Knöpfe, geheimnisvolle Schalter, hochmoderne Computer oder anderen außerirdischen Technikkram. Stattdessen stellte man sich überall auf der Welt die drei Koofmichs vor, wie sie auf ihren flauschigen Decken lagen, nachdem sie mit teuren Duftwässern den Mief ihrer Sternenreise vertrieben hatten. Und man stellte sich vor, wie sie sich die ausgesuchtesten Leckereien in ihre Münder schoben, als gerechte Entschädigung für die faden Tiefkühlgerichte, die sie wer weiß wie lange hatten essen müssen.

Und wer sollte dafür kein Verständnis haben!

Etwas zu verstehen heißt allerdings noch lange nicht, es gut zu finden. Eltern zum Beispiel verstehen sehr gut, wenn ihre Kinder faulenzen und dabei Süßigkeiten essen wollen, aber sie finden es nur in den seltensten Fällen prima.

Tatsächlich hatten sich die Koofmichs durch ihr bisheriges Verhalten nicht besonders beliebt gemacht. Nun gut, sie hatten nichts eingeschmolzen oder pulverisiert, weder den Reichstag noch das Kanzleramt oder den Kanzler. Herzlichen Dank dafür. Aber verdammt noch eins! Man hätte sich die erste Begegnung zwischen den Erdenmenschen und den Vertretern einer außerirdischen Intelligenz doch etwas anders gewünscht. Man hätte bunte Fähnchen tauschen und ernsthafte Reden halten können. Oder umgekehrt. Kinderchöre hätten singen und Rockbands hätten spielen können, so wie bei der Eröffnung der Olympischen Spiele. Tausend bunte Luftballons oder tausend weiße Tauben hätte man in den Himmel über Berlin steigen lassen können, an jedem Luftballon und an jedem Taubenfuß ein kleiner Zettel mit einem guten Wunsch darauf. Und schließlich hätte man einen intergalaktischen Friedensvertrag abschließen und sofort damit beginnen können, die schönsten Computerspiele und die modernsten Endgeräte beider Welten untereinander auszutauschen. Wobei, offen gesagt, die Erdenbewohner vom technischen Fortschritt der Außerirdischen vermutlich enorm profitiert hätten.

Doch offenbar interessierten sich die Aliens bislang ausschließlich fürs – ja, richtig! – Shoppen. Und ihren Einkäufen nach zu urteilen, zusätzlich noch fürs Chillen und Abhängen und Schlemmen und Naschen. Man konnte meinen, sie wären Touristen im Urlaub! Die stürmen ja auch, kaum dass sie angekommen sind, die nächsten Läden, um rasch zu sehen, was es zu kaufen gibt, am besten billiger als zu Hause. Sie beladen ihre Einkaufswagen und verziehen sich mit ihrer Beute in ihre Hotels oder ihre Wohnmobile oder ihre preiswerten Airbnb-Zimmer. Ein solches Verhalten mag verständlich sein, aber sympathisch ist es nicht. Und was die Leute in den Urlaubsländern über die Touristen denken, das will man lieber gar nicht wissen. Besonders, wenn man selbst Tourist ist.

Die Bürgschaft (kein Gedicht von Schiller)

Während überall auf der Welt so gedacht und geredet wurde, hatte der Kanzler keine Zeit, sich zu fragen, ob er die Koofmichs sympathisch oder unsympathisch finden sollte. Mittlerweile saß er wieder im unterirdischen Krisenstab. Vor ihm stand ein Monitor, neben ihm stand Leona Winterscheidt, die Direktorin der Staatsbank. Beide beobachteten höchst gespannt, wie auf dem Monitor lange Listen von Zahlen auf und ab liefen, violett und giftgrün auf schwarzem Grund.

Hinter dem Kanzler stand der Assistent Blamberger und rieb sein rechtes Ohr. Vom vielen Telefonieren in den letzten Stunden war ihm ein Geräusch im Ohr geblieben, das sich weder durch Zupfen noch durch Bohren oder Kneten vertreiben ließ. Gar nicht heilsam für sein überlastetes Ohr war auch, dass der Kanzler alle paar Sekunden fragte, ob man endlich schon sagen könne? – ob man schon wisse? – und so weiter. Bei jeder dieser Fragen zuckte Blamberger zusammen.

Die Direktorin Winterscheidt hatte allerdings noch keine Antwort geben können, und so wartete alles gespannt auf die Meldung, ob die außerirdische Kreditkarte der Koofmichs irgendwelche interessanten Daten enthielt. Oder ob sie womöglich gefährliche Viren verbreitete! Offenbar machte ihre

Entschlüsselung einige Mühe. Endlich standen die Zahlen auf dem Monitor still.

»Jetzt wissen wir es gleich«, sagte die Direktorin. Und dann sagte sie: »nein!«

»Was heißt nein?«, rief der Kanzler laut. Blamberger schützte sein rechtes Ohr mit der Hand.

»Bitte, hier«, sagte die Direktorin und tippte mit dem Zeigefingernagel auf den Monitor. Dort, wohin sie tippte, war mitten in einem gewaltigen Durcheinander von Zahlen und Zeichen eine rote Drei zu sehen.

»Eine Drei«, sagte der Kanzler. »Das kann ich erkennen. Und was bedeutet das?«

In diesem Moment klingelte das Smartphone der Direktorin, sie hielt es ans Ohr und sagte etliche Male »Hm« beziehungsweise »Hm!« oder »Hm?«.

»Darf ich an meine Frage erinnern?«, sagte der Kanzler. Wer ihn kannte, wie etwa Blamberger, konnte sehen, wie er gerade erfolgreich einen Wutanfall unterdrückte. Das gelang ihm immer wieder gut und war eines der Geheimnisse seines Erfolgs als Politiker.

Die Direktorin legte ihr Smartphone neben den Monitor. »Wenn ich meine Mitarbeiter richtig verstanden habe, sind uns gerade drei überwiesen worden.«

»Drei was?«

»Keine Ahnung«, sagte die Direktorin.

»Und von wo?«

»Hier muss ich Ihnen leider dieselbe Antwort geben, Herr Kanzler. Offenbar ist diese Karte eine Art Vermögensspeicher. So ähnlich wie unsere Geldkarten. Und von so einer Geldkarte haben uns unsere Gäste gerade einen Betrag in Höhe von drei überwiesen.«

»Aha«, sagte der Kanzler. »Drei Lümp vielleicht?« Womit er das bislang einzige Wort zitierte, das die Aliens vernehmlich gesprochen hatten.

»Wir könnten es der Einfachheit halber so nennen«, sagte die Direktorin, der aufgefallen war, dass die Laune des Kanzlers in immer tiefere Tiefen stürzte.

»Und was um alles in der Welt ist so ein Lümp?«, fragte der Kanzler.

»Nun«, sagte die Direktorin, »ich vermute mal, es ist – äh – Geld.«

»Papperlapapp«, sagte der Kanzler. »Für einen Lümp kann ich mir doch nirgendwo auf der Erde etwas kaufen.«

»Das ist vollkommen richtig.« Die Direktorin war froh, dem Kanzler zustimmen zu können. »Und deshalb wurde die Kreditkarte auch korrekterweise erst einmal abgelehnt.«

»Richtig so«, sagte der Kanzler. »Wir unterhalten nun mal keine Geschäftsbeziehungen zu Planeten außerhalb der Erde.«

»Das ist nicht ganz korrekt«, sagte die Direktorin. »Immerhin hat vor einer halben Stunde das Kaufhaus Schnick die Kreditkarte dieser Aliens akzeptiert. Und zwar auf Ihre dringende Aufforderung hin, Herr Kanzler.«

Der Kanzler verzog sein Gesicht zu einem schrägen Grinsen. »Aber was sollte ich denn machen? Sollte ich vielleicht einen intergalaktischen Krieg riskieren wegen lümpiger, Quatsch!, wegen lumpiger zweitausend Euro für Luxusartikel und Delikatessen?«

»Natürlich nicht«, sagte die Direktorin. »Aber ich denke, unsere Gäste werden jetzt davon ausgehen, dass rein geld- und kostenmäßig zwischen Ihnen und uns ab sofort alles im gegenseitigen Einvernehmen geregelt ist.«

»Wie bitte?«, sagte der Kanzler. Er war ein Mann, der klare und einfache Worte liebte.

Die Direktorin verstand das. »Wir haben ihre Geldkarte akzeptiert«, sagte sie in dem Tonfall, in dem man Erstklässlern etwas erklärt. »Und das bedeutet: Wir akzeptieren ihr Geld. Jedenfalls werden sie das jetzt denken. Ich wiederhole: Wir akzeptieren ihr Geld. Und zwar vorläufig in jeder beliebigen Menge. Weiß der Himmel, wie viele Lümp auf dieser Karte sind. Ich schätze mal: mehr als drei.«

»In jeder beliebigen Menge«, sagte der Kanzler leise vor sich hin. »Aber wenn wir diese Geldkarte weiter akzeptieren, dann rauben diese Koofmichs doch jeden aus, bei dem sie damit bezahlen?«

»Nun ja«, sagte die Direktorin. »Immerhin hat das Kaufhaus Schnick jetzt drei, äh, Lümp auf seinem Konto, und dafür könnte es sich in der Heimat unserer Gäste Sachen im Wert von umgerechnet zweitausend –«

Der Kanzler ließ sie nicht ausreden. »Aber wir wissen doch gar nicht, wo die Leute herkommen. Und selbst wenn wir wüssten, wo das ist, wir kämen da niemals hin!« Er wurde ein bisschen laut. »Wir kommen gerade mal bis zum Mond. Und selbst da sind wir lange nicht mehr gewesen.«

»Das ist allerdings wahr«, sagte die Direktorin.

»Sehen Sie«, rief der Kanzler. »Ich habe recht. Die Leute, bei denen die Koofmichs einkaufen, werden ausgeraubt! Und das werden diese Leute gar nicht gut finden, lassen Sie sich das gesagt sein. Wissen Sie was? Morgen werden diese Weltraumpiraten sich vielleicht drei Fruchtbecher mit einer Extraportion Sahne genehmigen wollen, und dann bricht in einem italienischen Eiscafé am Alexanderplatz der Sternenkrieg aus, weil der Eisverkäufer Luigi begreiflicherweise keinen einzigen lausigen Lümp auf seinem Konto haben will.«

»Das ist zu befürchten«, sagte die Direktorin.

»Dagegen müssen wir etwas unternehmen! Und zwar schnell.«

»Nun gut«, sagte die Direktorin. »Wir könnten natürlich bürgen.«

»Genau«, sagte der Kanzler. »Wir können bürgen. Das können wir. Das machen wir sowieso schon dauernd.«

Ich denke, ich muss niemandem erklären, wie das Bürgen funktioniert. Man kennt das, Eltern bürgen meistens für ihre Kinder. Zum Beispiel die Eltern von Fipp, als er vor zwei Wochen im Spielwarengeschäft auf eine ultramoderne Drohne der Firma *Quickfly* mit eingebauter Kamera zeigte und zu dem Verkäufer sagte: »Ich nehme die da!«, worauf der Mann sie ihm tatsächlich in die Hand drückte. Eigentlich war das eine Frechheit, weil Fipp höchstens acht Euro besaß und die Drohne hundertneununddreißig kostete. Aber hinter Fipp standen seine Eltern, und weil sie wegen irgendwelcher Familiengeschichten gerade ein schlechtes pädagogisches Gewissen hatten, bezahlten sie zähneknirschend die Drohne.

Genau so sollte jetzt also die Staatsbank für die Geldkarte der Koofmichs bürgen. Die Direktorin gab telefonisch die entsprechenden Anweisungen, und wo immer jetzt die Aliens mit ihrer Karte zahlen würden, da bekämen die Leute dafür von der Staatsbank automatisch harte Euro überwiesen. Zum Wechselkurs von: ein Lümp = neunhundertelf Euro und achtundsiebzig Cent.

»Gerettet«, sagte der Kanzler und meinte damit die ganze Welt.

Die Direktorin schaute allerdings ein bisschen verdrießlich. Denn eigentlich bürgt niemand gerne für jemand anderen. Und erst recht nicht für Leute, die er gar nicht kennt, weil sie gerade von einem fremden Planeten gekommen sind.

»Eine Frage noch«, sagte die Direktorin. »Wie hoch soll denn die Bürgschaft sein?«

Der Kanzler wollte sich aber seine Freude darüber, dass er gerade die Welt gerettet hatte. nicht schmälern lassen. »Unbegrenzt«, sagte er. »Die Bürgschaft ist unbegrenzt. Und jetzt entschuldigen Sie mich bitte, ich muss telefonieren.«

Das war eine halbe Lüge. Eigentlich wollte der Kanzler nur ein bisschen alleine sein. Also ging er, begleitet von zwei Sicherheitsleuten, nach oben in sein großes Arbeitszimmer, das direkt unter dem Mehrzweckraum lag. Die Sicherheitsleute warteten vor der Tür, und jetzt war der Kanzler tatsächlich allein, zum ersten Mal, seit dieser Spuk begonnen hatte.

Einige Informationen über den Kanzler

Gerade fällt mir auf, dass ich noch gar nichts Genaueres über den Kanzler gesagt habe. Ich hole das rasch nach. Er hieß Ralf Korbschläger, war neununddreißig Jahre alt und damit recht jung für einen Kanzler. Tatsächlich war er der jüngste Kanzler, den das Land je gehabt hatte. Vor etwas über einem Jahr war er gewählt worden, doch nicht, weil eine der großen Parteien ihn als Kandidat aufgestellt hatte. Nein, Ralf Korbschläger hatte ein Jahr vor der Wahl eine eigene Partei gegründet. Diese Partei machte den Wählern das große Versprechen, sie werde alles anders und besser machen, als die alten Parteien es bislang gemacht hatten. Für jedes Problem, so sagte Korbschläger im Wahlkampf, müsse es eine gute Lösung geben, vorausgesetzt, man denke ernsthaft darüber nach und halte sich an den gesunden Menschenverstand. Er selbst sei in der Lage, ernsthaft nachzudenken, und er besitze einen gesunden Menschenverstand. Deshalb solle man ihn wählen.

Außerdem, sagte er, kenne er praktisch keine wichtigen Leute aus der Politik oder aus der Wirtschaft. Und das sei ein riesiger Vorteil, denn er schulde niemandem etwas und müsse deshalb niemandem nach dem Mund reden, geschweige denn ihm in den Allerwertesten kriechen. Im Gegenteil, er könne ganz entspannt all das tun, was sich die Politiker der alten Parteien nicht trauten, weil sie Angst hatten, mit irgendeinem hohen Tier Ärger zu bekommen. Schließlich hatte Korbschläger seine Partei die »Partei für ernsthafte und entspannte Politik« genannt, kurz die PEP.

Anfangs hatten die Leute über ihn gelacht, vor allem die Politiker der anderen Parteien. Aber dann hatten sich Korbschläger eine Menge ganz ernst zu nehmender Leute angeschlossen, durchweg fröhliche und kluge Menschen, von denen man wusste, dass sie gute Absichten und außerdem Grips im Kopf hatten.

Korbschläger war ein erstaunlicher Typ. Bei seinen öffentlichen Auftritten und Reden trat er tatsächlich ganz entspannt auf. Er schimpfte nicht, und er griff niemanden persönlich an, wie es in der Politik ansonsten üblich ist. Er habe nichts gegen die anderen Politiker, sagte er. Aber vor allem wolle er seine Zeit nicht damit verschwenden, sie zu kritisieren. Er wolle es nur besser machen. Er wolle, dass der Staat klüger sei, vorausschauender, liebevoller und gerechter, als er es bislang gewesen war. So einfach sei das.

Das alles brachte er ganz ruhig und freundlich vor. Eben entspannt und ernsthaft. Manchmal erklärte er Dinge ziemlich lange, viel länger, als die Politiker es sonst taten. Die fassten sich gerne kurz und sagten markige Worte, weil sie befürchteten, dass die Leute ihnen sonst nicht mehr zuhören würden. Die Leute haben ja immer so schrecklich wenig Zeit, besonders für die Politik. Korbschläger aber sagte bei jeder Gelegenheit, dass die Dinge heute nicht einfach seien und dass man sich schon ein bisschen ausführlicher mit ihnen beschäftigen müsse, um sie zu verstehen.

Anfangs fanden das viele Leute nicht gut. Sie hätten sich lieber eine Politik gewünscht, die in etwa so wie Tiefkühlpizza war, also: schnell gekauft, schnell gebacken, schnell gegessen, schnell verdaut. Aber dann hatten immer mehr Leute gesagt, Korbschläger habe recht, und man solle nicht hundert Sachen ruckzuck machen, sondern lieber zehn anständig und in Ruhe. Schließlich, ich kürze ein bisschen ab, hatten er und seine PEP die Wahl gewonnen, haushoch übrigens, und er war Kanzler geworden.

Jetzt wäre er allerdings lieber alles andere als Kanzler. Er legte sich auf das gemütliche Sofa in seinem Arbeitszimmer und versuchte, die Augen zu schließen. Das gelang ihm auch, aber statt in das vertraute schwarze Nichts zu schauen, sah er Ufos landen, schaufensterpuppenähnliche Aliens mit Einkaufswagen über die Linden gehen und lange Zahlenkolonnen über Monitore laufen. Also öffnete er seine Augen wieder und schaute das Bild an, das hinter seinem Schreibtisch hing.

Beim Einzug in dieses Arbeitszimmer hatte er sich wünschen dürfen, welches Bild hier hängen sollte. Er hatte sich für ein altes Bild entschieden, auf dem eigentlich nichts Besonderes zu sehen war, bloß ein Zimmer mit grünlichen Wänden, in dem ein großer Spiegel und zwei Stühle standen sowie ein Sofa, von dem man allerdings bloß eine Hälfte sah. Rechts hatte dieses Zimmer eine Tür, die wohl nach draußen führte und auch halb offen stand, aber hinaussehen konnte man nicht, weil ein weißer Vorhang die Sicht versperrte. Der Kanzler hatte sich schon oft in dieses Zimmer hineingeträumt, und seit Langem glaubte er, es müsste das perfekte Glück sein, darin zu leben. Wann immer er sich aufgeregt hatte oder verzweifelt gewesen war, hatte ihm ein Blick auf dieses Bild geholfen. Doch heute funktionierte es nicht. Leider.

Da klopften die Sicherheitsleute an die Tür. Das Klopfen sagte eindeutig: Kommen Sie bitte schnell!

»Moment noch«, sagte der Kanzler. Er nahm sein Smartphone und rief seine Frau an. Sie wusste natürlich, was alle wussten, die vor dem Fernseher saßen, und was sie nicht wusste, durfte der Kanzler ihr nicht sagen, weil es ein Staatsgeheimnis war. Also erkundigte er sich danach, wie es den Kindern ging. Ganz gut, hieß es, allerdings leide Adele, die Familienhündin, an Durchfall, was aber höchstwahrscheinlich nichts mit der Landung der Aliens zu tun habe.

»Das ist ja doof«, sagte der Kanzler und gab noch ein paar Tipps zur Teppichreinigung. Dann beendete er das Telefonat. Kurz darauf war er wieder auf dem Weg hinunter in den Regierungsbunker. »Gütiger Himmel!«, dachte er unterwegs. »Was war das für eine schöne Zeit, als man sich noch darüber aufregen konnte, dass der Hund ins Wohnzimmer kackte.«

Doch momentan schien es, als würde diese Zeit nie zurückkehren.

Fipp hat einen Plan

Wir begleiten den Kanzler jetzt aber nicht nach unten in den Krisenbunker, sondern steigen eine Treppe höher zum Repräsentationsraum. Hier treffen wir nämlich Vanessa, die das Durcheinander im Haus schon wieder genutzt hatte, um unbemerkt hierherzukommen. Wer sich jetzt fragt, wie das denn überhaupt möglich war und warum die oberen Stockwerke des Kanzleramtes und besonders der Balkon davor nicht von Polizisten und Soldaten nur so wimmelte, der fragt nichts grundsätzlich Dummes. Ich erinnere also gerne noch einmal daran, dass der General Gerth schon kurz nach der Landung des Ufos angeordnet hatte, alles zu vermeiden, was irgendwie kriegerisch oder aggressiv aussehen könnte. Deswegen gab es keine schwer bewaffneten Soldaten auf dem Platz vor dem Reichstag, keine Scharfschützen auf den Dächern und erst recht keine Panzer oder Granatwerfer im Tiergarten. Sogar die Soldaten, die gestern noch vor dem Kanzleramt gestanden hatten, waren abgezogen worden, bis auf die üblichen Wachen am Eingang.

Selbst am Sicherheitszaun, den man um das Ufo errichtet hatte, patrouillierten nur ein paar Polizisten. Sie taten es sehr relaxed und lässig, so als gingen sie Streife vor einem Streichelzoo. Ihre Hauptaufgabe war es, die Leute, die gelegentlich noch kamen, um das Ufo anzuglotzen, möglichst freundlich dazu zu überreden, wieder nach Hause zu gehen. Die meisten taten das sofort. Die anderen, die sich zuerst weigerten, gingen nach kurzer Zeit, weil es ja nichts zu sehen gab, was sie noch nicht aus dem Fernsehen kannten. Außerdem gab es hier nichts zu essen und zu trinken. Nicht einmal das Rote Kreuz war noch da, um Tee auszuschenken.

Wer den Spezialausdruck wissen möchte, den man für ein solches Verhalten von Polizei und Militär verwendet, dem sei er gesagt. Er lautet: Deeskalationsstrategie. Schwer auszusprechen, wegen der zwei e direkt hintereinander. Man spricht es De-Eskalations- und so weiter. Und noch schwerer als es auszusprechen ist es auszuführen und durchzuhalten. Aber bislang schien es ganz gut zu gelingen. Bis jetzt hatte niemand die Nerven verloren.

Vanessa hatte inzwischen den Balkon erreicht. Sie schob die Tarnnetze ein wenig auseinander, bis sie durch den Spalt hindurch das Ufo deutlich sehen konnte. »Bin da «, sagte sie in ihr Smartphone.

»Mach ein Foto und schick's rüber«, sagte jemand am anderen Ende der Leitung. Es war, richtig vermutet, Fipp West.

»Mach ich nicht. Bringt nichts. Hier passiert null. Hier ist absolut tote Hose.«

»Egal«, sagte Fipp. »Hauptsache, ein neues Foto.«

»Warum? Hier tut sich nichts. Nüscht, verstehste?«

»Oh, bitte!«, sagte Fipp. »Das ganze Netz jammert nach neuen Fotos. Nicht immer nur dieser langweilige Kram aus der Glotze. Ich hab schon etwa drei Millionen Nachrichten bekommen wegen meines Selfies von gestern. Die Leute wollen Nachschub.«

»Schon klar. Am besten Bilder von innen, oder?« Vanessa lachte kurz und trocken. »Vielleicht die drei Jeans-Models, wie sie sich was Leckeres kochen? Kein Problem. Ich geh mal runter und klopf an. Wo bist du überhaupt?«

Worauf Fipp Gelegenheit hatte, zu erklären, warum er und seine Eltern immer noch zu Hause waren.

»In eurer Bruchbude? Echt?« Vanessa hatte Fipp schon ein paarmal zwecks Nachhilfe besucht, das war einfacher und ging schneller, als ihn durch die Sicherheitskontrollen im Kanzleramt zu bringen.

»Ja«, sagte Fipp, ein bisschen beleidigt wegen »Bruchbude«. Immerhin hatte sein Ururururgroßvater, Graf Reginhard Benedikt und so weiter, in dieser Wohnung einmal den berühmten Reichskanzler Bismarck empfangen. Vorausgesetzt, diese Familienlegende entsprach der Wahrheit.

»Hast du gesehen, wie sie rein und raus sind?«, fragte Fipp.

»Nur am Fernseher«, sagte Vanessa wahrheitsgemäß.

Fipp sagte ein verbotenes Wort. »Mann! Jetzt wohnst du praktisch genau neben diesen Vögeln, und wir kriegen keine besseren Bilder als die Leute in Simbabwe und Bangladesch. Ist doch –«, und dann folgte noch ein böses Wort. »Wie weit sind die jetzt von dir weg?«

Vanessa war nicht gut im Schätzen. »Mit einem kleinen harten Ball könnte ich sie treffen«, sagte sie. »Vorausgesetzt, ich wäre Kevin.« Das war ein gemeinsamer Mitschüler, der in Sport eine Eins bekam, ohne sich auch nur im Geringsten anzustrengen.

»Verstehe«, sagte Fipp. »Hör mal zu! Ich hab da eine Idee. Oder besser: einen Plan.«

»Du redest wie die drei Fragezeichen«, sagte Vanessa, und es war unüberhörbar nicht als Kompliment gemeint.

Fipp kümmerte sich nicht darum, sondern schilderte in schnellen, knappen Sätzen den besagten Plan.

»Du bist gaga«, lautete Vanessas Kommentar.

»Also abgemacht. Dann bis morgen.« Fipp beendete das

Gespräch. Vanessa robbte auf Knien zurück in den Repräsentationsraum, sicherheitshalber, und von dort schaffte sie es wieder unbemerkt in die Hausmeisterwohnung.

Ja, ich weiß. Ich habe jetzt unterschlagen, welchen Plan Fipp Vanessa geschildert hatte. Ich gebe zu, das ist ein übler Schriftstellertrick. Man lässt etwas aus, das eigentlich an der Reihe wäre, erzählt zu werden. Warum? Natürlich, um die Spannung zu steigern, möglichst ins Unerträgliche. Man tut es, damit die Leute die Bücher nicht in Ruhe lesen, sondern, wie es so schön heißt: verschlingen. Und wenn sie sie dann verschlungen haben, sollen sie gleich nach einer Fortsetzung verlangen. Eigentlich mag ich solche Tricks nicht. Und daher verspreche ich hiermit, dass man schon im nächsten Kapitel erfährt, was Fipp ausgebrütet hatte.

Fipp macht Ernst

Den Rest des Samstags und während der Nacht auf den Sonntag passierte nichts mehr, das des Berichtens wert wäre. Aber am Sonntagmorgen, also am Morgen des nunmehr dritten Tages, an dem das Ufo vor dem Reichstag in Berlin stand, öffnete sich um neun Uhr zweiundvierzig wieder die Tür, die keine war, und die drei Außerirdischen traten heraus.

Der Kanzler war diesmal nicht anwesend. Er wollte nicht noch einen dritten Begrüßungsversuch unternehmen und ein drittes Mal gedemütigt werden. Genug ist genug! Stattdessen hatte er einen Tisch mit einem roten Telefon vor das Ufo stellen lassen, für den Fall, dass die Außerirdischen vielleicht Interesse daran hätten, ihn anzurufen. Neben dem Telefon lag ein Zettel mit einer Eins darauf. Das war ab jetzt die Telefonnummer, unter der man ihn dauernd erreichen konnte. Einfach eine Eins, man wollte es den Aliens nicht zu schwer machen.

Neben diesem Zettel lag noch ein weiterer Zettel mit den Telefonnummern des amerikanischen, des russischen und des französischen Präsidenten sowie der englischen Premierministerin und etlicher anderer Staatsoberhäupter. Nur der chinesische Präsident hatte seine Nummer nicht herausgeben wollen. Ein Psychologe aus dem Krisenstab hatte noch die Nummer der Telefonseelsorge dazuschreiben wollen, für den Fall, dass die Außerirdischen ein seelisches Problem hätten und den Wunsch verspürten, jemanden um guten Rat oder Trost und Beistand zu fragen. Das war dann aber nach kurzer Beratung unterblieben. Man wollte die Koofmichs auf keinen Fall unabsichtlich beleidigen.

Die drei Aliens sahen dann um neun Uhr dreiundvierzig auch keineswegs so aus, als hätten sie seelische Probleme. Sie hatten allerdings auch keine Lust, irgendwelche Präsidenten und Premierminister anzurufen. Sie beachteten den kleinen Telefontisch so wenig wie am Morgen zuvor den Kanzler. Stattdessen machten sie sich wieder auf den Weg durch das Brandenburger Tor zur Friedrichstraße, natürlich verfolgt von dem unauffälligen Kamerawagen. Ach, und fast hätte ich es vergessen: Die sieben Einkaufswagen, jetzt vollkommen leer, hatten sie dabei, sauber ineinandergesteckt. Der Alien Christopher schob sie höchst geschickt vor sich her.

Und die Welt schaute zu.

Um neun Uhr vierundvierzig erhielt Vanessa eine Kurznachricht. Der Text lautete: »Bin unterwegs.« Sie überlegte kurz, eine Antwort zu schreiben. Vielleicht war dieser Wahnsinnige noch von seinem Plan abzubringen. Aber dann ließ sie es. Manche Leute muss man einfach machen lassen, sagte ihr Vater immer. Außerdem war Vanessa ein ganz kleines bisschen neugierig, ob Fipps Plan tatsächlich funktionieren könnte.

Oder ehrlich gesagt: Sie war über alle Maßen neugierig!

Zwanzig Minuten später stand sie wie zufällig im Empfangsbereich des Kanzleramts, wo die Besucher gecheckt wurden. Hier war nicht mehr viel los, seitdem der Krisenstab im Regierungsbunker tagte, denn der bekam Besuch und Nachschub durch den besagten Hinterausgang. Deshalb gehörte alle Aufmerksamkeit dem rothaarigen Jungen, der begleitet von einem Soldaten den Raum betrat. Es war Fipp, gekleidet wie immer und mit einer Schultasche unter dem Arm.

»Hallo, Philipp«, sagte ein Sicherheitsmann. Er kannte Vanessas Schulfreund von früheren Besuchen. Schon hatte er Fipps Personalien auf seinen Monitor geladen, und dort stand jetzt alles, was man über einen Dreizehnjährigen überhaupt wissen konnte. Adresse, Schuhgröße, letzte Impfung, letzte Note in Mathe, einfach alles.

»Was machst du denn hier?«, sagte der Sicherheitsmann. »Seid ihr nicht weg? Eure Wohnung gehört doch zum Sperrbezirk.«

»Tschüss, schöner Plan!«, dachte Vanessa. So schnell kann das gehen.

Aber da antwortete Fipp schon, und zwar ziemlich geistesgegenwärtig: »Ja, natürlich«, sagte er. »Aber meine Mutter hat die Grippe und will mich nicht anstecken. Meine Eltern lassen fragen, ob die Patzeks sich um mich kümmern können. Vanessa geht nämlich in meine Klasse und –«

»Schon gut«, sagte der Sicherheitsmann. Letzteres stand genau so in den Personalien, zusammen mit der erfreulichen Entwicklung von Vanessas Mathenoten, seit sie Nachhilfe von Fipp bekam. »Dann viel Spaß beim Integralrechnen.« Der Sicherheitsmann lachte über seinen Scherz und winkte Fipp durch die Sperre, ohne seine Tasche zu kontrollieren. Offenbar hielt er ihn nicht für ein Sicherheitsrisiko. Später sollte sich erweisen, dass das ein schwerer Irrtum war.

»Du bist vollkommen durchgeknallt«, sagte Vanessa. Da waren die beiden schon unterwegs zu Hausmeisterwohnung. Fipp antwortete nicht, es hatte ihm doch ein wenig den Atem verschlagen. Dafür lief er in Vanessas Zimmer wieder zu großer Form auf. Er schüttete den Inhalt seiner Schultasche auf ihr Bett, einen ziemlich großen Haufen von Plastikteilen, und zeigte darauf wie ein Zirkusdirektor auf seinen größten Elefanten. »Ta-da!«, sagte er.

»Was soll dieser Schrott auf meinem Bett?«, sagte Vanessa.

»Von wegen Schrott!« Fipp tippte sich an die Stirn. »Das ist eine *Quickfly 3D*. Die hat fast hundertvierzig Euro gekostet.« Schon machte er sich über den sogenannten Schrott auf der pinkfarbenen Bettdecke her. Und nach einer knappen halben Stunde hatte er daraus eine kleine Drohne mit integrierter Kamera zusammengebaut.

»Ich fasse es nicht«, sagte Vanessa. Allerdings hatte sie große Schwierigkeiten, ihren entrüsteten Tonfall beizubehalten, denn jetzt war sie nur noch neugierig und gespannt.

Fipp hatte schon begonnen, die Kameradrohne mit Vanessas Laptop zu verbinden. »Da, halt mal«, sagte er. »Und dann schwenk sie hier herum, aber vorsichtig!« Vanessa trabte mit der Drohne durchs Zimmer, ohne sich zu beschweren, was sie für gewöhnlich tat, wenn man ihr etwas befahl. Nach ein paar Sekunden hektischen Tippens erschienen auf dem Laptop wackelnde Wände mit ebenfalls wackelnden Postern von Popstars.

»Genial«, sagte Fipp. »Das wird die Welt mit Bildern versorgen, die eines *#fippforever* würdig sind. Auf uns wartet der Weltruhm. Und jetzt: Auf zur Startbasis.«

»Willst du's dir nicht noch mal überlegen?«

»Na, hör mal! Wer hat vorgestern gemeint, dass ich meinen Job machen soll, während ich gerade von einer Million Idioten totgetrampelt wurde?«

»Okay«, sagte Vanessa. »Das war ich. Aber dir ist hoffentlich klar, was für einen Ärger wir womöglich kriegen?«

»Und dir ist klar, wie viele Likes wir kriegen?«

»Puh«, sagte Vanessa, und dann machten die beiden sich auf den Weg zum Repräsentationsraum des Kanzleramts.

Die Aliens engagieren Hilfspersonal

Da es eine Zeit lang dauerte, bis Fipp und Vanessa sich an den Sicherheitsleuten vorbei nach oben gemogelt hatten, können wir einen Blick auf die drei Aliens werfen. Die hatten inzwischen wieder die Friedrichstraße mit den großen Kaufhäusern und den vielen Geschäften erreicht. Schon verschwanden sie von den TV-Bildschirmen, weil sie zum zweiten Mal das Kaufhaus Schnick betraten. Hatten Sie vielleicht vor, dort Stammkunden zu werden und dann möglicherweise von den entsprechenden Preisnachlässen zu profitieren?

Nein, offenbar nicht. Durch die Überwachungskameras des Kaufhauses konnte man im Krisenstab sehen, dass sie bloß die leeren Einkaufswagen zurückbrachten. Donnerwetter, das hatte Stil! Solche Kunden wünscht sich jedes Kaufhaus.

Gleich waren die drei wieder auf der Straße, und nachdem sie ihr Drei-Finger-Ritual absolviert hatten, trennten sie sich. Der Alien Julian verschwand kurz darauf in einem Geschäft für exklusive Gartenmöbel, während die Aliens Christopher und Charlotte in einen Computerladen gingen. In beiden Geschäften hatten ihre Besitzer ausgeharrt, um auf ihre Sachen aufzupassen. Ob sie auch daran gedacht hatten, dass sie demnächst Alien-Lieferanten werden könnten, entzieht sich meiner Kenntnis. Sollte ich wetten, würde ich sagen: Nein.

Im Krisenstab glühten derweil, wie man so sagt, die Telefondrähte, obwohl da natürlich gar nichts glühte, sondern nur eiskalte digitale Daten durch die Glasfaserkabel flitzten. Schnell war eine Leitung zu den Überwachungskameras der Geschäfte geschaltet, und man konnte sehen, wie der Alien Julian diverse Gartenmöbel sowie faltbare Gartenzelte ausprobierte. Schließlich zeigte er auf drei Sessel, einen Tisch und ein Zelt, dabei hielt er seine Kreditkarte in die Höhe. Einkaufen funktioniert bekanntlich auch ohne Sprache. Der Ladenbesitzer gratulierte Julian zu seiner Wahl, erledigte den Bezahlvorgang durch Kreditkarte absolut souverän, geleitete den Alien freundlich zum Ausgang und versprach ihm, die Sachen sofort zu liefern. Anschließend legte er sich auf seine gemütlichste Gartencouch, um die Atemübungen zu machen, die ihm sein Arzt zur Beruhigung empfohlen hatte.

Im Computerfachgeschäft, in dem es mehr Überwachungskameras gab als am Alexanderplatz, konnte man die Aliens Christopher und Charlotte dabei beobachten, wie sie Notebooks und Laptops begutachteten. Offenbar waren sie hoch konzentriert bei der Sache, doch wie üblich wechselten sie kein Wort miteinander. Schließlich hatten sie sich einen ganzen Stapel von Geräten zusammengesucht, den trugen sie zur Kasse und bezahlten dort ebenfalls mit einer Kreditkarte. Sie besaßen also mindestens zwei davon! Der Ladenbesitzer war ein bisschen cooler als sein Kollege bei den Gartenmöbeln. Doch als er sich, nachdem die beiden Aliens gegangen waren, ein Glas stilles Mineralwasser einschenken wollte, zitterten seine Hände so sehr, dass er es vorzog, aus der Flasche zu trinken. Die klapperte dann allerdings gefährlich gegen seine Schneidezähne.

Dabei hatten sowohl der Besitzer des Gartenmöbelgeschäfts als auch der des Computerladens durchaus Grund zur Freude. Denn die Bürgschaft der Staatsbank hatte ausgezeichnet funktioniert. Tatsächlich war das Geld für die Gartenmöbel und die Computer schon auf ihren Konten eingetroffen, und nicht in irgendwelchen außerirdischen Lümpen, sondern in schönen harten Euros.

Die Aliens hatten auf ihrem Weg zurück zum Raumschiff noch nicht die Linden erreicht, da kam es zu einer weiteren Kontaktaufnahme zwischen ihnen und einem Menschen. Dieser Mensch war Walter Friedemann Schlehdorn, den ich im Folgenden nur Walter nennen werde.

Walter hatte in den letzten Jahren in beruflichen Angelegenheiten eine Menge Pech gehabt, von seinem Privatleben ganz zu schweigen. Seine Wohnung in Berlin-Mitte hatte er nicht verlassen, weil er gar keine besaß. Er besaß auch keine Wohnung anderswo. Nachts schlief er irgendwo, Hauptsache, es war dort nicht allzu kalt. Den Tag über versuchte er, sich genügend Geld für ein oder zwei Mahlzeiten zusammenzubetteln. Manchmal hätte er gerne in eine Ladenkasse gegriffen, wenn sie gerade offen stand und unbeobachtet war, aber dafür war er teils zu ängstlich und teils zu ehrlich. Kurz gesagt, Walter war eine arme, ehrliche Socke.

Jetzt allerdings verfiel er auf die tollkühne Idee, die Gelegenheit beim Schopf zu fassen, wie man so schön sagt. Vielleicht war heute sein großer Glückstag! Denn da kamen doch tatsächlich diese drei Koofmichs auf ihn zu, sie trugen offenbar schwer an ihren Kartons, und er besaß etwas, das jetzt sehr gut nützlich sein könnte. Es war ein mittelgroßer, ziemlich heruntergekommener Handwagen aus Holz mit vier Gummirädern, ein sogenannter Bollerwagen, benannt nach dem Geräusch, das diese Wagen machen, wenn sie übers Kopfsteinpflaster gezogen werden.

Vor langer Zeit hatte besagter Bollerwagen in einer Berliner Kindertagesstätte nachmittags das Spielzeug eingesammelt. Dann hatten die Eltern gefunden, er sei dafür nicht mehr hübsch und sauber genug. Man stellte ihn einfach an die Straße, und seitdem gehörte er Walter. Der transportierte darin sein gesamtes Hab und Gut, das aus etwas Kleidung, ein paar Decken, einem zweiten Paar Schuhe und allerlei Krimskrams bestand. Lauter ramponierte, geflickte und schäbige Sachen, doch sie waren nun einmal Walters einziger Besitz, und er verbrachte bei Tag und bei Nacht viel Zeit damit, gut auf sie aufzupassen.

Doch jetzt konnte man beobachten, wie Walter seinen geliebten Kram mit Schwung auf den Bürgersteig kippte, um dann den Aliens mit dem leeren Bollerwagen entgegenzutreten. Als sie herangekommen waren, zeigte er mit der linken Hand auf sein Gefährt, die Rechte legte er sich auf die Brust, dazu schloss er die Augen und machte eine Verbeugung. Er tat es in der Hoffnung darauf, dass dies nicht nur die internationalen, sondern auch die intergalaktischen Zeichen dafür waren, dass man sich als Diener für alle möglichen Arbeiten anbot.

Und Walter hatte Glück. Wie schon beinah zu erwarten, sprachen die Aliens zwar auch mit ihm kein einziges Wort, allerdings stapelten sie umgehend ihre Einkäufe in den Bollerwagen und setzten ihren Weg Richtung Linden fort.

Walter hinterher. Er war jetzt der erste Mensch, der in Diensten der Aliens stand, wenngleich er nicht den Hauch einer Ahnung hatte, ob seine Dienste irgendwie belohnt würden. Doch das war ihm in diesem Moment ziemlich schnuppe.

Denn erstens hatte er das Gefühl, sich nützlich zu machen, lange nicht mehr gehabt, und ehrlich gesagt, er sehnte sich danach. Zweitens hatte er die Alien-Dauersendung durch die Schaufenster der Elektronikläden gesehen und wusste daher, dass ihm jetzt ein paar Milliarden Menschen zusahen. Eine bessere Werbung für seine Person hätte es nun wirklich nicht geben können. Wie gut, dass er sich erst vorgestern in einem öffentlichen Schwimmbad geduscht und dabei sein T-Shirt und seine Jogginghose gewaschen hatte. Außerdem hatte ihm erst vor einer Woche sein Kumpel Fred die Haare geschnitten. Er sah daher recht manierlich aus.

Oder sagen wir, einigermaßen okay.

Kurz vor dem Pariser Platz, wo die Wilhelmstraße auf die Linden trifft, stieß noch jemand zur Karawane. Es war ein kleiner, altmodischer, dreirädriger Lieferwagen mit einer offenen Ladefläche. Darauf standen die Gartenmöbel, die die Aliens gekauft hatten, und, natürlich noch zusammengerollt und -gefaltet, das Gartenzelt.

Am Steuer des Lieferwägelchens saß Sophie Mahlmann. Im Geschäft ihres Vaters hatte sie die Einkäufe des Alien Julian beobachtet. Und als sie sich sicher war, dass ihrem Vater seine Atemübungen halfen, hatte sie Sessel, Tisch und Zelt auf das geschäftseigene Wägelchen geladen und war den dreien hinterhergefahren.

Welch ein Bild! Was für eine höchst ungewöhnliche, nie zuvor gesehene Karawane, die da durch das Brandenburger Tor zog! Und dabei hatte es hier in den letzten zweihundert Jahren schon allerhand bedeutende Prozessionen, Aufmärsche und Triumphzüge gegeben. Kaiser und Könige hatten sich feiern lassen, Politiker mit guten Absichten waren durch das Tor gezogen, aber auch solche mit äußerst schlechten Absichten. Sieger waren hier aufmarschiert, und Besiegte hatten gegen ihr Schicksal protestiert. Schließlich hatte man eine Mauer quer vor das Tor gebaut, und niemand konnte mehr hindurchgehen. Aber auch die Mauer hatte nur gestanden, bis in einer Novembernacht Menschen gekommen waren und sie in kleine Stücke geklopft hatten. Woraufhin Abertausende zum ersten Mal durch das Tor gegangen waren und dabei gesagt hatten, das sei der schönste Tag in ihrem Leben.

Aber was war das alles, verglichen mit einem Zug, angeführt von drei Aliens aus den Tiefen des Weltalls, die aussahen wie du und ich, gefolgt von einem Na-ja-Typen mit einem Bollerwagen im Schlepp und abgeschlossen von einem hoch beladenen Oldtimerchen mit einer strohblonden Sechsundzwanzigjährigen am Steuer? Nichts war das alles, verglichen mit dieser höchst ungewöhnlichen und dann auch wieder ganz unspektakulären Prozession.

Schauen wir also noch einen Moment still und ergriffen zu, wie die Karawane das Brandenburger Tor durchschritt und kurz darauf vor dem Ufo haltmachte.

Vieles passiert gleichzeitig

Doch jetzt Schluss mit der stillen Ergriffenheit! Was ereignete sich in der folgenden Stunde rund um das Ufo? Ich sag's mal so: Es passierte dort einiges – und manches davon gleichzeitig. Mal sehen, ob ich es auf die Reihe bekomme.

Los ging es auf dem Balkon vor dem Repräsentationsraum des Kanzleramts. Dort kauerten zwei Menschen hinter den Tarnnetzen, natürlich Vanessa und Fipp.

»Bist du bereit?«, sagte Fipp. »Dann starte ich jetzt den Countdown.«

Eigentlich sollte Vanessa bei dem Unternehmen der beiden gar nichts Besonderes zu tun haben. Das hatte Fipp ihr jedenfalls versichert. Trotzdem sagte sie: »Bereit, Sir, wenn Sie es sind.« Das hatte sie aus irgendeinem Film.

Schwenk in den Krisenstab.

»Bild aus«, hieß es dort. Man befürchtete nämlich, die Aliens könnten ihr menschliches Hilfspersonal, also Sophie und Walter, in ihr Ufo verschleppen. Und das wollte man der Weltöffentlichkeit lieber nicht zumuten. Also wurden keine Bilder mehr in die allgemeinen Kanäle eingespeist, und prompt sahen die Milliarden Menschen vor den Fernsehern nur wieder das höchst unbeliebte Gegriesel.

Schnitt auf das nun weltweit unsichtbare Ufo.

Dort angekommen, öffneten die Aliens zwar wieder dessen Tür, verschwanden aber nicht gleich im Inneren ihres intergalaktischen Wohnmobils. Stattdessen bauten sie, unter tätiger und man möchte fast sagen begeisterter Mithilfe von Sophie und Walter die Gartenmöbel auf und spannten am Schluss das schicke weiße Gartenzelt darüber. Anschließend platzierten sie auf dem Gartentisch, und übrigens auch auf dem Tisch mit dem roten Telefon des Kanzlers, ihre frisch erstandene Hardware. Sie machten das recht flink und so, als machten sie es nicht zum ersten Mal. Im Nu sah das Ganze aus wie der Wunschtraum eines Freiluft-Nerds. Vorausgesetzt, irgendwo auf der Welt gibt es Nerds, die Freude daran haben, ihre Computerleidenschaft in der freien Natur auszuleben. Groß ist ihre Zahl vermutlich nicht.

Als alles fertig aufgebaut war, sah es kurz so aus, als wollten die Aliens ihre Neuerwerbungen gleich in Gang setzen. Doch offenbar bemerkten sie, dass da noch zwei Menschen mit fragendem Gesichtsausdruck vor ihrem PC-Camp standen. Flugs legten die drei wieder ihre Finger zusammen, und anschließend machte der Alien Christopher einen Zweieinhalb-Meter-nach-oben-Schritt ins Innere des Ufos. Kurz danach war er wieder draußen und drückte Walter und Sophie je einen ziemlich kleinen Gegenstand in die Hand. Worauf die beiden zwar etwas dümmlich aus der Wäsche guckten, dann aber rasch und mit einem kleinen Gruß verschwanden. Anscheinend wurden sie nicht mehr gebraucht, die Aliens Charlotte und Julian waren auch schon ganz vertieft in die Arbeit an ihren Geräten. Sophie war dann noch so freundlich, Walters Bollerwagen auf ihren kleinen Oldtimer zu laden und ihn selbst auf dem schmalen Beifahrersitz mitzunehmen.

Wer jetzt glaubt, dass sich zwischen Sophie und Walter aufgrund dieses überaus ungewöhnlichen gemeinsamen Erlebnisses eine, sagen wir, romantische Geschichte entwickelt hätte, eine Geschichte, an deren Ende Walter zum glücklich verheirateten Mitbesitzer eines Gartenmöbelladens in bester Lage geworden wäre – nun, der irrt. Leider. Dazu bestand auch nicht der Hauch einer Chance, denn unmittelbar hinter dem Brandenburger Tor wurde das Dreirad von Sicherheitskräften gestoppt. Man nahm den beiden die kleinen Gegenstände ab, die sie von den Aliens bekommen hatten, und stülpte ihnen große Plastiksäcke über, die oben nur Mund und Nase freiließen. In dieser sterilen Verpackung wurden sie in eine hermetisch abgeriegelte Isolierstation des Krankenhauses Charité gebracht und dort besonders gründlich untersucht. Immerhin hatten sie die Aliens berührt, wenigstens ein kleines bisschen, das war deutlich zu erkennen gewesen, und womöglich war dabei ein böses Virus übertragen worden.

In der Isolierstation saßen seit gestern auch der Direktor Marx und die Kassiererin Schwerdtfeger sowie seit einer halben Stunde die Besitzer von Computer- und Gartenmöbelladen. Man hatte ihnen schon enorm viel Blut abzapft, sie waren geröntgt, durchleuchtet und auf hundert weitere Arten untersucht worden. Über ihren seelischen Zustand sage ich lieber nichts.

Und was ergaben all die Untersuchungen? Und was hatte es mit den besagten kleinen Gegenständen auf sich? Nun, da bitte ich um etwas Geduld. Wie heißt es in der Schule gelegentlich: Das kriegen wir später.

Zurück in den Krisenstab.

»Was machen die da?«, sagte der Kanzler, als er am Monitor den Aufbau des PC-Camps und den Abgang von Sophie und Walter beobachtete. Er wusste nicht, ob er erleichtert oder stinksauer sein sollte. Denn einerseits hatten die Außerirdischen offenbar noch immer nicht das leiseste Interesse daran, ihn anzurufen. Sie zogen es stattdessen vor, irgendwelches Personal von der Straße weg zu engagieren. Eine ziemliche Unverschämtheit! Und es war auch kein richtiger Trost, dass sie mit ihren neuen Angestellten so wenig redeten wie mit dem wichtigsten Mann des Staates.

Andererseits war wieder nichts passiert, das darauf hindeutete, es stehe demnächst der Untergang der Menschheit auf dem Stundenplan. Und das war schließlich sehr zu begrüßen.

»Einen Moment, bitte«, sagte der Assistent Blamberger. Er hielt sein gesundes Ohr einem Mann aus dem Krisenstab hin, und der Mann murmelte etwas Längeres hinein.

Blamberger wandte sich wieder an den Kanzler. »Alles klar«, sagte er. »Sie haben gerade einen WLAN-Anschluss gefunden, und dann haben sie versucht, die Übertragungsgeschwindigkeit zu steigern.«

»Mit Erfolg?«, sagte der Kanzler.

»O ja! Mit einem, wie unsere Fachleute sagen, geradezu sensationellen Erfolg.« Er lachte kurz. »Die sind jetzt im Internet unterwegs, und nicht mit einem Rennwagen, sondern mit einer Rakete.«

»So so. Im Netz. Wie schön.« Der Kanzler zog ein schiefes Grinsen. »Und was machen sie da, im Netz? Legen sie sich eine Facebook-Seite an?«

»Wie bitte?«, sagte Blamberger. Eine Sekunde später begriff er, dass das ein Scherz war. »Man weiß es noch nicht genau, aber es sieht so aus, als würden sie etwas vorbereiten. Etwas Großes. Sie bauen sich offenbar eine eigene Datenautobahn über die ganze Welt. Aber zu welchem Zweck, das wissen wir noch nicht.«

»Wozu denn dieser Aufwand?« Der Kanzler tippte sich mit zwei Fingern der linken Hand an die Stirn. Das machte er immer, wenn er diskret andeuten wollte, dass er etwas für unsinnig oder übertrieben hielt. »Wenn die uns ein Virus einschleusen wollen, um den ganzen Planeten lahmzulegen, dann doch nicht über WLAN? Ich bin kein Computerfachmann. Aber das ist doch total oldschool. Wer unser Radar ausschalten kann, der muss doch nicht irgendwelche Hackerspielchen im Internet veranstalten, oder?«

»Korrekt«, sagte Blamberger. »Wenn die Aliens die Bundeswehr, das Parlament, die Staatsbank oder die Kraftwerke hacken wollen, haben wir keine Chance, sie daran zu hindern. Das ist jedenfalls die Meinung der Experten.«

»Dann wollen wir in Ruhe abwarten, was als Nächstes passiert«, sagte der Kanzler. »Ruhe ist die erste Bürgerpflicht.«

Und jetzt wieder ein Schwenk auf den Balkon sowie ein paar Minuten zurück in der Zeit.

»Drei, zwo, eins, und los!«, sagte Fipp. Der Befehl galt allerdings ihm selbst. Er schob seine linke Hand mit der Kameradrohne durch einen Schlitz im Tarnnetz, mit der rechten startete er sie über die Fernbedienung. Sie machte »bsiiii« und stand starr in der Luft. Fipp hockte sich neben Vanessas Laptop, auf dem jetzt das Bild zu sehen war, das die Drohnenkamera übertrug. Man sah, wie nicht anders zu erwarten, das Ufo, jetzt aber, im Gegensatz zu den schon bekannten Kamerabildern, von schräg links oben. Das war schon mal was. Jedenfalls etwas Neues.

Aber Fipp wollte mehr. Er gab sich selbst noch einmal den Befehl »los!« und setzte die Drohne in Bewegung. Sie glitt sanft vorwärts und nach unten, bewegte sich ein Stück vom Ufo weg in Richtung Tiergarten, kurvte dann zurück und verlor dabei weiter an Höhe. Auf dem Laptop erschien das PC-Camp vor dem Ufo inklusive der Aliens sowie Walter und Sophie in erstaunlich guter Bildqualität.

»Super«, sagte Vanessa. »Aber jetzt hol sie zurück. Das reicht.« Eben hatte sie sich ein bisschen mulmig gefühlt, jetzt fühlte sie sich sehr mulmig.

»Kommt schon, kommt schon.« Fipp klang hektisch, und es sah aus, als rührte er mit dem Joystick in der Fernbedienung.

»Hol sie zurück!«

»Geht nicht! Ich hab sie nicht mehr unter Kontrolle.« Es folgte ein böses Wort.

»Das ist nicht dein Ernst!«, sagte Vanessa. Auf dem Monitor ihres Laptops sah man jetzt ganz deutlich, wie der Alien Christopher den beiden Menschen etwas in die Hand gab, worauf sie aus dem Bild verschwanden. Die Drohne stand noch ein paar Sekunden bewegungslos in der Luft, dann glitt sie in Richtung Ufo, schwebte knapp über das weiße Dach des Gartenzelts hinweg und – ach du lieber Himmel! – schnurstracks hinein in die offene Tür des Raumschiffs. Woraufhin auf dem Monitor nichts anderes mehr zu sehen war als die denkbar schwärzeste Schwärze.

»Was ist passiert?«, sagte Vanessa.

»Keine Ahnung.« Fipps Stimme klang, als käme sie von einer alten Tonkassette. »Ich konnte total nichts machen. Keine Kontrolle mehr. Vielleicht haben sie die Drohne mit einem Leitstrahl in das Ufo gezogen.«

»Na klar«, sagte Vanessa. »Leitstrahl. Das muss es sein.« Es war ironisch gemeint. Eigentlich hatte sie sagen wollen: »Du spinnst!«

»Immerhin hat sie bis zuletzt Bilder übertragen.«

»Na, super«, sagte Vanessa. »Ich sag dir was: Für diesen Hollywood-tauglichen Actionfilm mit sensationellem Schluss verbringen wir zwei den Rest unserer versauten Kindheit in einem Spezialgefängnis. Und zwar in einem ohne Steckdosen, damit wir nie wieder auf die Idee kommen, irgendetwas zu tun, für das man Strom braucht.«

»Quatsch«, sagte Fipp. Es klang nicht ganz überzeugt.

»Und das ist nur der bessere Fall. Im schlechteren Fall ziehen uns diese Koofmichs auf deinem Leitstrahl in ihr Ufo, und dann dürfen wir ihre Haustiere spielen. Oder was?«

Fipp gab keine Antwort.

»Und jetzt? Du wirst das doch nicht ins Netz stellen, oder?«

»Doch«, sagte Fipp. Er klang sehr trotzig. »Genau das mache ich.«

Und er tat es. Künstler wollen nun einmal, dass man ihre Werke sieht. Dagegen ist kein Kraut gewachsen.

Der nächste Schwenk.

Auch im Krisenstab hatte man bemerkt, dass eine Drohne über dem Ufo erschienen und dann in seinem Inneren verschwunden war.

»Alarm!«, sagte General Gerth. »Stufe fünf, dunkelroter Alarm!«

Blamberger hörte es in seinem linken Ohr besser als in seinem rechten. Das machte ihm momentan mehr Sorge als die Drohnenattacke auf das Ufo. Derweil riefen mehrere Mitglieder des Krisenstabs gleichzeitig: »Analyse!« Aber das war nicht so einfach, denn der Kamerawagen hatte nur die letzten Sekunden des Drohnenflugs eingefangen.

»Wer zum Teufel war das?«, sagte der Kanzler. »Welcher

Clown setzt hier das Wohl der ganzen Menschheit aufs Spiel? Antwort bitte!«

»Sie arbeiten dran«, sagte Blamberger. Er telefonierte jetzt absichtlich mit seinem gesunden Ohr. Vielleicht würde das auch dort für einen Dauerton sorgen, und dann könnten sich die beiden Töne gegenseitig neutralisieren. Er hatte das letzte Nacht im Internet gelesen, in einem Selbsthilfeforum für Leute mit unangenehmen Dauergeräuschen im Ohr.

Die Antwort auf die Frage des Kanzlers, welcher Clown hier am Werke war, hätte natürlich gelautet: Philipp Franziskus und so weiter. Und vielleicht hätte der wirklich verdient, für den Rest seines Lebens in etwas total Undigitalem eingesperrt zu werden. Vielleicht in einer Berghütte jenseits der Baumgrenze oder in einem Schäferkarren, der mitten in einem brandenburgischen Funkloch steht.

Doch der besagte Clown war schon dabei, seine Spuren zu verwischen. Er stopfte sich die Fernbedienung der Kameradrohne in die Hosentasche, dann versteckte er den Film in einem Ordner für Katzenvideos auf Vanessas Laptop und sicherte ihn mit einem siebzehnstelligen Passwort.

Und nun die große, die entscheidende Frage: Hatte diese verflixte Drohne die Aliens beunruhigt oder, schlimmer noch, in Wut versetzt? Begann jetzt endlich doch der befürchtete Sternenkrieg?

Antwort: nein. Es schien eher so, als hätten die drei Koofmichs ihren fliegenden Gast überhaupt nicht bemerkt.

Erstaunlich, nicht wahr?

Da kamen diese Wesen von sehr weit her. Sie hatten sich am Radar vorbeigemogelt. Sie flogen in einer Kugel, die sie womöglich mit ihrem bloßen Willen antrieben. Sie spazierten aus unsichtbaren Türen elegant durch die Luft. Und da sollten Sie nicht mitbekommen, wenn ein kleiner Hubschrauber über ihre Köpfe hinweg mitten hinein in ihr Zuhause schwirrte?

Ein großes Rätsel. Um es besser wirken zu lassen, schließe ich das Kapitel.

Eine Kaffeemaschine rettet den Weltfrieden

Die Welt am Fernseher hatte vom Drohnenflug nichts mitbekommen, und so glaubte man im Krisenstab, man habe jetzt Zeit, um den Vorfall zu analysieren und entsprechende Befehle zu geben. Doch es vergingen nur wenige Minuten, dann stand das Flugvideo im Netz. Es verbreitete sich dort in Windeseile und löste überall auf der Welt Reaktionen aus, die ich gerne »unbeschreiblich« nennen würde. Aber damit würde ich mich selbst abschaffen, denn meine Aufgabe als Erzähler besteht ja gerade darin, zu beschreiben, was passiert.

Und was passierte? Ein Teil der Menschheit brach in Jubel aus. Das waren die, die glaubten, man hätte diesen maulfaulen Shopping-Touristen ein böses Ei ins Nest gelegt, womöglich gefüllt mit ein paar heftigen Schnupfenviren, die diese unhöflichen und ignoranten Besucher dazu bringen würden, den Planeten wieder zu verlassen.

»Hurra!«, riefen die Betreffenden. Oder: »No pasarán!« Oder: »We shall overcome!«

Ein anderer Teil der Menschheit befürchtete allerdings, diese Deutschen, die ja bekanntermaßen leicht bekloppt sind, hätten sich zu einer völlig überflüssigen Aggression hinreißen lassen. Und daher könnten die braven und gutwilligen Aliens jetzt gar nichts anders tun, als ihre Laserkanonen auszupacken und zu zeigen, wozu sie in der Lage waren, wenn man sie störte oder sogar ärgerte.

»Make love, not war!«, hieß es hier. Oder: »Schwerter zu Pflugscharen.«

Sofort strömten überall auf der Welt Tausende von Menschen auf die Straßen. Die einen, um den baldigen Sieg über die Eindringlinge zu feiern, die anderen, um gegen die Leute zu protestieren, die diesen verantwortungslosen Drohnenangriff befohlen hatten. Und prompt schlug die bislang ruhige und abwartende, allenfalls ein bisschen ängstliche und nervöse Stimmung auf der ganzen Welt in eine allgemeine Hektik und Panik um. In einigen Teilen der Welt wurden öffentlich Deutschlandfahnen verbrannt. In anderen wurden unter lautem Jubel Bilder von deutschen Politikern aus dunklen Zeiten durch die Straßen getragen, Bilder von Männern, die in Deutschland niemand mehr verehrte – ein paar unbelehrbare Idioten ausgenommen.

Immerhin lieferten alle diese Demonstrationen den Fernsehsendern Nachrichtenbilder, auf denen etwas anderes zu sehen war als das langweilige Ufo in Berlin und seine mäßig interessante Besatzung. Was nicht gut für die Welt ist, ist oft genug sehr gut fürs Fernsehen. Es heißt ja: »Schlechte Nachrichten sind gute Nachrichten.«

»Um Himmels willen«, sagte der Kanzler sehr leise, fast flüsternd, als die besagten Nachrichtenbilder von überall in der Welt im Krisenstab eintrafen.

»Hoffentlich passiert jetzt nichts«, sagte Blamberger.

»Im Gegenteil«, sagte der Kanzler. »Hoffentlich passiert jetzt irgendetwas, das die Leute wieder beruhigt.« Allerdings glaubte er selbst nicht so recht daran, dass sein Wunsch in Erfüllung gehen könnte.

Doch siehe da, er ging! Das heißt, eigentlich gingen beide Wünsche in Erfüllung. Es passierte nichts Schlimmes und etwas Gutes.

Das nicht Schlimme: Charlotte, Julian und Christopher schienen überhaupt nichts gegen den Drohnenangriff unternehmen zu wollen. Stattdessen waren sie ganz mit ihren Computern befasst. Und das Gute: Als aus der Internetüberwachung im Krisenstab die nächste Eilmeldung an den Kanzler ging, da lautete sie: Die Aliens haben sich etwas gekauft.

»Wie bitte? Gekauft?« Der Kanzler ließ sich auf einen der Bürostühle fallen. »Schon wieder? Was denn diesmal?«

Die Antwort lautete: Eine Kaffeemaschine. Klein und handlich, für den Außenbetrieb mit aufladbaren Batterien und einem Ladegerät. Ideal für schöne Sommertage und kleine Feiern draußen im Park oder im Kleingarten ohne Stromanschluss. Der Name des Produktes lautete: *Friehling Garden*. Dazu hatten die Aliens eine ziemliche Menge Kaffeekapseln bestellt, die die Firma *Friehling* auch im Sortiment hatte.

»Im Ernst?« Der Kanzler sprang auf. »Sofort kommunizieren!«, rief er in den Krisenstab. »Weltweit. Als absolute Topnachricht und in allen Einzelheiten, die wir kennen. Das wird für Beruhigung sorgen. Wer sich eine Camping-Kaffeemaschine kauft, bereitet keinen intergalaktischen Krieg vor.«

Und so geschah es. Die Meldung flitzte durch alle Glasfaserkabel der Welt, und je weiter sie sich verbreitete, desto ruhiger wurde es auf den Straßen. Die Leute hörten auf zu demonstrieren, gingen nach Hause und setzten sich wieder vor ihre Bildschirme.

Eine batteriebetriebene Kaffeemaschine! Wie reizend. Und etwas Beruhigenderes konnte es doch kaum geben als die Vorstellung von drei außerirdischen Besuchern, die vor ihrem Ufo im Gartenzelt sitzen wie die Wohnmobiltouristen und dabei überlegen, was für eine Kaffeesorte sie sich aufbrühen wollen. Ein rührendes Bild.

Oder etwa nicht?

Glück und Überforderung

Laupheim ist eine nicht besonders große Stadt im Schwäbischen. Dort saß jetzt Frank Friehling, seines Zeichens Juniorchef und Werbeleiter der Firma *Friehling*, vor seinem Fernseher. Vor einem Jahr hatte seine Firma die batteriebetriebene Kaffeemaschine Marke *Garden* entwickelt und auf den Markt gebracht. Leider mit sehr geringem Erfolg. Von den zehntausend Exemplaren, die man in China hatte produzieren lassen, lagen noch neuntausenddreihundertzwölf im firmeneigenen Lager. Sagen wir es offen: Die *Garden* war ein totaler Flop gewesen, an dem die Firma ganz schön zu knabbern hatte. Womöglich würde dieses unglückselige Teil dafür sorgen, dass sie in Kürze pleitegehen würde.

Zuerst konnte Frank Friehling nicht glauben, was er da sah und hörte. Es klang alles wie ein Traum, aber es war Wirklichkeit: In jeder Nachrichtensendung auf der ganzen Welt wurde jetzt vom neuerlichen Einkauf der Aliens berichtet, dazu wurden Katalogbilder der *Friehling Garden* gezeigt. Und weil offenbar nichts anderes zu vermelden war, gab es ausführliche Beschreibungen der kleinen Maschine, die natürlich alle den Internetseiten der Herstellerfirma entnommen waren. Sogar der Umstand, dass sie in einer Luxusausgabe zusammen mit drei Kaffeetassen im passenden Design und fünf Packungen Kaffeekapseln verschiedener Geschmacksrichtungen verkauft wurde, fand ausführliche Beachtung und wurde regelmäßig wiederholt.

Was für ein Wahnsinn! Frank Friehling konnte es nicht fassen. In diesem Moment sahen fünf oder sechs Milliarden Menschen einen superlangen und superausführlichen Werbespot für seine kleine Outdoor-Kaffeemaschine. Für eine lausige Fünfzehnsekundenwerbung im Abendprogramm eines einzigen Senders hätte die Firma ein kleines Vermögen bezahlen müssen, und damit hätte man im besten Fall ein paar Hunderttausend Leute erreicht, von denen allerdings fast hundert Prozent nicht hingeguckt hätten, weil sie die Werbepausen nutzten, um nach der Tiefkühlpizza im Backofen zu gucken oder sonst was zu tun. Jetzt aber saßen Milliarden (eine Zahl mit unglaublichen neun Nullen!) vor ihren Fernsehern und interessierten sich wie rasend für ein Produkt, das sich die drei Aliens bestellt hatten. Und die Firma *Friehling* bezahlte für diese beste Werbung in der ganzen Geschichte der Werbung nicht einen einzigen Cent!

Frank Friehling riss sich von seinem Fernseher los, schaltete seinen Laptop ein und klickte sich in die Verwaltung des firmeneigenen Internetshops. Aha, da war die Bestellung der Aliens. Bereits bezahlt mit einer Kreditkarte, für die niemand Geringeres als die Staatsbank bürgte. Schon war die Bestellung automatisch registriert und an die Versandabteilung weitergeleitet worden. Und wohin sollte die Lieferung gehen? Ein Name war da nicht angegeben, auch keine Anschrift. Stattdessen ein Vermerk vonseiten der Staatsbank, man solle die Ware zum Brandenburger Tor nach Berlin schicken, und zwar möglichst schnell. Von dort werde sie an ihren Bestimmungsort transportiert.

»Machen wir exakt so«, dachte Friehling. Der korrekten Auslieferung einer *Friehling Garden* sollte absolut nichts im Wege stehen. Morgen, am Montag, wäre die Versandabteilung der Firma wieder besetzt, dann könnte man das Ding verpacken und verschicken.

Aber hoppla! Da kam eine weitere Bestellung. Aus Heidenheim in der schwäbischen Alb. Und noch eine. Aus Bochum. Und gleich die nächste. Diesmal aus Mumbay in Indien. Und dann noch eine. Aus Anchorage, Alaska. Und dann pro Sekunde eine weitere, von überall in der Welt. Woraufhin der Internetshop der Firma *Friehling* zusammenbrach und ihr Juniorchef einen Anfall von Atemnot bekam.

Zum Glück gab es noch Hermann Friehling, den Seniorchef der Firma. Der verstand zwar nicht viel vom Internet, war aber in der Lage, zwei Angestellte in die Firma zu beordern, damit sie den digitalen Shop so schnell wie möglich reparierten, Wochenende hin oder her. Tatsächlich war er schon bald wieder intakt, und die Friehlings, Vater und Sohn, konnten feststellen, dass innerhalb von weniger als einer Stunde der gesamte Lagerbestand, immerhin neuntausenddreihundertzwölf Stück, von überallher auf der ganzen Welt bestellt und samt und sonders ordnungsgemäß bezahlt worden war. Bei einem Stückpreis von neunundfünfzig Euro und achtundneunzig Cent waren das sage und schreibe fünfhundert-, nein, ich schreibe das lieber ausnahmsweise als Zahl, weil das übersichtlicher ist: 558 533 Euro und 76 Cent.

»Wir sind gerettet«, sagte Frank Friehling. »Und wir sind reich. Ich hole eine Flasche Sekt.«

Da klingelte sein Smartphone. Er sagte ein paar »Hm?« und »Hm!« hinein und beendete das Gespräch.

»Wer war dran?«, sagte sein Vater.

»Der Bundeskanzler.«

»Red keinen Quatsch.«

»Mach ich nicht. Er war's. Persönlich. Und er hat gesagt,

die Maschine für die Koofmichs muss raus. Jetzt. Sofort. Ohne jede Verzögerung. Wegen des Weltfriedens.«

Für das Verpacken und Versenden der Maschinen stand jetzt am Sonntag allerdings niemand zur Verfügung. Also übernahmen die beiden Friehlings das selbst, banden noch eine dicke rote Schleife um das Paket, packten es in ihren alten Mercedes und machten sich höchstpersönlich auf den Weg nach Berlin. Schlappe sechshundertfünfzig Kilometer quer durch die Republik. Dabei sangen sie gemeinsam komische Lieder, was sie zuletzt gemacht hatten, als Frank ein kleiner Junge gewesen war.

Walter und Sophies weiteres Schicksal

Damit kommen auch wir zurück nach Berlin. Die allgemeine Beruhigung der Lage gibt uns die Möglichkeit, nach Walter und Sophie zu sehen. Zur Erinnerung: Die beiden waren in das Krankenhaus Charité gebracht worden, wo sie anschließend stundenlang untersucht wurden, natürlich voneinander getrennt. Besonders interessierte man sich für ihre Hände, die von den Händen des Aliens Christopher berührt worden waren, wenn auch nur kurz.

Die Untersuchungen waren so intensiv, dass Walter und Sophie fürchteten, man würde ihnen die Finger oder gleich die ganzen Hände abschneiden, um sie noch ungestörter untersuchen zu können. Verständlicherweise wollte man in der Charité herausfinden, ob die beiden irgendetwas von den Aliens aufgeschnappt haben könnten. Vielleicht einen Bazillus oder ein paar außerirdische Viren. Zu diesem Zweck zapften ihnen die Ärzte auch Blut ab, rissen ihnen Haare aus und schabten mit scharfen Messern über die Haut an ihren Armen und Gesichtern.

Anschließend kümmerte sich ein Team von Psychologen um die beiden. Wieder und wieder mussten sie von den Geschehnissen berichten, kein noch so winziges Detail durften sie auslassen. Danach hagelte es Fragen. Ich kann unmöglich alle aufzählen, hier nur ein paar Beispiele: Hatten die Aliens

Augenkontakt gesucht? Bestanden ihre pflegeleichten Frisuren aus einzelnen Haaren, oder handelte es sich dabei vielleicht um eine Art haarähnlicher Kopfhaut? War Mundgeruch wahrzunehmen? Achselschweiß? Hatten die Aliens eventuell Schwierigkeiten beim Atmen gehabt? Blinzelten sie häufig? Oder gar nicht? Oder in ganz unregelmäßigen Abständen? Oder vielleicht, um zu morsen?

Walter musste schon bald kapitulieren. Nach fünf Stunden Untersuchung und Befragung klappte er zusammen. Sein Leben auf der Straße mochte schon anstrengend genug sein, aber das hier übertraf alles, was er bislang hatte ausstehen müssen. Man brachte ihn in einen fensterlosen Raum, in dem es nichts gab außer einem Bett, das allerdings erfreulich weich war, viel weicher als alles, worauf Walter in den letzten Jahren geschlafen hatte. Er rollte sich darauf zusammen und weinte ein bisschen, teils aus Verzweiflung und teils vor Glück, endlich allein zu sein. Dann schlief er ein.

Sophie Mahlmann hielt entschieden länger durch. Tatsächlich war sie eine ausgezeichnete Quelle für die Alien-Forschung, die erst gestern in der Charité gegründet worden war. Man hatte allerdings nach den Erfahrungen mit dem armen Walter einen ganz jungen Arzt in das Untersuchungsteam berufen, dessen einzige Aufgabe darin bestand, Sophie permanent zu vermitteln, dass sie etwas ganz Besonderes sei und die Charité unendlich dankbar für ihre Mitarbeit. Der junge Arzt sah nicht schlecht aus, er war sportlich und hatte einen dynamisch geschnittenen hellblonden Bart. Außerdem schien er zu wissen, wie man mit jungen Frauen umging, die gerade Kontakt mit Aliens gehabt hatten. Sophies Untersuchung und Befragung wurde dann auch erst abgebrochen, als das Team den Eindruck bekam, sie erzähle Dinge, die sie gar nicht gesehen oder gehört hatte, sondern sich bloß einbildete. Oder die sie vielleicht erzählte, damit der Blondbart weiter charmant zu ihr war.

Und was hatten all die Untersuchungen ergeben?

Herzlich wenig. In Sophies und Walters Blut, auf ihrer Haut, und auch sonstwo in ihren Körpern hatte man nichts gefunden, das dort nicht hingehörte. Man muss es ganz ungeschönt sagen: Alle Untersuchungen und Befragungen hatten nicht das kleinste Resultat erbracht. Nichts. Nothing. Rien. Nada. Es waren an und in den beiden keine Anhaftungen zu finden, keine Spuren oder Sporen oder Viren, keine fremde Materie, keine Veränderung ihrer Vitalfunktionen und ihrer Blutwerte, keine Erhöhung oder Erniedrigung der Hautspannung, einfach nichts. Ansteckend waren die Aliens offenbar nicht. Jedenfalls nicht im medizinischen Sinne.

Und was hatten die beiden an ihren außerirdischen Arbeitgebern Besonderes bemerkt?

Siehe oben. Nüscht, wie der Berliner sagt. Geredet hatten die drei zwar nicht mit ihnen, aber alles andere war in keiner Beziehung ungewöhnlich oder speziell gewesen. Wenn man überhaupt etwas aus der ganzen Untersuchung schließen konnte, dann dass die drei Koofmichs die Fähigkeit besaßen, unauffällig und durchschnittlich zu erscheinen. Eine Fähigkeit, die sie mit den meisten Menschen teilten.

Blieben noch die beiden kleinen Gegenstände, die Sophie und Walter erhalten hatten, womöglich als Belohnung. Sie waren etwa so groß wie ein Pingpongball, mittelschwer, teils durchsichtig und teils von farbigen Schlieren durchzogen. Im Ganzen sahen sie aus wie marmorierte Glaskugeln, die man sich im Urlaub in einem Souvenirgeschäft kauft, um sie zu Hause irgendwohin zu legen. Von dort rollen sie dann beständig weg, egal wie oft man sie wieder zurück an ihren Platz legt. Kugelbesitzer, die zur Nachdenklichkeit neigen, macht diese Beobachtung traurig, und sie lassen die Kugeln am Ende rollen, wohin sie wollen. Andere, die weniger sentimental veranlagt sind, schmeißen die Dinger in den Müll.

Das wollte mit den Alien-Kugeln natürlich niemand tun. Sie wurden unter großen Sicherheitsvorkehrungen in ein Labor der Charité gebracht und dort von eilig herbeigeorderten Physikern und Chemikern in Augenschein genommen. Handelte es sich womöglich um weit fortgeschrittene Taschencomputer, die man bediente, indem man sie in der hohlen Hand drückte, woraufhin sie einem ihre Bilder auf das Innere der Augenlider projizierten? Waren es Waffen? Und wenn ja, wie bediente man sie? Oder waren es vielleicht hochgradig komprimierte Nahrungsvorräte, zum Beispiel hundert Zentner Kartoffeln, die man zu einer solchen Kugel geschrumpft hatte und die man mit ein bisschen Wasser wieder in hundert Zentner Kartoffeln zurückverwandeln konnte? Waren es womöglich Lebewesen von einem fremden Planeten, auf dem man geometrische Gebilde wie Kugeln, Würfel und Kegel als Haustiere hielt und allerhand Schabernack mit ihnen trieb?

Große Fragen, auf die es bald schon eine peinliche Antwort gab. Denn schon nach kürzester Untersuchung stellte sich heraus, dass es sich bei den rätselhaften Gebilden um nichts anderes handelte als um billige marmorierte Glaskugeln. Vermutlich hatten die Aliens sie im Kaufhaus Schnick mitgehen lassen, um damit ihre Hilfskräfte zu bezahlen. Verständlicherweise verloren die Wissenschaftler jedes Interesse daran. So gerieten die beiden Kugeln in irgendein Zimmer und auf irgendeinen Tisch, von dem sie, kaum dass sie allein im Zimmer waren, prompt herunterrollten und mit einem »Tock« an einem Blechschrank landeten. Später trat jemand in diesen Raum – doch wer das war und was er dort machte, werde ich später erzählen.

Natürlich wollte man Walter und Sophie auch nach den Untersuchungen nicht aus den Augen lassen. Vielleicht würden sich die Folgen ihres Alien-Kontakts erst später zeigen. Deshalb wurde Walter, der bekanntlich kein eigenes Zuhause hatte, ein Luxuskrankenzimmer bereitgestellt, das sonst nur von Millionären aus Weitweg bewohnt wurde. Walter war zunächst dagegen. Erst als man ihm hoch und heilig versicherte, er müsse sich dafür nicht weiter untersuchen lassen, war er einverstanden. Das Zimmer lag ganz oben im Hochhaus der Charité, und man konnte von dort weit über die Stadt schauen. Walter genoss den Ausblick. So weit oben war er lange nicht mehr gewesen. Und als ihm dann eine freundliche Krankenschwester sein Abendessen brachte, war er ganz und gar einverstanden mit der Welt.

Um auch Sophie Mahlmann noch eine Zeit lang unter Kontrolle zu behalten, bekam der Blondbart den Auftrag, sie zum Abendessen auszuführen. Was auch geschah. Wir werden den beiden zu einem späteren Zeitpunkt noch begegnen.

Im Krisenstab herrscht Ratlosigkeit

Der Montag war der vierte Alien-Tag, und wie alle Montage hatte er es in sich. Am Wochenende war es noch ziemlich einfach gewesen, die Mitte von Berlin zu einer gewissermaßen außerirdischen Zone zu machen, also weitgehend abzusperren. Aber jetzt sollte eine neue Arbeitswoche beginnen, und im Krisenstab musste man überlegen, ob man die hohen Sicherheitsstufen nicht herunterfahren sollte, damit die Leute ihr normales Leben wieder aufnehmen könnten.

Die Meinungen darüber waren geteilt. Einige Mitglieder des Krisenstabs wollten die Straßen um den Platz vor dem Reichstag wieder für den Verkehr freigeben und die Geschäfte öffnen lassen: Das sollte ein Zeichen dafür sein, dass man die Aliens nicht als Bedrohung betrachte. Außerdem, so hieß es, könnten viele Leute wieder zur Arbeit fahren und kämen so vielleicht auf andere Gedanken.

Der General Gerth war allerdings ein glühender Verfechter der Supersicherheitsvariante. »Wer weiß«, sagte er, »was diese Typen vorhaben. Vielleicht ist das bis jetzt nur psychologische Kriegsführung. Die sitzen an der frischen Luft, surfen ein bisschen im Netz, trinken dazu ein Tässchen Kaffee, und sobald wir unaufmerksam sind und uns in Sicherheit wiegen, machen sie irgendetwas Hinterhältiges, auf das wir am wenigsten gefasst sind.«

Leona Winterscheidt, die Direktorin der Staatsbank, hätte sich viel lieber über Geld unterhalten. Seit der unbegrenzten Bürgschaft für die Kreditkarte war sie in großer Sorge. Gut, eine leicht überteuerte Outdoor-Kaffeemaschine, ein paar Gartenstühle und diverse andere Kleinigkeiten aus der Elektrosparte könnte man den Außerirdischen ja gerne gönnen. Aber was, wenn sie mit ihrer supergoldendiamantenen Kreditkarte demnächst ganz andere Anschaffungen machen wollten? Zum Beispiel Bürohäuser. Oder Erdölquellen, Automobilfabriken, Flugzeugfabriken oder Fabriken für Dosensuppen und Hygienepapier. Dergleichen stand immer irgendwo zum Verkauf. Doch auf Frau Winterscheidt wollte im Krisenstab keiner so recht hören. Geld, so hieß es, spiele jetzt eine absolut untergeordnete Rolle. Wichtig sei vielmehr, mit den Besuchern endlich Kontakt aufzunehmen.

Ein Psychologe aus dem Untersuchungsteam der Charité war gerade frisch in den Krisenstab aufgenommen worden. Er hieß Thomas Gelbsattel und war Spezialist für ungewöhnliche Erkrankungen des Geistes. Seine Aufgabe sollte es sein, sich in die Mentalität der außerirdischen Besucher zu versetzen. Er war gewissermaßen ein Alien-Profiler.

Man könnte allerdings auch sagen: Er war bloß ein weiterer Ufologe. Aber immerhin hatte er einen längeren Kontakt zu Menschen gehabt, die einen kürzeren Kontakt zu den Koofmichs unterhalten hatten, gemeint sind Walter und Sophie. Das war nun wirklich nicht so wahnsinnig viel an Qualifikation, allerdings war es wesentlich mehr, als alle Mitglieder des Krisenstabs und alle Ufologen zusammen aufweisen konnten.

»Wir behandeln diese Leute wie wilde Tiere«, sagte Gelbsattel gleich nach seiner Vorstellung mit einem unüberhörbar vorwurfsvollen Unterton. »Schauen Sie doch hin: Wir haben sie in einen Käfig gesteckt. Wem kann so etwas schon gefallen? Womöglich herrschen auf ihrem Planeten ganz andere Verhältnisse als bei uns. Die Leute sind wahrscheinlich viel netter und freundlicher zueinander, viel offener, nicht so distanziert wie wir. Ich bin mir sicher, sobald wir diese, äh, Wesen in unser ganz normales Alltagsleben integrieren, werden Sie auch Kontakt zu uns aufnehmen.«

General Gerth brummte etwas, das man nicht verstand, das aber keinesfalls wie Zustimmung klang.

Der Kanzler hatte gut zugehört. Tief in seinem Herzen hielt er für dummes Gewäsch, was Gelbsattel da sagte, aber es klang gut, und niemand hatte einen anderen Rat auf Lager.

Auch Blamberger wusste nicht weiter. Es ging ihm schlecht. Er hatte mittlerweile, wie befürchtet, auch in seinem zweiten Ohr einen Dauerton vom vielen Telefonieren. Aber leider neutralisierten sich die beiden Töne nicht, wie er es gehofft hatte. Stattdessen kämpften sie miteinander in seinem Kopf wie verfeindete Vogelschwärme in einer verlassenen Fabrikhalle. Blamberger selbst gab sich noch zwei oder drei Tage. Dann würde ihn dieser aggressive Lärm in seinem Kopf vollkommen verrückt gemacht haben. Und er wusste nicht so recht, ob er sich davor fürchten oder ob er sich das wünschen sollte. Ein längerer Aufenthalt in einer Nervenheilanstalt auf dem Land, in einem weiß gestrichenen Zimmer mit nicht viel mehr als einem bequemen Bett und garantiert ohne Handy, drei leichte Mahlzeiten am Tag – war das nicht etwas ausgesprochen Verlockendes?

»Gut«, sagte der Kanzler schließlich. »Lassen Sie uns ein

bisschen nachdenken. Vielleicht fällt jemandem noch eine bessere Lösung ein.«

Nun ja. So redet man, wenn man selbst nicht die kleinste Idee hat, wie es weitergehen soll.

Eine Postbotin rückt ins Licht der Öffentlichkeit

Während im Krisenstab Ratlosigkeit herrschte, begann der Morgen auf dem Platz vor dem Reichstag mit einer unübersehbaren Betriebsamkeit. Die drei Aliens, die am Sonntag kurz nach Einbruch der Dunkelheit in ihr Ufo geklettert, pardon, geschwebt waren, kehrten schon um sieben Uhr dreißig zu ihrem PC-Zelt zurück, fuhren ihre Geräte hoch und waren von da an sehr geschäftig. Sie saßen vor ihren Laptops, ihre Finger huschten über die Tastaturen, und gelegentlich berührten sich zwei von ihnen mit der Spitze ihrer Zeigefinger, ohne sich dabei anzusehen.

Um sieben Uhr fünfundfünfzig erschien in der abgesperrten Gasse zum Brandenburger Tor ein gelber Lieferwagen der Post. Am Steuer saß Carola Braun, eine Postbotin mit über zwanzig Jahren Berufserfahrung, die man mit dieser Mission betraut hatte. Sie hielt am Rand des Platzes vor dem Reichstag, schnappte sich ein nicht allzu großes Paket aus ihrem Laderaum und ging damit zum Alien-Zelt. Dabei rief sie: »Paket für« – fast hätte sie gesagt: »die Koofmichs«, aber sie kriegte noch einmal die Kurve und sagte: »unsere Besucher aus dem Weltall.«

Genauso hatte man es ihr eingeschärft.

Es wirkte auch souverän, tatsächlich aber war Carola nervös. Normalerweise eher blass, hatte sie jetzt rote Flecken im

Gesicht vor lauter Aufregung. Gegen sechs Uhr morgens hatten im Postamt Mitte Vater und Sohn Friehling das Paket mit der Kaffeemaschine *Garden* abgegeben. Anschließend wären sie um ein Haar im Stehen eingeschlafen, immerhin waren sie die ganze Nacht durchgefahren. Doch dann hatten sich der Reihe nach acht männliche Postboten geweigert, das Paket für die Koofmichs auszuliefern. Das stehe nicht in ihrem Vertrag, hatten sie gesagt. Sie hätten schon genug Ärger mit ihren menschlichen Kunden, und von einer Lieferung an Außerirdische sei nie die Rede gewesen. Schließlich hatte sich Carola Braun bereit erklärt, das Paket auszuliefern, nachdem man ihr zugesichert hatte, diese Auslieferung als fünfzigfache Überstunde abzurechnen. Jetzt schritt sie den Aliens entgegen.

»Wenn Sie bitte mal hier unterschreiben würden«, sagte Carola Braun, als sie an den PC-Tisch unter dem Gartenzelt trat. Dabei hielt sie den Aliens, nur ganz leicht zitternd, das Gerät zum Unterschreiben hin. Das Paket mit der Kaffeemaschine hatte sie bereits auf einen freien Platz zwischen den Computern gestellt.

Die Aliens sahen einander an. Dann machten sie wieder die Drei-Finger-Geste, wirkten aber immer noch unentschlossen.

»Unterschreiben«, sagte Carola Braun. »Hier drauf.« Sie tippte auf das Gerät und hielt den kleinen Griffel hoch. »Damit.«

Der Kamerawagen der Bundeswehr fing die Szene mit seinem Teleobjektiv ganz gut ein, nur leider stand Carola Braun etwas unglücklich zwischen ihm und den Koofmichs, sodass man die Reaktion der Außerirdischen im Krisenstab nicht ganz genau beobachten konnte. Zum Glück bin ich aber zur

Stelle und kann ausführlich berichten, was weiter vor sich ging.

Die Koofmichs machten eine erneute Drei-Finger-Geste, offenbar wieder ohne Erfolg. Ihre Gesichter, meistens völlig ausdruckslos, zeigten erstmals einen zarten Hauch von Ratlosigkeit.

»Unterschreiben!«, wiederholte Carola Braun. Sie tat, als schriebe sie etwas auf das kleine Feld. Gelegentlich machte sie das auch bei ihren menschlichen Kunden, wenn die ein bisschen begriffsstutzig waren. Schließlich hielt sie den kleinen Griffel den Aliens hin. Charlotte, die am nächsten stand, nahm ihn so behutsam, als wäre er ein gerade ausgeschlüpftes Vögelchen, und hielt ihn dann weit von ihrem Körper, als wäre er eine giftige Schlange.

»Un-ter-schrei-ben!«, wiederholte Carola Braun in einem freundlichen, aber bestimmten Ton und wackelte mit dem Gerät.

Und dann geschah es. Die Koofmich Charlotte schrieb etwas auf das kleine Feld. Sie schrieb langsam und konzentriert. Man konnte eine leichte Anspannung in ihren Gesichtszügen bemerken.

Und? Begann jetzt endlich die Kommunikation zwischen Menschen und Außerirdischen?

Wollen wir einmal sehen, was sie geschrieben hatte. Ihren Namen vielleicht? Womöglich verbunden mit einer Grußbotschaft und ein paar Terminvorschlägen für Dates zwischen den Außerirdischen und den Spitzen der irdischen Regierungen?

Carola Braun ließ sich den kleinen Griffel zurückgeben und warf routinemäßig einen Blick auf das kleine Feld. Und was stand da?

Ein Kreuz.

Jawohl. Etwas verwackelt, aber eindeutig ein Kreuz, das auf der Seite lag. Man könnte also auch sagen: ein X.

Was für eine Enttäuschung!

Für die Postbotin Carola Braun ging das allerdings in Ordnung. Gelegentlich lieferte sie an Kunden, die gewisse Probleme mit dem Schreiben hatten, und bei denen durfte sie ein X oder einen Kreis oder dergleichen als gültige Unterschrift akzeptieren und ihnen ihr Paket aushändigen. Schließlich sahen die Unterschriften von Leuten, die sich besonders was darauf einbildeten, wie klug und gebildet sie waren, manchmal auch nur aus wie irgendein Gekrakel. Dann schon lieber ein sauberes X.

»Allseits noch einen schönen Tag!« Mit diesem Standardspruch verabschiedete sich Carola Braun, stieg wieder in ihr Postauto und fuhr damit zum Brandenburger Tor, wo man sie anhielt, ihr das Unterschriftsgerät abnahm und sie in einen frühen, aber ehrlich verdienten Feierabend schickte. Man vergaß auch nicht, ihr den kleinen Griffel abzunehmen, doch den hatte sie bereits gegen einen anderen ausgetauscht. Das Original wollte sie später im Internet höchstbietend versteigern. Was aus diesem nicht ganz lupenreinen, aber irgendwie verständlichen Plan wurde, werde ich vielleicht später noch erzählen. Aber ich kann nichts versprechen.

Das Gerät von der Post wanderte wieder eilig in die Alien-Abteilung der Charité, und das leicht verwackelte X erschien umgehend auf den Monitoren im Krisenstab. Sofort machten sich die Entschlüsselungsspezialisten darüber her, um herausfinden, ob es womöglich eine Botschaft in einer uns noch unbekannten Schrift war.

Wer das lächerlich findet, für den habe ich durchaus Verständnis. Ein krakeliges X analysieren! Geht's noch?

Aber was macht man, wenn man nichts hat? Richtig, man macht aus einer Mücke einen Elefanten.

Fipp und Vanessa halten Kontakt

Lassen wir die Damen und Herren Spezialisten mit ihrem mittelmäßig interessanten X-Rätsel eine Zeit lang alleine und schauen wir, wie es in der Zwischenzeit Vanessa und dem Drohnenbruchpiloten Fipp ergangen war.

Fipp hatte am Vortag die Erlaubnis erhalten, bei den Patzeks zu übernachten. Geschlafen hatte er im Gästezimmer der Hausmeisterwohnung, in dem nicht mehr als ein Bett, ein Schrank und zwei Stühle standen, die sich miteinander so sehr langweilten, dass sie einander die Rücken kehrten.

Anfangs hatte er gedacht, er könne keine Minute schlafen. Schließlich hatte sein kleiner Erkundungsflug einen weltweiten Aufstand ausgelöst. Doch dann war er, kaum dass er das Licht gelöscht hatte, eingeschlafen. Es kostet eben doch eine Menge Kraft, so bescheuert zu sein, eine Kameradrohne in ein außerirdisches Raumschiff zu lenken.

Am Montagmorgen waren alle Schulen in Berlin-Mitte geschlossen. Nach einem eher schweigsamen Frühstück in der Küche der Patzeks verdrückten sich die beiden Drohnenpiloten rasch in Vanessas Zimmer. Das war zwar entschieden weniger langweilig eingerichtet als das Gästezimmer, dafür aber beängstigend pinkfarben. Beängstigend jedenfalls für Fipp, der immer ein wenig fürchtete, das viele Pink könnte zusammen mit seinen roten Haaren eine chemische Reaktion auslösen, an deren Ende Vanessas Zimmer rot wäre und er keine Haare mehr hätte.

Natürlich klemmten sich die beiden gleich hinter Vanessas Laptop. Und? Waren inzwischen Bilder aus dem Ufo übertragen worden? Oder hatten die Koofmichs das Teil in ihren intergalaktischen Müllschredder geworfen? Letzteres war das Wahrscheinlichere. Und wohl auch das am meisten Wünschenswerte, denn damit wäre ein wichtiger Beweis für Fipps Höllenfahrtskommando zerstört. Andererseits hatte er tief in seinem Inneren doch die Hoffnung, die kleine Drohne würde noch weitere Bilder liefern. Und die Hoffnung siegt bekanntlich oft genug über die Vernunft.

»Kriegst du Kontakt?«, sagte Vanessa.

Fipp war noch damit beschäftigt, das elend lange Passwort einzugeben, das er zur Sicherheit nirgendwo aufgeschrieben und mühsam auswendig gelernt hatte. »Wart's ab«, knurrte er.

»Na los«, sagte Vanessa. »Jetzt kommt es nicht mehr drauf an. Bring deine Fernbedienung in Schuss und mach einen Rundflug durch das Wohnzimmer der Typen. Und dann stell den ins Netz mit Absender *#fippforever*. Zeig allen Leuten, dass wir es waren, die diesen Quatsch verbrochen haben. Ich hab gestern Abend schon mal gepackt, damit ich im Knast wenigstens meine Lieblingssweatshirts habe. Und ich hab auch schon geübt, Postkarten an meine Eltern mit Kuli zu schreiben.« Sie hielt ihre rechte Hand hoch. »Schau's dir an. Mein Handgelenk ist total geschwollen.«

»Du denkst in die falsche Richtung«, sagte Fipp. »Ich glaube, wir sind vom Glück begünstigt.«

»Hä?«, sagte Vanessa.

»Guck dich um! Alle sind total unaggressiv und super pazifistisch drauf. Niemand will sich mit diesen Typen anlegen. Alle machen genau das Gegenteil von dem, was man aus den Alien-Filmen kennt. Bloß kein Stress! Und deswegen werden sie auch nicht herumschnüffeln, um rauszukriegen, wer das mit der Drohne war.«

»In echt?«, sagte Vanessa.

»Na klar«, sagte Fipp.

»Gib's zu! Das ist dein momentaner Lieblingswunschtraum.«

»Pfff«, machte Fipp. »Und wenn sie es trotzdem rauskriegen, dann müssen sie uns aus der Hand fressen. Denn wir sind drin! Wir haben die momentan brandheißesten und wertvollsten Informationen auf diesem Planeten.« Und damit drehte er Vanessas Laptop so zu ihr hin, dass sie auf den Bildschirm schauen konnte. Dabei grinste er von einem Ohr zum anderen.

Auf dem Bildschirm sah man jetzt Folgendes: eine grau verrieselte Schwärze, umgeben von einem leicht bröseligen aschfahlen Nichts.

Vanessa sagte dasselbe, wenngleich mit etwas anderen, weniger vornehmen Worten. Und dann sagte sie: »Du bist nicht ganz bei Trost! Wer zahlt dir dafür auch nur einen Cent oder schenkt dir einen Freifahrschein, mit dem du am Gefängnis vorbeikommst? Damit lockst du keinen Hund hinterm Ofen hervor. Von mir aus stell das gerne ins Netz. Das verschimmelt auf YouTube, bevor du auch nur einen einzigen Like bekommst.«

»Guck unten rechts!«, sagte Fipp.

Da war, wenn man es besonders gut meinen wollte, ein kleiner rechteckiger Fleck, ein bisschen heller als der Rest des Bildes.

»Sehe ich«, sagte Vanessa. »Ein kleiner, eckiger, heller Fleck. Und?«

»Das ist die Tür.«

»Du spinnst!«

»Tu ich nicht. Achtung!« Fipp strich vorsichtig mit dem Finger über das Touchpad. Die Ränder des Flecks wurden etwas schärfer, und in dem Fleck bewegte sich etwas. Es sah ungefähr so aus wie die ansonsten glücklicherweise unsichtbaren winzigen Tierchen im Pfützenwasser, wenn man sie im Biologieunterricht unter dem Mikroskop betrachtete.

»Ja bitte?«, sagte Vanessa.

»Glaub's mir. Das ist die Tür. Und das darin sind die Aliens, die draußen an ihrem Tisch sitzen.«

»Nicht wirklich, oder?« Vanessa wusste nicht, was sie lieber tun würde, Fipp glauben oder ihm nicht glauben. »Und was machen wir jetzt?«

»Wir lassen ein super leistungsfähiges Bildverbesserungsprogramm drüberlaufen. So eines, wie die Polizei es in den Fernsehkrimis benutzt.«

»Und so was hast du?«

»Eine Demoversion«, sagte Fipp. »Aus dem Netz. Bisschen illegal runtergeladen.«

Er hatte den hellen Fleck, den er für die Tür des Ufos hielt, in die Mitte des Monitors geholt und hochgezoomt. Jetzt lief ein horizontaler Streifen langsam von oben nach unten über das Bild. Gleichzeitig begann alles zu flimmern und zu flackern. Schließlich verschwand das ganze Bild zugunsten einer totalen Schwärze.

»Super gemacht«, sagte Vanessa. »Jetzt kann ich alles deutlich erkennen. Schwarz, schwarz, schwarz, schwarz. Gestochen scharf, Respekt.«

»Sei still!« Fipp legte einen Finger auf seinen Mund. »Jetzt berechnet das Programm die Wahrscheinlichkeit.«

»Welche Wahrscheinlichkeit?«

»Die Wahrscheinlichkeit einer Ähnlichkeit zwischen den Pixelhaufen im Bild und gewissen Formen und Strukturen, die das Programm aus dem schier endlosen Fundus von Fotos im Internet entnimmt.«

»Das hast du auswendig gelernt«, sagte Vanessa.

»Man kann Sachen auswendig lernen und trotzdem verstehen. In Mathe und auch anderswo im Leben.«

»Du Nerd! Ich bin dann mal weg.«

»Geduld, Geduld!«

Es dauerte noch einige Minuten, in denen Vanessa das Gefühl hatte, dass ihr gesamter Lebensvorrat an Geduld aufgebraucht wurde. Endlich ertönte ein kleines Geräusch, nicht unähnlich dem Glöckchen, das die Kinder am Heiligabend ins Weihnachtszimmer ruft, und auf dem Schirm erschien wieder ein Bild.

»Respekt«, sagte Vanessa. »Allerallerfettesten Respekt.«

Das Bild war jetzt ungefähr so scharf wie das der alten Schwarz-Weiß-Filme im Fernsehen, in die Vanessa vielleicht drei- oder viermal in ihrem Leben versehentlich geraten war. In ihren Augen waren das keine richtigen Filme gewesen, sondern animierte Grauschleier. Ein Wunder, dass sich die Menschen in früheren Zeiten so was stundenlang hatten ansehen können. Jetzt aber waren diese animierten Grauschleier eine absolute Sensation. Denn es war deutlich zu erkennen, wie die drei Aliens vor ihrem PC-Tisch standen. Die Kamera in der Drohne sah ihnen von hinten über die Schulter.

»Das fass ich nicht«, sagte Vanessa. »Die müssen das Ding doch bemerkt haben. Die sind doch allwissend. Die haben das Militär auf der ganzen Welt ausgetrickst, und jetzt sollen die nicht mitkriegen, dass wir ihnen eine Kamera ins Wohnzimmer geschickt haben?«

Fipp zuckte die Schultern. Er besaß nun wirklich nicht die Lösung für alle Rätsel des Universums. Das sagt er auch zu Vanessa. Allerdings besaß er als Einziger auf diesem Planeten einen Bildzugang ins Innere des Ufos. Und das war doch schon was, nicht wahr?

Aber wie lange noch? Zur Sicherheit ließ er die Übertragung auf dem Laptop speichern.

»Und stellen wir das jetzt tatsächlich ins Netz?«, sagte Vanessa. »Jedenfalls würde sich das lohnen. Wir werden die Könige von YouTube und bekommen in einer Minute mehr Likes als Madilla Zirrus in ihrem ganzen Leben. Wir können Influencer werden, kriegen alles geschenkt und verdienen uns dumm und lustig. Vorausgesetzt, man darf vom Knast aus influencen.«

»Erst mal die Ruhe bewahren«, sagte Fipp. Das klang souverän, sollte aber bloß die Tatsache verschleiern, dass er keinen Schimmer hatte, was jetzt zu tun war. Die Bilder ins Netz stellen? Oder den Krisenstab benachrichtigen, der ein paar Stockwerke tiefer saß? Keine Ahnung!

Lassen wir die beiden also mit ihrem großen technischen Erfolg und ihrer noch viel größeren Ratlosigkeit allein. Ich kann versichern, dass wir damit nichts verpassen. Schauen wir lieber, was die Koofmichs als Nächstes unternahmen.

Das größte TV-Event aller Zeiten

Nun ja, was macht man, wenn man ein Paket bekommen hat? Eine Ein-Euro-Frage. Natürlich packt man es aus, und genau das taten die drei. Damit wurden sie wieder auf Sendung geschaltet, man erwartete im Krisenstab, dass sich die Lage auf der Welt noch weiter beruhigen würde, wenn die Leute sähen, wie sich die Aliens eine gemütliche Pause bei einer Tasse Kaffee gönnten.

Die Sache ließ sich allerdings ziemlich langsam an. Zuerst brauchten die Koofmichs eine gute halbe Stunde, bis sie das Paket geöffnet hatten. Lange saßen sie zu dritt davor. Sie schienen zu grübeln, so als müssten sie einen besonders raffinierten Tresor knacken. Mehrmals machten sie die Drei-Finger-Geste. Besaßen sie vielleicht kein Taschenmesser und keine Schere? Im Krisenstab schlug der Assistent Blamberger vor, ihnen sein Schweizer Multifunktionsmesser auszuleihen, aber niemand nahm ihn ernst. Er sich selbst allerdings auch nicht. Außerdem war er viel zu sehr mit seinen Ohren beschäftigt.

Schließlich stellte sich heraus, dass irgendwelche Werkzeuge gar nicht nötig waren, denn plötzlich fuhr der Alien Julian mit seinem ausgestreckten Zeigefinger an den Kanten des Pakets entlang, worauf der Pappkarton sanft auseinanderklappte und die *Friehling Garden* in ihrer ganzen schlichten Schönheit sichtbar wurde.

Als Nächstes studierten die Aliens die beiliegende Gebrauchsanweisung. Und sie taten es gründlich! Man wünschte sich, alle Menschen, die sich ein technisches Gerät kaufen, würden die Gebrauchsanweisung so sorgfältig lesen. Es gäbe dann tausendmal weniger gequetschte, verbrannte oder aufgerissene Finger, von den schwereren Verletzungen ganz zu schweigen. Außerdem würde es wesentlich weniger wütende und verzweifelte Menschen geben, die ihre Neuanschaffungen gegen die Wand werfen, bloß weil sie nicht schnallen, dass man irgendeinen Hebel A auf Position B stellen muss, wenn das Gerät tatsächlich funktionieren soll.

Ganz anders die Koofmichs. Sie studierten die Betriebsanleitung der Kaffeemaschine, als wäre es die Betriebsanleitung eines atomaren Sprengkopfs, mit dem man nicht vorsichtig genug umgehen konnte. Oder glotzten sie vielleicht minutenlang auf das Papier, weil sie nicht lesen konnten? Nein, denn anschließend setzten sie die mitgelieferten Batterien, die Kaffeekapseln und eine der drei Tassen auf Anhieb an den richtigen Stellen ein, statt sie mit Gewalt in die falschen Öffnungen zu rammen, wie es viele Leute bei ihren Kaffeemaschinen gerne mal tun.

»Grandios«, sagte der Psychologe Gelbsattel im Krisenstab. »Diese Spezies scheint außerordentlich lernfähig zu sein.« Vermutlich hatte er selbst gewisse Schwierigkeiten bei der Inbetriebnahme von neuen Elektrogeräten. Aber ich will nicht gehässig sein.

»Na ja«, sagte der Kanzler. »Wollen mal sehen. Eine Kleinigkeit fehlt wohl noch.«

Und damit hatte er vollkommen recht. Es fehlte noch – Wasser! Ohne Wasser kein Kaffee. Der für die Wasserversorgung zuständige Mitarbeiter des Krisenstabs hing bereits am Telefon, um einen brandneuen, vierachsigen Tankwagen der

Stadtwerke in Marsch zu setzen. Es war dies ein knallrot lackiertes Monster, das im Fall eines schweren Rohrleitungsbruchs die Bevölkerung mit Trinkwasser versorgen sollte.

Aber dessen Einsatz erwies sich als unnötig. Der Alien Christopher hatte nämlich aus dem Müll, den die Leute auf dem Platz vor dem Reichstag zurückgelassen hatten, eine halb volle Flasche Multivitaminsaft herausgezogen, und deren Inhalt schüttete er jetzt sehr langsam in den Wasserbehälter der Kaffeemaschine.

»Von wegen lernfähig«, sagte der Kanzler. »Auch der intergalaktischen Intelligenz scheinen offenbar Grenzen gesetzt.«

Doch das hatte er zu früh gesagt. Denn während der Koofmich die Flüssigkeit in die Maschine kippte, wechselte sie ihre Farbe von orange-gelb zu total-durchsichtig. In der Flasche schien nur ein wenig orange-gelbes Pulver zurückzubleiben. Die Alien Charlotte drückte daraufhin einen Knopf an der *Garden*, kurz darauf floss schwarzer Kaffee in die stylisch designte Tasse.

Und praktisch die gesamte Welt sah mit angehaltenem Atem diesem ungeheuerlichen TV-Event zu.

Übrigens auch Hermann Friehling und sein Sohn Frank, die im Postamt vor einem Monitor saßen. Mit dieser erneuten und noch so viel fantastischeren Werbung für ihr Produkt hätten sie wahrscheinlich nicht zehntausend, sondern hunderttausend oder vielleicht sogar eine Million von ihren Kaffeemaschinen verkaufen können. Aber daraus wurde jetzt nichts mehr, denn es hätte Monate gedauert, um neue zu produzieren. Anstatt sich also zu freuen, rauften Vater und Sohn sich frustriert die Haare.

Wir wenden uns besser ab und schauen, was vor dem Ufo

passierte. Dort gluckerte gerade der letzte Tropfen Kaffee in die Tasse. Die Koofmichs standen daneben und beobachteten den Vorgang, als gälte es, das Ergebnis eines Experiments zu betrachten, an dem man jahrelang gearbeitet hatte. Was möglicherweise der Wahrheit entsprach.

»Wohl bekomm's«, sagte ein Witzbold im Krisenstab.

Aber keiner der Aliens machte Anstalten, einen Schluck Kaffee zu trinken. Stattdessen kippten sie die schwarze Flüssigkeit auf den Boden und verpackten die Maschine, wobei erneut der Fingertrick zum Einsatz kam, diesmal in umgekehrter Richtung, bis Maschine, Kaffee und Tassen wieder originalverpackt waren. Der Himmel mochte wissen, wie sie das machten. Anschließend schwebte der Alien Julian mitsamt dem Karton durch die Tür ins Ufo.

»Was denn jetzt?«, sagte der Kanzler.

»Vielleicht ist es auf ihrem Planeten nicht schicklich, sich beim Kaffeetrinken zugucken zu lassen«, sagte Gelbsattel.

»Oder«, sagte Blamberger, »sie haben nur nach einem passenden Geschenk für einen Verwandten gesucht und wollten vorher kontrollieren, ob es auch funktioniert.« Er war überrascht, dass er sich selbst noch sprechen hörte, so laut waren die Vogelschwärme in seinen Ohren. Jemand anders als er hörte ihm allerdings nicht zu.

»Wir haben Aktivität im Netz«, sagte der zuständige Überwacher im Krisenstab. Die Koofmichs Charlotte und Christopher waren offenbar wieder auf ihrer Datenautobahn unterwegs.

»Greifen sie jetzt endlich an?«, sagte der Kanzler. Zu seinem Entsetzen bemerkte er, dass er sich gerade wünschte, es würde doch noch ein guter alter Alien-Krieg ausbrechen. Das wäre natürlich unerfreulich und würde bedauerlicherweise

Millionen Menschen das Leben kosten, ihn selbst vermutlich eingeschlossen, aber womöglich wäre das immer noch besser, als in diesem lausigen Krisenbunker zu sitzen und Außerirdischen beim Kaffeetrinken beziehungsweise beim Nichtkaffeetrinken zuzuschauen. Zum Glück gelang es dem Kanzler schnell, den völlig unangemessenen Gedanken zu unterdrücken. Anschließend schämte er sich dafür, und das nicht zu knapp.

»Ich glaube«, sagte der Netzüberwacher, »sie kaufen wieder was.«

»Und was ist es diesmal?« Die Stimme des Kanzlers klang nicht interessiert, sondern traurig und resigniert.

»Turnschuhe.«

Der Kanzler sucht ein bisschen Trost

Turnschuhe?«, sagte der Kanzler. »Echt jetzt, Turnschuhe?«

Ob er die Marke wissen wolle, wurde er gefragt.

»Nein danke«, sagte er. »Und entschuldigen Sie mich bitte, meine Damen und Herren. Ich muss mal kurz für mich allein sein.« Zusammen mit ein paar Sicherheitsleuten stieg er hinauf in sein Büro. Dort hatte man die Möbel umgestellt und die Fensterfront mit schwarzen Planen verdunkelt. Das Bild von dem Zimmer mit der offenen Tür, das der Kanzler so gern ansah und das ihn so beruhigte, hatte jemand abgehängt und mit der Vorderseite gegen die Wand gestellt.

Der Kanzler setzte sich hinter seinen Schreibtisch, schob ein paar Papiere zur Seite, fand darunter das Festnetztelefon und rief seine Mutter an.

»Hier Korbschläger.«

»Hallo, Mama. Hier ist Ralf.«

»Reizend, von dir zu hören.« Das klang nicht, als wäre es ernst gemeint.

»Mama, ich bin fix und fertig«, sagte der Kanzler.

»Ich auch. Gestern war mein Geburtstag, und wer mich als Einziger nicht angerufen hat, war mein einziger Sohn. Ein unangenehm einzigartiges Ereignis, nicht wahr.«

»Mama, hast du eventuell mitbekommen, dass wir hier ein bisschen Ärger haben?«

»Pah!« Am anderen Ende der Leitung war ein Geräusch zu

hören, als setzte jemand eine Kaffeetasse etwas zu hart auf die Untertasse. »Söhne finden immer Erklärungen dafür, warum sie den Geburtstag ihrer Mütter vergessen.«

»Mama!«, sagte der Kanzler. »Ich habe hier Aliens vor der Haustür.«

»Denkst du, das weiß ich nicht? Ich hatte mir schon gedacht, dass du die als Ausrede vorschieben würdest.«

»Mama, vergiss bitte einen Augenblick, dass du der am meisten beleidigte Mensch auf der ganzen Welt bist, und gib mir einen Rat. Diese Typen reden nicht mit uns. Sie machen Dinge, die ich nicht verstehe. Und ich habe keine Ahnung, was ich tun soll.«

»Das kann ich gut nachvollziehen. Seitdem du diesen Job in Berlin hast, redest du auch nicht mehr mit mir. Du tust Dinge, die dein Vater mir vergeblich zu erklären versucht. Und ich habe auch keine Ahnung, was ich tun soll.«

Wem es bislang entgangen ist, dem erkläre ich gerne, dass der Kanzler kein besonders gutes Verhältnis zu seiner Mutter unterhielt. Sie hatte sich so sehr gewünscht, er würde Zahnarzt wie sein Vater und dessen Praxis mit den vielen Patienten und ihren schlechten Zähnen übernehmen. Aber schon als Junge hatte Korbschläger ein gestörtes Verhältnis zur zahnärztlichen Kunst gehabt, womöglich weil aus der Praxis seines Vaters im Erdgeschoss immer wieder Schmerzensschreie hoch in sein Kinderzimmer gedrungen waren.

»Mama«, sagte der Kanzler, »es wird dich vielleicht erstaunen, aber ich habe im Moment nur sehr wenig Lust, über die traurigen Kapitel unserer Familiengeschichte zu sprechen. Ich hatte einfach das Gefühl, ich könnte etwas Trost vertragen. Und in solchen Ausnahmesituationen wenden sich auch erwachsene Männer gerne mal an ihre Mütter.«

»Ich höre da einen beleidigten Unterton«, sagte die Mutter. Im Heraushören von beleidigten Untertönen war sie eine absolute Expertin, vermutlich weil sie den beleidigten Unterton selbst so gut beherrschte.

»Ach, Mama«, sagte der Kanzler. »Versuche doch bitte mal, alle Untertöne zu überhören. Tröste mich lieber! Oder sage mir, was ich tun soll.«

»Gut«, sagte die Mutter. »Ich spende dir hiermit Trost.«

»Danke.« Der Kanzler fühlte sich nicht wirklich getröstet.

»Und zu den Koofmichs sag ich dir eins: Weißt du, was das Schlimmste ist, das einem passieren kann, wenn man sich gerade Schuhe gekauft hat?«

»Ist das jetzt ein Rätsel?«

»Und wenn schon. Denk nach!«

Der Kanzler dachte nach. »Keine Ahnung.«

»Erinnerst du dich etwa nicht mehr daran, wie du mit mir Schuhe kaufen gegangen bist?«

O doch! Der Kanzler erinnerte sich lebhaft an die mit Abstand langweiligsten Stunden seiner Kindheit. Seine Mutter hatte immer unendlich lange gebraucht, bis sie sich für ein Paar Schuhe entschieden hatte. Und hatte sie sich endlich entschieden, dann sah sie garantiert auf dem Weg zur Bushaltestelle im Schaufenster eines anderen Schuhgeschäfts ein Paar Schuhe, das ihr noch besser gefiel als das, das sie gerade gekauft hatte. Oder sie sah eine Handtasche, und ihr wurde schlagartig klar, dass sie gar keine Schuhe, sondern eine Handtasche gewollt hatte. Und so weiter.

»Ich habe die Lösung«, sagte der Kanzler. »Das Schlimmste, was einem passieren kann, wenn man Schuhe kauft, sind die Schuhe, die man nicht gekauft hat. Aber was soll mir das helfen? Erklär mir das bitte!«

Doch da hatte die Mutter schon aufgelegt. Der Kanzler hatte kurz das Gefühl, der einsamste Mensch auf der Welt zu sein. Kein schönes Gefühl, also machte er sich wieder auf den Weg hinunter in den Krisenstab. Da warteten zwar nur Leute mit Problemen auf ihn, aber immerhin: Sie warteten auf ihn.

Eine blonde Puppe sorgt für einen Themenwechsel

Wir bleiben im Kanzleramt, wechseln aber in die Hausmeisterwohnung. Auch dort war gerade ein unerfreuliches Familiengespräch geführt worden. Vanessas Mutter hatte wissen wollen, wann Fipp wieder zu seinen Eltern zurück müsse. Darauf hatte Vanessa eine Menge von verqueren Behauptungen und Erklärungen abgegeben, von der ihre Mutter den größten Teil nicht geglaubt hatte. Der Rest reichte aber immer noch ganz knapp dafür, dass Fipp vorerst bei den Patzeks bleiben konnte. Ausschlaggebend war wohl am Ende, dass Vanessa geschworen hatte, Fipp würde ihr bei den Physik-Hausaufgaben helfen. Und in Physik balancierte Vanessa momentan auf dem wackligen Minusstrich hinter einer Drei.

Das Argument stimmte natürlich nur, wenn man die Überwachung einer hirnrissigerweise in einem Ufo deponierten Kameradrohne als Physik durchgehen ließ. Auf Vanessas Bildschirm war im Moment allerdings nur ein strahlendes Nichts zu sehen, denn Fipp hatte die Drohnenkamera ausgeschaltet, um den Stromvorrat in ihren Batterien zu schonen. Das hatte erstaunlicherweise funktioniert, obwohl Fipp ansonsten die Kontrolle über das kleine Fluggerät verloren hatte.

»Wir müssen Geduld haben«, hatte er wieder gesagt. Das

hatte geklungen wie die Sätze von großen Männern am Vorabend großer Ereignisse. Vanessa hatte er damit nicht imponiert. Ihrer Ansicht nach wusste er bloß nicht, wie es weitergehen sollte. Genau das wollte sie jetzt sagen, da die beiden wieder allein in ihrem Zimmer waren. Doch Fipp schien Kritik zu ahnen und wechselte geschickt das Thema, indem er auf etwas zeigte, das ganz hoch oben auf einem Regal über Vanessas Bett stand.

»Was is'n eigentlich das da?«, sagte er in einem übertrieben angenervten und herablassenden Tonfall.

»Das da« hätte man durchaus eine Puppe nennen können. Sie war dreißig Zentimeter hoch und das Abbild einer jungen, großen und ausgesprochen schlanken Frau. »Puppe« wäre nicht falsch gewesen, hätte die Sache aber nicht richtig getroffen. Denn bei dieser »Puppe« handelte es sich um eine Kiki.

Wer kennt sie nicht! Die Kiki, die absolute Königin der Luxuspuppen, seit Jahrzehnten die unbestrittene Inhaberin von Platz eins auf den Wunschlisten der Mädchen in aller Welt.

Vor knapp vier Jahren war auch Vanessa schwach geworden und hatte alle ihre Verwandten angebettelt, ihr zum Geburtstag nicht dies und das zu schenken, sondern zusammenzulegen, um ihr eine Kiki in der Version *De luxe* zu kaufen, also mit besonders langen und seidigen blonden Haaren. Vanessa erinnert sich noch gut an den Tag, an dem dieses makellos schöne Geschöpf in ihrem Zimmer eingezogen war. Damals bekam es einen Platz auf dem untersten Regalbrett, wo man es am besten sehen konnte. Allerdings erinnert sich Vanessa nur ungern an diesen Tag, denn er sollte der Anfang einer traurigen Geschichte werden.

Die ersten Tage mit der Kiki waren noch ein Traum gewesen, ein Traum von selbstgenügsamer Schönheit und stiller Eleganz. Aber leider schaffte die Kiki es kaum eine Woche lang, einfach nur schön und zart und elegant zu sein und aus ihren großen blauen Augen träumerisch irgendwohin zu schauen. Danach konnte sie nicht mehr stillsitzen. Sie wollte etwas machen.

Leider bedeutet bei einer Kiki »machen« so viel wie »shoppen«. Das traf sich gut, denn in den Kiki-Spezialabteilungen der Spielwarengeschäfte und natürlich im Internet gab es eine Menge Sachen, die man ihr kaufen konnte, und glücklicherweise passte ihr einfach alles wie angegossen. Vanessas Taschengeld verschwand wie das Wasser aus der Badewanne, wenn man den Abfluss öffnet.

Dabei war das Shoppen noch einigermaßen lustig gewesen. Wer geht nicht gerne shoppen? Sogar Aliens, die auf der Erde gelandet sind, haben nichts anderes im Sinn. Doch nach drei Wochen verlor die Kiki das Interesse an Kleidern, Schuhen und Handtaschen. Sie beschloss, etwas ganz und gar Ernsthaftes zu tun. Genauer gesagt, sie wollte heiraten, und zwar einen gewissen Robbi. Den hatte ihr Vanessa auch prompt besorgt, in einer Version, die es gerade als Sonderangebot gab. Glücklicherweise brauchte Robbi viel weniger Zubehör als Kiki, vermutlich weil er selbst eine Art Zubehör war.

Allerdings mussten zusammen mit dem Robbi noch Brautkleid und Brautauto sowie ein komplettes Einfamilienhaus mit Einbauküche und Whirlpool angeschafft werden. Das klingt nicht nur teuer, nein, das war es auch. Vanessa, die längst pleite war, musste ihre Verwandten anpumpen. Sie schrieb dazu süßliche Bettelbriefe auf rosafarbenem Papier, was ihr nicht gerade leichtfiel.

Doch kaum war die Kiki verheiratet und wohnte mit ihrem Robbi in dem Einfamilienhaus, das fast so groß war wie Vanessas Zimmer, da wurde ihr wieder langweilig. Ihr Leben sei leer und sinnlos, jammerte sie. Und Robbi sei ein Langweiler und Versager, da hätte sie ebenso gut eine Puppe aus Plastik heiraten können.

Zu diesem Zeitpunkt war Vanessa bereits Mitglied in mehreren Kiki-Selbsthilfeforen im Internet. Dort wurde heftig diskutiert, was man im Falle einer solchen Kiki-Langeweile-Depression unternehmen sollte. Ein Rat war, die Kiki solle Kinder kriegen. Das sei für ihre Besitzerin womöglich die beste Lösung, denn auch die Kiki-Kinder sind ziemlich preiswert, weil sie wie der Robbi als Zubehör gelten.

Eine andere Möglichkeit wäre gewesen, Vanessas hätte ihrer Kiki dabei geholfen, sich zu »verwirklichen«, oder noch besser: »Erfolg« zu haben. Auch dafür gab es das entsprechende Zubehör. Für die erfolgreiche Geschäftsfrau waren ein gut aussehender Sekretär und eine Fabrik im Angebot, für die erfolgreiche Astronautin eine Weltraumrakete, für die Erfolgsautorin ein Verlag mit Tausenden von Büchern und für die erfolgreiche Kindertropenärztin ein kompletter Dschungel mit kranken Kindern darin. Solche Anschaffungen aber hätten auch Vanessas entfernte Verwandte nicht mehr finanziert, selbst wenn sie ihnen täglich rosafarbene Briefe voller selbstgemalter Bilder und falscher Versprechen geschickt hätte.

Am Schluss kam es ganz schlimm. Da Vanessa ihrer Kiki beim Erfolghaben nicht helfen konnte, wurde die schöne blonde Puppe trotzig. Sie wollte jetzt ausbrechen aus ihrer Kiki-Welt, die nur aus Shoppen, Schönsein und Erfolghaben bestand. Auch dafür hätte es interessantes Zubehör gegeben, allerdings nicht in den Spielwarengeschäften, sondern nur an versteckten Orten im Internet. Zum Beispiel ein Atomkraftwerk, vor dem die Kiki protestieren könnte. Oder ein Tierversuchslabor, in dem Tiere zu medizinischen Zwecken gequält wurden, wozu es natürlich nicht kommen würde, weil die Kiki das Labor überfallen und die Tiere befreien könnte.

Allerdings waren Atomkraftwerk und Tierversuchslabor noch teurer als Weltraumrakete und Dschungel. Und niemand konnte garantieren, ob die Kiki nicht zum Protestieren und zum Tierebefreien sündhaft teure Spezialoutfits fordern würde. Das alles wäre nicht einmal zu finanzieren gewesen, wenn Vanessa ihrer Tante Magda in Bayern versprochen hätte, sie in den Schulferien für volle vier Wochen zu besuchen, jeden Tag fünf Stunden mit ihr durch die Berge zu wandern und in gruseligen Almhütten zu übernachten.

Nach ein paar schlaflosen Nächten hatte Vanessa vor etwa zwei Jahren einen scharfen Schnitt gemacht. Sie hatte das gesamte Kiki-Zubehör auf Berliner Spezialflohmärkten verkauft, hauptsächlich an andere Mitglieder der Selbsthilfeforen, bis nur noch die Kiki und der Inhalt ihres kleinsten Kleiderschranks übrig geblieben waren. Ihrer Mutter hatte sie gesagt, dieses Verkaufen heiße Secondhand und sei der neueste Trend in der Kiki-Welt. Das war natürlich gelogen, aber irgendwie auch die Wahrheit.

Konsequent wäre es gewesen, auch die Kiki auf dem Flohmarkt zu verticken. Aber da gab es ein kleines Problem. Falsch, ein großes! Denn obwohl Vanessa längst wusste, dass es ein Riesenfehler gewesen war, sich eine Kiki ins Haus zu holen, mochte sie sich doch nicht von ihr trennen. Ein paarmal hatte sie die Kiki schon in ihre Schachtel gepackt, die

Schachtel in Zeitungspapier gewickelt und anschließend in ihren Turnbeutel gesteckt, um sie aus der Wohnung zu schmuggeln, ohne dass ihre Mutter es bemerkt hätte. Doch jedes Mal holte sie die Schachtel wieder aus dem Beutel heraus, befreite die Kiki vom Zeitungspapier und setzte sie zurück auf ihren Platz im Regal. Danach konnte Vanessa ihrer schönen platinblonden Puppe tagelang nicht in die Augen schauen, weil sie sich so sehr schämte.

Woran das lag? Nun ja. So eine Kiki mag ein launisches, verwöhntes und viel zu teures Geschöpf sein – aber sie ist auch eine Puppe. Und eine Puppe hat man lieb, wenigstens ein bisschen. Und was man auch nur ein bisschen lieb hat, das schleppt man nicht auf einen Sklavenmarkt, Pardon!, auf einen Flohmarkt, um es dort zu verscherbeln. Das macht man nicht. So war es also gekommen, dass Vanessas Kiki immer noch im Regal wohnte, seit einiger Zeit auf dem obersten Regalbrett, von wo sie vorwurfsvoll herunterschaute.

Jetzt habe ich selbst Fipps Frage, was denn das da oben sei, ziemlich ausführlich beantwortet. Und das war auch besser so, denn ansonsten hätte ich davon berichten müssen, wie Vanessa ihrem Freund allerlei Geschichten auftischte, von denen eine unglaubwürdiger war als die andere. Denn als Allerletztes hätte Vanessa zugegeben, dass sie sich zwar freiwillig eine sündhaft teure Puppe in ihr Leben geholt hatte, jetzt aber nicht in der Lage war, sie wieder loszuwerden.

Fipp glaubte kein Wort von den Märchen, die sie ihm erzählte. »Da hängen wohl viele schöne Erinnerungen dran, was?«, sagte er, gefolgt von einem Laut, den man sonst eher von Ziegen kennt.

Worauf Vanessa ihm eine zickige Antwort gab, die Fipp

wiederum zickig beantwortete, und so weiter, sodass wir gut daran tun, die beiden eine Zeit lang sich selbst und ihrem Gezicke zu überlassen.

Wir lernen einen Semiotiker kennen

Auf dem Weg hinunter in den Regierungsbunker hatte der Kanzler versucht, das Telefonat mit seiner Mutter möglichst sauber zu verdrängen. Und das gelang ihm schneller, als er geglaubt hatte, denn gleich an der Tür kam ihm der Assistent Blamberger mit einer neuen schlechten Botschaft entgegen. »Bitte, kommen Sie schnell!«, sagte er. »Ich glaube, wir haben es mit einer Eskalation zu tun!«

»So, so«, sagte der Kanzler. »Damit war ja gar nicht zu rechnen.«

Das sollte ironisch sein. Zur Ironie gehört allerdings immer jemand, der sie versteht. Und Blamberger, in dessen Kopf die Vogelschwärme immer heftiger miteinander kämpften, war dafür momentan nicht der richtige Mann. Er glotzte den Kanzler nur mit großen Augen an.

»Eine Eskalation also«, sagte der Kanzler in einem möglichst respektvollen und wertschätzenden Ton. »Und worin besteht die?«

»Kommen Sie bitte mit.« Blamberger ging voraus. »Schauen Sie hier!« Auf sämtlichen Monitoren war jetzt ein einziger Gegenstand zu sehen. Er schien im freien Raum zu schweben und drehte sich dabei um sich selbst, dazu lief ein sehr pompöses klassisches Musikstück. Bei dem Gegenstand handelte es sich um einen Turnschuh im stylischen Design.

»Das ist der offizielle Werbespot für den *Superflash*. Er wird gerade analysiert.«

»Unsere Freunde haben sich Turnschuhe bestellt?«, sagte der Kanzler.

Blamberger nickte. »Drei Paar davon. Gleiche Größe, aber verschiedene Farben. Und eines sollten Sie jetzt wissen: Der *Superflash* ist erst seit fünf Tagen auf dem Markt. Es ist das neuste Modell der Firma, na, Sie wissen schon, diese Firma mit dem Kringel als Logo.«

»Aha«, sagte der Kanzler. »Wie schön. Unsere Freunde gehen mit der Mode. Und was zum Teufel lernen wir daraus?«

Blamberger hob einen Finger. »Eine gute Frage«, sagte er. »Unser Krisenstab wurde gerade um einen Semiotiker ergänzt. Das ist, falls Sie es nicht wissen sollten, ein Fachmann für Zeichensprache. Wir halten es nämlich für möglich, dass die Aliens durch ihre Einkäufe mit uns kommunizieren. Vielleicht darf ich Ihnen den Mann gleich vorstellen?«

»Ich bitte darum«, sagte der Kanzler und wusste dann selbst nicht, ob er das ironisch gemeint hatte.

Der Semiotiker hieß Karsten Zettel, war mittelgroß und hätte genauso gut siebenundzwanzig wie siebenundsechzig Jahre alt sein können, ein greisenhafter Junge oder ein jungenhafter Greis, je nachdem, wie man es sehen wollte. Als er dem Kanzler vorgestellt wurde, machte er eine kleine altmodische Verbeugung. Und dann begann er zu reden, nicht zu irgendjemandem, sondern so, als hielte er eine Vorlesung an der Universität oder eine Ansprache im Radio.

»Meiner Meinung nach«, sagte er, »haben wir es hier mit einem Fall von sogenannter Kommerzkommunikation zu tun. Davon spricht man, wenn die betreffenden Personen miteinander nicht verbal, also mit Worten, kommunizieren, sondern ihre Einstellungen, Meinungen und Absichten durch die Präsentation von käuflich erworbenen Konsumgütern ausdrücken. Bekanntlich ist die Kommerzkommunikation ein wesentlicher Bestandteil der Profilbildung, sowohl im analogen Alltag als auch in den sozialen Netzwerken.«

»Moment«, sagte der Kanzler. »Ich bin mir nicht ganz sicher, ob ich Sie richtig verstanden habe. Heißt das, wenn ich mir was kaufe und es anderen Leuten zeige, dann sage ich damit, was für einer ich bin?«

»Recht unwissenschaftlich ausgedrückt«, sagte der Semiotiker und lachte einmal kurz und trocken. Es klang, als würde man ein altes Buch zuschlagen. »Aber in der Sache korrekt. Ich will es mit einem populären Beispiel versuchen. Also: Sie kaufen sich einen Staubsauger ohne Beutel. Das soll bekanntlich die Umwelt schonen. Doch statt jetzt ganz unauffällig mit ihrem Staubsauger ihr Wohnzimmer zu saugen, machen Sie ein Foto davon und schicken es kommentarlos an ihre Freunde. Außerdem treiben Sie sich eine Viertelstunde vor Ihren Mülleimern auf der Straße herum, damit alle Ihre Nachbarn sehen, dass Sie keinen Staubsaugerbeutel wegwerfen, sondern den Staubbehälter eines beutellosen Staubsaugers leeren. Und warum tun Sie das?« Der Semiotiker sah den Kanzler mit einem milden Lächeln an, so wie ein Lehrer einen Schüler, der auf einer sehr schwachen Vier steht.

»Vielleicht, weil ich meinen Freunden zeigen will, dass ich ein umweltbewusster Mensch bin?«, sagte der Kanzler.

»Korrekt«, sagte der Semiotiker. Mit seinem Mund machte er etwas, das er wahrscheinlich für ein anerkennendes Lächeln hielt. »Ich vermute stark, die außerirdischen Besucher werden in Zukunft noch weitere Käufe tätigen. Wir müssen das gründlich analysieren, und so werden wir mit großer

Sicherheit herausfinden, was sie uns sagen wollen. Möglicherweise haben sie uns vorher analysiert und halten die Kommerzkommunikation für die Sprache, die überall auf der Welt verstanden wird. Womit sie auch gar nicht so falsch liegen.« Er lachte ein meckerndes Lachen.

»Moment!«, sagte der Kanzler. »Diese Wesen sehen ziemlich genauso aus wie wir. Sie können mit einer Kreditkarte einkaufen, und sie können fabrikneue Kaffeemaschinen bedienen, nachdem sie die Betriebsanleitung gelesen haben. Warum zum Teufel können sie dann nicht mit uns reden? Ich meine, ganz normal reden, so wie Sie und ich jetzt.«

»Ich bitte Sie«, sagte der Semiotiker. »Sie kennen die Antwort selbst. Darf ich fragen, wo Sie zuletzt auf Staatsbesuch waren?«

Der Kanzler war zuletzt in Lettland gewesen.

»Aha. Und? Sprechen Sie Lettisch?«

»Kein Wort«, sagte der Kanzler.

»Sehen Sie! Und die Letten? Wie sahen die aus?«

»So wie Sie und ich«, sagte der Kanzler.

»Mit anderen Worten, es kommt selbst hier auf der Erde vor, dass wir uns mit Leuten, die so ähnlich aussehen wie wir, nicht unterhalten können, weil wir nicht dieselbe Sprache sprechen. Und was machen wir in einem solchen Fall?« Der Semiotiker beantwortete sich seine Frage gleich selbst. »Wir verständigen uns, wie man so schön sagt, mit Händen und Füßen. Wir zeigen zum Beispiel auf die Dinge, die wir haben wollen. So ähnlich könnte das jetzt auch sein. Ich vermute, die Aliens sprechen eine Sprache, die sich nicht so einfach in unsere übersetzen lässt, wie zum Beispiel Englisch ins Deutsche oder Deutsch ins Spanische. Ich vermute sogar, dass ihre Sprache unendlich komplizierter ist. Womöglich haben sie für Dinge, für die wir nur ein Wort haben, Hunderte von Wörtern, weil sie alles viel genauer und viel differenzierter auffassen, als wir es können.«

Der Mann kam ins Schwärmen, was nicht gut zu seiner staubtrockenen Erscheinung passte.

»Vielleicht«, sagte er, »nein, ganz sicher haben sie das Problem gelöst, das wir hier auf der Erde haben, dass nämlich die Wörter nie so ganz genau zu den Dingen passen, sondern allenfalls so ungefähr. In der Sprache unserer Besucher sind wahrscheinlich keine Missverständnisse mehr möglich. Sie können auf einer großen Wiese jede Blume und jeden Grashalm bei seinem unverwechselbaren Namen nennen. Und wenn sie für ein Mitwesen ein Gefühl empfinden, dann können sie dieses Gefühl so genau ausdrücken, dass es sich von allen anderen Gefühlen unterscheidet.«

»Aha«, sagte der Kanzler. »Also *Ich liebe dich* in zwei Millionen Varianten?«

»Sagen Sie lieber zwanzig Millionen. Oder zweihundert.« Der Semiotiker Zettel hatte den Kopf gehoben und die Hände gefaltet. Es sah aus wie Beten.

»Und glauben Sie, das ist hilfreich?«, sagte der Kanzler. »Zwanzig Millionen verschiedene Ausdrücke für *Ich liebe dich*! Führt das nicht zu den schrecklichsten Missverständnissen?«

Der Semiotiker zog ein Gesicht, als hätte er in eine unreife Zitrone gebissen. Wissenschaftler mögen es nun einmal gar nicht, wenn man ihnen widerspricht.

Der Kanzler bemerkte Zettels Verstimmung und wechselte das Thema. »Wenn also, wie Sie sagen, unsere Freunde an einem Übersetzungssystem arbeiten, damit sie sich mit uns Barbaren verständigen können, warum brauchen sie dafür ausgerechnet eine Kaffeemaschine mit Batteriebetrieb und einen topmodischen Turnschuh?«

Das Gesicht des Semiotikers hatte wieder den ursprünglichen Ausdruck vollkommener Ausdruckslosigkeit angenommen. »Ich erwähnte es ja bereits«, sagte er. »Aller Wahrscheinlichkeit nach werden sie mit diesen Einkäufen noch fortfahren. Vielleicht stellt jemand wie Sie es sich am besten so vor, als würden unsere Besucher die Buchstaben für eine neue Schrift zusammenstellen. Und das kann dauern.«

Der Kanzler überhörte die Beleidigung, die in dem »jemand wie Sie« gesteckt hatte. »Und wenn sie einfach nur Kaffee trinken und bequeme Schuhe tragen wollen?«

Der Semiotiker schloss die Augen, so wie alte Schildkröten sie schließen. »Entschuldigen Sie mich bitte«, sagte er. »Ich muss an meine Arbeit.«

»Was für ein Genie«, sagte der Kanzler, als der Mann gegangen war. »Sind wir jetzt auf solche Leute angewiesen?«

Blamberger, der angesprochen worden war, reagierte nicht gleich. Gerade waren aus den Vogelschwärmen in seinen Ohren Schiffe geworden, Schiffe, die in undurchdringlichem Dunst durch stilles und kaltes Wasser fuhren und unablässig ihre Nebelhörner betätigten, als Warnung für die anderen Schiffe. Der Kanzler musste seine Frage wiederholen.

»Ich fürchte, ja«, sagte der Assistent.

»Und ist der neue Einkauf unserer Freunde schon der Weltbevölkerung mitgeteilt worden?«

»Das ist er«, sagte der Assistent. »Ich hoffe bloß, wir haben damit keinen Fehler gemacht.«

In Amerika sorgt der Turnschuhkauf für Verzweiflung

Wie wir bereits gehört haben, war der Turnschuh ein *Superflash* und damit das neuste Topmodell der amerikanischen Firma mit dem dynamischen Kringel als Logo. Als die Nachricht vom Turnschuhkauf der Aliens wie ein Virus um die Welt verbreitet wurde, war es in Amerika sehr früh am Morgen, eigentlich sogar noch Nacht, doch schon saßen die leitenden Angestellten der Kringellogofirma in deren großem Besprechungsraum im obersten Geschoss eines Wolkenkratzers in New York. Sie sahen vielleicht nicht so aus, aber sie waren allesamt hellwach. Denn womöglich würde sich in den nächsten Stunden das Schicksal ihres Unternehmens entscheiden.

Der Boss bei Kringellogo war ein Mister Earl J. Waggadorn der Dritte, was bedeutete, dass er genauso hieß wie sein Vater und sein Großvater, die vor ihm die Firma geleitet hatten. Man spricht seinen Namen übrigens Wäggedohn aus, jedenfalls so ähnlich.

»Jetzt mal aufgepasst«, sagte Waggadorn, der von allen Anwesenden der Entspannteste zu sein schien. »In wenigen Minuten tragen wir hier die drei wichtigsten Zahlen unserer Firmengeschichte zusammen. Die erste Zahl: Wie viele Volltrottel, Moment, ich korrigiere mich: wie viele geschätzte Kunden werden nach dieser einmalig großartigen, exorbitanten und sensationell preiswerten Werbung für unseren neuen *Superflash* eine Bestellung aufgeben?«

Er schaute nickend in die Runde.

»Die zweite Zahl: Wie viele Exemplare haben wir an unsere Händler weltweit ausgeliefert? Und die dritte Zahl: Wie viele Exemplare können wir in kürzester Zeit nachproduzieren? Meine Damen und Herren, ich erwarte Ihre Berichte.«

Im Besprechungsraum in New York klingelte ein topmodernes Kommunikationsgerät. »Verzeihung«, sagte einer der leitenden Angestellten und hielt sich das Ding ans Ohr. »Aha«, sagte er, dann legte er das Teil vor sich auf den Tisch.

»Ich höre«, sagte Waggadorn III.

»Mister Waggadorn, Sir«, sagte der Mann, »wir gehen momentan davon aus, dass es weltweit zwölftausend Bestellungen für den *Superflash* gibt. Und die Tendenz ist steigend.«

»So wenig?«, sagte Waggadorn und zog seine Stirn in Falten.

»Entschuldigung, Sir. Ich habe vergessen: zwölftausend pro Minute.«

Ein Stöhnen lief durch den Besprechungsraum.

»Gut zu wissen«, sagte Waggadorn. »Und nun die zweite Zahl bitte!«

Eine junge Frau erhob sich. In der Kringellogofirma war sie für die Auslieferung zuständig. Sie stand auf, was ein bisschen schwierig war, weil sie es nicht so recht geschafft hatte, ihren zweiten Schuh anzuziehen, der übrigens aussah wie das absolute Gegenteil von einem *Superflash*.

»Mister Waggadorn, Sir«, sagte sie. »Wir haben bis heute Morgen insgesamt etwa drei Komma sechs Millionen Exemplare an die Geschäfte und Großhändler ausgeliefert.«

»Und jetzt, Ladies and Gentlemen«, sagte Waggadorn III,

»die dritte und entscheidende Zahl. Ich darf unseren geschätzten Produktionsdirektor bitten.«

Der Angesprochene, ein kleiner, dünner Mann mit Glatze, erhob sich. »Pro Tag können wir fünfhunderttausend Exemplare produzieren«, sagte er, »allerdings nur, wenn wir auf alle unsere Modelle, egal wie sie heißen und wie sie aussehen, das neue *Superflash*-Logo kleben.«

Damit lagen die Zahlen auf dem Tisch, und wir können jetzt tun, was die Angestellten der Kringellogofirma mit ihren Smartphones taten: Wir rechnen! Wenn in einer Minute zwölftausend *Superflashs* bestellt werden, dann sind das siebenhundertzwanzigtausend in der Stunde. Drei Komma sechs Millionen bereits existierende Turnschuhe dividiert durch siebenhundertzwanzigtausend ergibt, hoppla!, das geht glatt auf: genau fünf Stunden. Mit anderen Worten: In genau fünf Stunden, und womöglich noch eher, würden alle *Superflashs* auf der ganzen Welt ausverkauft sein. Also würde es kein bisschen helfen, wenn man täglich lausige fünfhunderttausend gefälschte Exemplare nachschieben würde.

Auch Earl J. Waggadorn III. hatte gerechnet. Er legte sein Smartphone auf den Tisch, ähnlich wie die Gangster im Film ihre Pistole auf den Tisch legen, wenn sie sich ergeben, weil sie die Situation für aussichtslos halten.

»Ladies and Gentlemen«, sagte er. »Ich stelle Ihnen frei zu tun, was Sie für richtig halten. Versuchen Sie zu retten, was nicht zu retten ist. Oder verkaufen Sie die Firma an den Schuhputzer, der unten auf der Straße steht. Ich persönlich, ich gehe jetzt. Sie finden mich auf meiner Farm in Texas. Kommen Sie mich ruhig einmal besuchen. Ich bin der alte Mann im blauen Overall, der draußen auf den Weiden die

Zäune ausbessert. Ach ja, und hier macht bitte der Letzte das Licht aus.«

Waggadorn III. stand auf. In den letzten Minuten war er erkennbar gealtert, doch das stand ihm eigentlich gar nicht so schlecht. Aufrecht und mit gemessenen Schritten verließ er den großen Besprechungsraum. Die Angestellten hatten sich zu seinen Ehren erhoben. Es war ein würdiger, aber auch ein trauriger Moment. Einen Earl J. Waggadorn IV. würde es jetzt wohl niemals geben. Jedenfalls nicht als Chef von Kringellogo.

Und ich denke, alle wissen, warum. Wer es nicht weiß, dem sage ich es gern: Tatsächlich würde die Firma in den nächsten fünf Stunden ein gewaltiges Vermögen verdienen. Aber danach würde Schluss mit lustig sein. Denn dann würde Kringellogo nicht mehr liefern können. Millionen Menschen, die unbedingt dieselben Sneaker tragen wollten wie die weltberühmten Aliens, würden dann vergeblich auf ihre Bestellungen warten.

Und das wäre nicht gut für die Kringellogofirma. Gar nicht gut. Die geschätzten Kunden würden nämlich sauer werden. Sehr sauer. Sie würden nur noch schlecht über die Firma reden, und millionenfach würden sie ins Internet schreiben, dass sie nie wieder ein Produkt dieser Firma kaufen. Überall gäben sie Kringellogo null von zehn möglichen Sternen und klickten so viele Dislikes, wie sie nur finden könnten. Sie würden behaupten, dass alles, was diese Firma jemals hergestellt hat, der reine Dreck war. Und am Ende würden überall auf der Welt die Leute ihre alten, verschwitzten und schief getretenen Kringellogoturnschuhe aus dem Schrank holen, auf Straßen und Plätzen große Haufen davon aufschütten, sie mit Benzin übergießen und anzünden. Dazu würden sie böse

Lieder auf die Chefs der Kringellogofirma singen und brennende Fahnen mit dem Kringellogo schwenken. Ein einziger Alien-Shopping-Klick im Internet hätte dann eine in drei Generationen zu Weltruhm aufgestiegene Firma vernichtet.

Nachdem ihr Chef gegangen war, schlichen auch die leitenden Angestellten langsam davon. Draußen ging die Sonne auf. In den anderen Abteilungen von Kringellogo trudelten gerade die ersten Mitarbeiter ein, fuhren ihre Computer hoch und glotzten ungläubig auf die Monitore. Ein paar von ihnen schrien »Yippiiie!«, aber diese Leute hatten bloß noch nicht begriffen, dass ihr Arbeitsplatz sich in Kürze in Luft auflösen würde. Ich schlage deshalb vor, wir verlassen diesen momentan wahrscheinlich traurigsten Wolkenkratzer der Welt und schauen wieder, was in Berlin passiert.

Die Aliens hassen Fragebögen

Den *Superflash* hatten die Aliens per Mega-Express-Lieferung bestellt. So etwas kostet zwar eine Menge Geld, aber viele Leute machen das, weil sie es einfach nicht aushalten, auch nur einen einzigen Tag auf die Sachen zu warten, die sie sich im Internet gekauft haben. Wen sollte es also wundern, wenn die außerirdischen Koofmichs ihre Zeit auch nicht mit Däumchendrehen verbringen wollen. Geliefert wurde der Turnschuh wieder von der Postbotin Carola Braun. Diesmal hatten sich zwar mehrere ihrer Kollegen freiwillig für den Job gemeldet, aber der Krisenstab hatte sich für Carola entschieden. Immerhin hatte sie schon Erfahrung mit der Belieferung von Außerirdischen. Zudem hatte man sich etwas ausgedacht, für das es eine erfahrene und einigermaßen kaltblütige Person brauchte.

Wenn ich sage, »man« hatte sich etwas ausgebracht, so ist das etwas ungenau. Richtig müsste es heißen: Der Psychologe Gelbsattel hatte sich etwas ausgedacht und dafür die Erlaubnis des Krisenstabs bekommen. Und als jetzt Carola Braun mit dem Paket (Inhalt: drei Paar *Superflashs*) vor den Aliens stand, überreichte sie ihnen mit geschäftsmäßiger Miene ein Blatt Papier. Dazu sagte sie, was man mit ihr eingeübt hatte: »Bitte das hier zuerst ausfüllen.« Sie sagte es so, als wäre es das Normalste auf der Welt.

Es ist natürlich nicht das Normalste auf der Welt, dass man irgendetwas ausfüllen muss, bevor man sein Paket bekommt.

Es sei denn, das Paket kommt aus dem hinteren Himalaja oder es enthält hochexplosiven Sprengstoff. Aber, so hatte Gelbsattel gesagt, das würden die Aliens wahrscheinlich nicht wissen, und deshalb könnte man ihnen bei dieser Gelegenheit ein kleines Kommunikationsangebot unterjubeln. Falscher Ausdruck! Es muss heißen: unterbreiten.

Tatsächlich handelte es sich bei dem Blatt Papier um einen der Fragebögen, die Flüchtlinge oder andere Leute, die etwas überstürzt nach Deutschland einreisen, an der Grenze ausfüllen müssen. Man hatte ihn nur leicht verändert, um ihn den besonderen Umständen anzupassen. Gefragt wurde darin unter anderem nach Name, Geburtsdatum und Anschrift, nach dem Grund der Einreise, nach der voraussichtlichen Dauer des Aufenthalts und danach, ob man gegebenenfalls plane, in Deutschland eine Firma zu gründen oder zu heiraten oder das Land zu erobern.

Über diesen Fragebogen hatte es allerdings einen Riesenstreit zwischen dem Psychologen Gelbsattel und dem Semiotiker Zettel gegeben. »Völliger Blödsinn!«, hatte Zettel gesagt. »Ich bin fest davon überzeugt, dass die Aliens noch gar nicht lesen können. Und zwar, weil sie es nicht wollen. Sie interessieren sich gar nicht für unsere Schrift, weil unsere Sprache ihnen zu primitiv ist.«

»Aber die Gebrauchsanleitung«, sagte der Psychologe. »Die haben sie doch auch lesen können. Und wer die Gebrauchsanleitung für eine Outdoor-Kaffeemaschine lesen kann, der wird ja wohl auch ein paar einfache Fragen entziffern können.«

Zettel hatte sich an die Stirn getippt. »Schon mal darüber nachgedacht, dass so eine Gebrauchsanleitung voller Zeichnungen ist? Die braucht man gar nicht zu lesen, um sie verstehen zu können. Vorausgesetzt, man hat ein bisschen Grips im Kopf.« Das Letzte ging natürlich gegen den Psychologen.

»Und die Einkäufe im Internet?«

»Kann man machen, ohne zu lesen«, hatte der Semiotiker ziemlich keck behauptet. »Überall lauter bunte Bildchen. Da muss man bloß etwas anklicken und anschließend seine Kreditkartennummer eingeben. Das schafft jeder Analphabet.«

Daraufhin war der Psychologe sehr beleidigt gewesen, weil er nicht wirklich widersprechen konnte. Es gab dann noch ein sehr unerfreuliches Hin und Her, aber schließlich hatte man dem Psychologen erlaubt, den Fragebogen übergeben zu lassen.

Und genau das geschah jetzt auch. Der Alien Julian hatte schon nach den Turnschuhen greifen wollen, aber Carola Braun, die das Paket unter dem linken Arm trug, drehte sich ein bisschen nach links und hielt mit der rechten Hand den Fragebogen hoch. »Nein, nein«, sagte sie. »Erst ausfüllen, dann Paket. Du verstehen?«

Die Koofmichs sahen nicht so aus, als würden sie das verstehen. Die Alien Charlotte zeigte auf das kleine Gerät, das Carola um den Hals hing.

»Sehr richtig«, sagte die Postbotin. »Gleich wird hier drauf unterschrieben. Aber erst mal den Wisch da ausfüllen. Schreibi-Schreibi machen, okay? Sonst gibt's kein Paket, meine Lieben. Vorschrift ist Vorschrift.«

Man muss zugeben, Carola Braun machte ihren Job gar nicht so schlecht. Es gehört immerhin eine gewisse Schneidigkeit dazu, außerirdischen Besuchern mit irgendwelchen Vorschriften zu kommen, die es in Wirklichkeit gar nicht gibt.

Die Aliens waren offenbar verblüfft. Sie machten zweimal

hintereinander ihre Drei-Finger-Geste, aber auch nach dem zweiten Mal schienen sie sich zu keiner Reaktion entschließen zu können. Derweil hielt Carola Braun den Fragebogen immer noch am ausgestreckten rechten Arm. Gelegentlich schüttelte sie ihn ein bisschen, um ihre Aufforderung zu verstärken.

Endlich nahm die Alien Charlotte den Fragebogen sehr vorsichtig aus Carolas Hand und legt ihn vor sich auf den Tisch zwischen die PCs und die Laptops. Die drei Koofmichs beugten sich darüber, ohne einen Ton von sich zu geben. Dann traten sie ganz langsam mit einigen kleinen Schritten zurück, Schulter an Schulter, als wollten sie eine Art Ballett aufführen. Dazu hoben sie langsam die Arme und wackelten mit den Fingern, als würden sie in der Luft Klavier spielen.

Eine halbe Minute lang passierte gar nichts. Doch dann erhob sich der Fragebogen langsam und elegant in die Luft. Fast wäre er an das Dach des Gartenzeltes gestoßen, aber im letzten Moment machte er einen kleinen Schlenker um das Dach herum. Kurz darauf verharrte er in etwa fünf Metern Entfernung über dem Boden. Im Kamerabild war er deutlich zu erkennen.

Das war schon mal ein ganz netter Trick, aber nichts, rein gar nichts, verglichen mit dem, was dann geschah. Frei in der Luft stehend, faltete sich der Fragebogen zu einem eleganten Papierflieger, der sofort begann, Schleifen, Achten und Loopings zu drehen. Das machte er vielleicht eine Minute lang, dann stand er wieder still. Plötzlich brodelte, rauchte und waberte es um ihn herum, als würde sich eine Explosion im Superzeitlupentempo vollziehen, und als der Rauch sich verzogen hatte, stand frei schwebend in der Luft ein – nun, was?

Ja, was? War es vielleicht ein Tier? Ein Vogel? – Nein, eher eine Art Kreuzung aus Schmetterling, Luftballon und Hubschrauber.

Jedenfalls zog das Teil sofort ein paar Kreise, flog auch munter über und unter den Beinen des Ufos daher und hinterließ dabei, was sehr putzig aussah, einen langen Schweif aus rotem Rauch, durchsetzt mit irgendeinem Glitzerzeugs, das heftig funkelte und überdies kleine Plopps produzierte, winzige Explosionen wie von ganz kleinen Feuerwerkskörpern zu Silvester. Ein oder zwei Minuten lang ging das so, dann verharrte das tierische Fahrzeug erneut in der Luft. Es gab eine zweite Zeitlupenexplosion, die wohl eher eine Implusion war, und als der Rauch sich verzogen hatte, schwebte wieder der Fragebogen fünf Meter über dem Boden. Doch gleich darauf zerfiel er in winzig kleine Papierschnitzel, die vom leichten Wind davongetragen wurden.

»Gut«, sagte die Postbotin Carola Braun. »Habe verstanden. Ich jetzt gehe. Allerseits noch einen angenehmen Tag.« Sie überreichte das Paket, dann ging sie langsam und aufrecht zu ihrem Postauto. Man muss wahrscheinlich Berliner beziehungsweise Berlinerin sein, um auf eine solche Vorstellung dermaßen cool zu reagieren. Wie sagt man in Berlin so schön: kalt wie Hundeschnauze.

Im Krisenstab versuchte der Kanzler, ein Grinsen zu unterdrücken. »Auch eine Art, zu kommunizieren, dass man einen Fragebogen nicht ausfüllen möchte«, sagte er. Der Psychologe Gelbsattel war ihm nicht wirklich sympathisch, und er gönnte ihm die Blamage.

Carola war noch dabei, ihr Postauto zu wenden, da hatte der Alien Julian das Paket schon geöffnet und die Turnschuhe aus ihren Kartons gezogen. Bald hielt jeder der drei ein Paar in Händen, um es zu drehen und zu wenden und schließlich sogar daran zu schnüffeln.

Doch wer gedacht hatte, als Nächstes folge die Anprobe, der sah sich getäuscht. Tatsächlich teleportierten die Aliens ihre *Superflashs* und deren Kartons genau wie den Fragebogen ein Stück hoch in die Luft und ließen sie anschließend unter dem Ufo hindurch nach hinten wegfliegen. Sekunden später knallten die Topsneaker auf der anderen Seite des Platzes gegen den Zaun, fielen herab und blieben liegen, über ein paar Meter verstreut.

»Sehr eindrucksvoll zu sehen, wie man anderswo im Weltall mit Einkäufen umgeht, die einem nicht gefallen«, sagte der Kanzler. »Ein bisschen kommt es mir allerdings bekannt vor. Hat der Herr Psychologe vielleicht eine Erklärung dafür?«

Gelbsattel knurrte und trollte sich.

Sekunden darauf meldete sich General Gerth zu Wort. »Sie haben das gesehen?«, fragte er überflüssigerweise und wartete eine Antwort auch gar nicht ab. »Wir versuchen gerade, diese spaßige kleine Flugshow zu analysieren. Aber was immer dabei herauskommt, es wird mich in meiner Überzeugung bestärken: Diese Burschen sind uns um Lichtjahre voraus. Wir dürfen sie auf keinen Fall irgendwie reizen. Sonst machen Sie mit uns allen dasselbe wie mit diesem Wisch.« Dazu warf er beide Hände in die Luft und sagte: »Puff!«

»Sind Sie sicher?«, sagte der Kanzler.

»Ich bin Soldat«, sagte der General. »Mut ist mein Beruf. Aber man muss auch wissen, was geht und was nicht geht. Und wenn man weiß, was nicht geht, dann muss man es lassen. Ich habe gerade angeordnet, dass sich alle bewaffneten Einheiten aus dem Großraum Berlin zurückziehen. Ich will innerhalb der Sperrzone keinen Eispickel und kein scharfes

Messer mehr sehen. Vielleicht kriegen diese Burschen das mit und verschonen uns. Und Ihnen, Herr Kanzler, rate ich sehr, die Leute komplett in Ruhe zu lassen. Sollten Sie anderer Ansicht sein, kann ich das nicht unterstützen.«

Der Kanzler hatte verstanden. So wie der General sich ausgedrückt hatte, sagt man einigermaßen elegant zu seinem Chef: »Wenn Sie nicht tun, was ich für richtig halte, dann kündige ich.«

»Einverstanden«, sagte der Kanzler. »Und was wissen wir mittlerweile über das Dings, das unseren Freunden durch die offene Tür geflogen ist?«

»Das Gerät ist nicht einwandfrei identifiziert«, sagte der General. »Dazu fehlen uns die nötigen Informationen. Aber wir haben eine Vermutung.«

»Und was vermuten Sie?«

»Dass es sich um eine unsichtbare Überwachungseinheit der Aliens handelt. Sie wurde nur während des Landeanflugs auf das Ufo kurzzeitig sichtbar und nahm dabei die Form einer handelsüblichen Kameradrohne an. In diesem Fall eine *Quickfly 3D*, die man für hundertneununddreißig Euro überall kaufen kann. Ein raffiniertes Täuschungsmanöver.«

»Danke«, sagte der Kanzler. Dann rief er nach seinem Assistenten. »Blamberger«, sagte er, »ab sofort keinerlei Maßnahmen, Interventionen und Tricks mehr. Keine Fragebögen oder dergleichen Spaßvogeleien.«

»Selbstverständlich«, sagte der Assistent, in dessen Kopf es tutete und hupte. »Soll ich den Psychologen aus dem Krisenstab schmeißen?«

»Nein, lassen Sie ihn hier.«

Blamberger atmete auf. Er hatte mit dem Psychologen Gelbsattel ein sehr interessantes Gespräch über seine Ohrgeräusche geführt, das er gerne fortgesetzt hätte. Gelbsattel hatte nämlich vermutet, dass der Lärm in Blambergers Ohren nicht vom Telefonieren stammte, sondern eine Abwehrreaktion seines Körpers gegen seinen Beruf als Assistent des Kanzlers war. Seitdem dachte Blamberger ernsthaft über eine Kündigung nach und darüber, was er dann tun sollte. Seine momentane Lieblingsidee war es, irgendwo Angler zu sein, wo es garantiert keine Fische gab. Darüber wollte er unbedingt noch mit Gelbsattel reden.

Noch ein kurzer Blick nach Amerika

Im schönen New York, genauer im Verwaltungsgebäude der Firma Kringellogo herrschte mittlerweile Panik. Die meisten Angestellten hatten begriffen, dass ihre Firma wahrscheinlich ruiniert war. Sie verpackten ihre Siebensachen in Pappkartons, dann sagten sie ihren Kollegen »Tschüss« beziehungsweise »Goodbye« und fuhren in einen vermutlich sehr langen Feierabend.

Andere gaben die Hoffnung nicht auf. Darunter war auch der Produktionsdirektor, man erinnert sich vielleicht, der kleine dünne Mann mit der Glatze. Vor drei Stunden hatte er Earl J. Waggadorn III. die Kringellogofirma abgekauft, im Aufzug zur Tiefgarage. Er hatte hundert Dollar geboten, für die ganze Firma und allem Drum und Dran. Waggadorn hatte zuerst gelacht, aber dann war ihm eingefallen, dass das vielleicht ein gutes Geschäft war. Denn wahrscheinlich wäre die Firma in ein paar Stunden nicht nur bankrott, sondern hätte auch noch Schulden in Millionenhöhe, bei den Banken und bei den Fabriken, die ihre Turnschuhe zusammenklebten. Also verkaufte er dem Produktionschef das ganze Kringellogo mitsamt seinen zukünftigen Schulden. Den Kaufvertrag schrieben sie auf die Rückseite eines Kassenzettels, und Waggadorn unterzeichnete ihn mit seinem Dreitausend-Dollar-Füller. Anschließend fuhr er nach Hause, um sich für seine Farm in Texas umzuziehen. Seiner Frau erzählte er, er habe gerade ein verdammt gutes Geschäft gemacht.

Der kleine Produktionsdirektor saß jetzt in Waggadorns ehemaligem Büro. Seine Augen zu Schlitzen, seinen Mund zu einem Strich zusammengezogen, stierte er auf einen Monitor, auf dem die Bilder aus Berlin liefen. Dort schnüffelten gerade die Aliens an ihren soeben abgelieferten *Superflashs*. Der Produktionsdirektor krallte seine Finger um die Schreibtischkante. Und dann sah er, wie die Aliens ihre *Superflashs* in die Tonne hauten, das heißt, wie sie sie mangels Tonne einfach hinter sich warfen.

Er sagte: »Yesssssss!«

Dann ließ er sich die Verkaufszahlen von Kringellogo auf den Bildschirm geben. Und tatsächlich passierte, worauf er spekuliert hatte. Offenbar wollten neun von zehn Menschen, die gerade *Superflashs* bestellt hatten, den Kauf rückgängig machen. Klar, wer will schon Schuhe tragen, die die Aliens sofort nach dem Auspacken weggeworfen hatten. Nur einer von zehn schien die seinen behalten zu wollen, vielleicht um seinen Freunden zu beweisen, dass er einen anderen Geschmack hatte als diese langweiligen Sternentouristen. Wie auch immer, im Lauf der nächsten Stunde pendelten sich die Zahlen so ein, dass die Kringellogofirma fast alle ihre *Superflashs* verkaufen und danach nicht in Lieferschwierigkeiten kommen würde.

Infolgedessen war der kleine Direktor jetzt reich. Superreich. Megareich. Gigareich. Er tanzte ganz alleine auf dem Schreibtisch und sang dabei Lieder, in denen von Glück und Erfolg die Rede war. Dann riss er alle Papiere, die er auf die Schnelle finden konnte, in kleine Stücke und warf sie in die Luft, damit er seine eigene Konfettiparade bekam.

So fanden ihn seine Mitarbeiter. Sie fragten ihn, was los sei. Er sagte ihnen, dass jetzt alles ihm gehöre, sie selbst inklusive.

Zum Beweis zeigte er ihnen den Kassenzettel mit dem unterschriebenen Kaufvertrag. Die Mitarbeiter benachrichtigen die Polizei, die Polizei ließ einen Notarzt kommen. Der wollte dem Produktionsdirektor den Kassenzettel abnehmen, um seinen Blutdruck messen zu können. Es gab ein Handgemenge, und später gab jemand zu Protokoll, er habe gesehen, dass der Produktionsdirektor sich einen Zettel in den Mund gesteckt und ihn verschluckt habe.

Über das, was weiter geschah, gab es die verschiedensten Berichte. Fest steht, dass der Direktor eine lange Zeit in einer geschlossenen Anstalt verbrachte, während Earl J. Waggadorn III. am folgenden Tag wieder hinter seinem Schreibtisch saß und mit großem Erfolg so tat, als wäre nichts geschehen. Gar nichts, überhaupt nichts.

Ein Blick ins Innere des Ufos

Der Menschheit vor den Fernsehern hatte man das Spektakel des fliegenden und explodierenden Fragebogens sicherheitshalber vorenthalten. Sie durfte erst wieder zusehen, als die Aliens ihre Turnschuhe auspackten, beschnüffelten und wegwarfen. Fipp und Vanessa aber hatten das komplette Schauspiel auf eine ganz besondere Art und Weise beobachten können, nämlich teils in der freien Natur und teils auf ihrem privaten Alien-Kanal.

Mittlerweile hatten die beiden eine Arbeitsteilung eingeführt. Vanessa beobachtete vom Balkon des Repräsentationsraums das Geschehen mit dem Fernglas ihres Vaters, gut versteckt hinter dem Tarnnetz. Wenn sich unten am Ufo etwas Interessantes ankündigte, meldete sie es Fipp per WhatsApp. Der saß weiterhin in Vanessas Zimmer und sagte bisweilen ziemlich laut Sätze wie »Das musst du hiervon subtrahieren« oder »Und jetzt verlängerst du den Vektor bis Punkt B«, sodass es von außen klingen musste, als paukte er mit Vanessa Mathe und Physik. Tatsächlich aber schaltete er die Kamera ein und aus, um die interessanten Vorgänge zu filmen und in der Zwischenzeit Strom zu sparen.

Nach der Pulverisierung des Fragebogens und der Entsorgung der Turnschuhe hatte er die Kamera wieder ausstellen wollen. Mit weiteren Sensationen rechnete er nicht. Doch das Ausstellen wollte nicht funktionieren, und als Fipp es hektisch wiederholte, wurde der Monitor des Laptops schwarz.

In diesem Moment trat Vanessa, die sich vom Aussichtsbalkon in die Hausmeisterwohnung geschlichen hatte, in ihr Zimmer. »Krass, oder?«, sagte sie und meinte damit nicht Fipps Übertragungsprobleme, sondern die spektakuläre Vernichtung des Fragebogens und das Schicksal der Turnschuhe. »Ich hoffe, die Leute konnten das sehen. Ich wette, das brächte den Aliens jede Menge Likes. Alle Menschen hassen Fragebögen. Und ich hasse diesen *Superflash*.«

Fipp war zu abgelenkt, um antworten zu können. Endlich funktionierte die Verbindung zum Ufo wieder. Der Monitor zeigte das übliche Bild. Fipp schaltete die Kamera aus und machte »Puh«.

»Lass noch mal sehen!«, sagte Vanessa.

Fipp startet die Aufzeichnung der letzten Sequenz. Für Vanessa war sie eine Enttäuschung. Der verwandelte und fliegende Fragebogen war nämlich aus der Position der Drohnenkamera immer nur für Sekundenbruchteile zu sehen. Auch der rosa Kometenschweif mit den kleinen Explosionen darin verlor in Schwarz-Weiß an Attraktivität. Dasselbe galt für die Entsorgung der Turnschuhe.

»In Wirklichkeit war es krasser«, sagte Vanessa.

Aber da war etwas anderes. Und dieses andere war, schlicht gesagt, der Hammer!

Denn was hatte die Kamera aufgenommen, während die Wiedergabe unterbrochen war und Fipp vergeblich versucht hatte, sie auszuschalten?

Na?

Sie hatte die Aliens aufgenommen, wie sie zurück in das Ufo gestiegen waren. Das hatte sie schon mehrfach getan. Aber diesmal waren die drei nicht in dem schwarzgrieseligen Teil des Bildes verschwunden. Stattdessen hatte einer von ihnen die Drohne genommen und sich vors Gesicht gehalten. Gleichzeitig war es so hell um ihn herum geworden, dass man nicht nur sein Gesicht ganz deutlich erkennen konnte, sondern hinter ihm auch eine Innenwand des Ufos, an der sich lauter Dinge befanden, die irgendetwas waren, bloß nicht Steuerräder oder Hebel oder Knöpfe oder Lämpchen, Skalen und Displays. Was sie waren – keine Ahnung!

Der Alien, nein, es war die Alien Charlotte, strich sich über die sowieso schon perfekt sitzende Frisur und rieb sich ein Krümelchen vom Mund, das da gar nicht war. Und dann sagte sie direkt ins Objektiv der Kamera:

»Hey, Alter. Was läuft? Alles cool bei euch?«

Gut, es wirkte vielleicht ein bisschen wie auswendig gelernt. Als hätte im Schülertheater der Klassenstreber die Rolle des Gangsterrappers übernommen. Aber für einen Alien aus den Tiefen des Weltraums war es ausgesprochen respektabel.

Nun hatte Fipp allerdings keine Chance, »alles cool, Bro« oder etwas in der Art zu antworten. Denn erstens war dies eine Aufzeichnung und nicht Echtzeit, zweitens gab es zwar eine Tonübertragung von der Drohne zum Laptop, aber nicht zurück. Und drittens, was die anderen Gründe noch toppte, war Fipp viel zu verdattert, als dass er irgendetwas hätte antworten können, nicht einmal »Hallo«. Dasselbe galt für Vanessa, die sich eine Hand vor den Mund hielt, obwohl, wie gesagt, niemand sie hören konnte.

Die Alien in der Aufzeichnung zog jetzt eine Grimasse, bei der sich Augen, Nase und Mund zuerst gefährlich weit voneinander entfernten und sich dann beinahe in der Mitte trafen, um schließlich wieder an ihren richtigen Stellen zu sitzen. Dann sagte sie: »Hello everybody. Das ist *Radio Galaxy*. Bleiben Sie eingeschaltet und besuchen Sie uns im Netz auf *schrebergartenkolonieseelenfrieden.com.* Benutzen Sie Ihren Namen als Passwort und geben Sie uns ein Like.« Dazu machte sie das Daumen-rauf-Zeichen und zog ein Grinsen, das das Gesicht spaltete wie ein offener Reißverschluss. Dann war die Aufzeichnung zu Ende.

»Ich fasse es nicht«, sagte Vanessa, immer noch hinter vorgehaltener Hand. Es klang wie: »Hmmpfn«.

Fipp tippte auf der Tastatur des Laptops. »Mega«, sagte er. »Aber ich glaube, die Typen haben die Drohne ausgeschaltet. Ich kriege keinen Kontakt mehr.«

»Meinst du«, sagte Vanessa, aber sie musste noch einmal Luft holen, um den Satz zu Ende zu bringen. »Meinst du, die meinen uns?«

»Keine Ahnung«, sagte Fipp. Er war allerdings schon dabei, die Seite *schrebergartenkolonieseelenfrieden.com* aufzurufen. Die erschien auch gleich und sah aus, als wäre sie von einem Sechsjährigen mit einem Internetbaukasten zusammengefriemelt worden. In der Mitte das etwas unscharfe Bild eines bescheidenen kleinen Gärtchens, drum herum ein paar Buttons mit den üblichen Beschriftungen. Fipp drückte den für *Anmelden*, und da kam auch schon die Aufforderung, ein Passwort einzugeben.

»Dein Name oder meiner?«, sagte Vanessa.

Aus Bequemlichkeit schrieb Fipp *vanessapatzek*. Nichts geschah.

»Na los«, sagte Vanessa, und Fipp schrieb: *philippfranziskusferdinandmariavonwestenundzubeuthen*. Er schrieb es, ohne sich ein einziges Mal zu vertippen. Diese Leistung würde ich gerne ausgiebiger würdigen, aber dafür ist jetzt keine Zeit. Der Bildschirm wechselte zu einer schneeweißen Fläche, auf der geschrieben stand:

So wie es ist, ist es gut. Wenn nichts geschieht, geschieht niemandem etwas. Keine Bewegung – kein Sturz. Kein Sturz – kein Schmerz. In der Ruhe liegt die Kraft. Was schlecht fürs Geschäft ist, ist schlecht für die Menschen.

Zehn Sekunden später stürzte die Seite ab und ließ sich nicht wieder aufrufen.

»Was zum Teufel hat das zu bedeuten?«, sagte Vanessa.

Aber Fipp blieb ihr eine Antwort schuldig, und ich schließe mich ihm vorläufig an, natürlich auch, um die Spannung zu steigern. Das ist nun mal mein Job.

Die Aliens machen Ernst mit dem Shoppen

Im Krisenstab war man unterdessen mit der Analyse des letzten Auftritts der Aliens befasst. Stichwort Fragebogen. Resultat der Analyse war, wie kaum anders zu erwarten, dass die Koofmichs definitiv und absolut keine Störung wünschten. Die Art, wie sie mit dem harmlosen kleinen Fragebogen umgegangen waren, zeigte deutlich, was sie von irgendwelchen Einmischungen in ihre Geschäfte hielten. Nämlich nichts, gar nichts, nothing, rien, nada und so weiter.

»Bitte«, sagte der Kanzler. »Nehmen wir es doch von der heiteren Seite. Die wollen nichts von uns, also wollen wir auch nichts von ihnen. Ha ha. Dann bleibt der erste Besuch von außerirdischen Lebewesen auf unserer Erde eben eine völlig bedeutungslose Episode in der Menschheitsgeschichte, nicht wichtiger als der Einfall des Buchsbaumzünslers in Europa oder die Ausbreitung des Eichenprozessionsspinners im Münsterland. Nehmen wir das Faktum zur Kenntnis, und klappen wir die Geschichtsbücher wieder zu. Was stört's die Eiche, wenn sich ein Schwein an ihr reibt. Was stört's die Welt, wenn drei Aliens darauf landen.«

Das war keine besonders gelungene Ansprache, und der Assistent Blamberger war heilfroh, dass der Kanzler sie nicht öffentlich gehalten hatte. Aber man konnte dem Mann seinen Ärger nicht verdenken. Noch vor wenigen Tagen hatte es ausgesehen, als würde er der erste Mensch sein, der eine außerirdische Lebensform auf unserem Planeten begrüßen durfte, ein Vorgang, neben dem die erste Landung eines Menschen auf dem nackten und kalten Mond eine Kleinigkeit war. Und jetzt ignorierten ihn diese intergalaktischen Fatzkes wie Touristen, die blindwütig am Bürgermeister des Touristenortes und an einer Folkloretanzgruppe vorbeirennen, um die Souvenirläden und die Pizzalokale zu stürmen. Das Einzige, was der Kanzler hatte tun dürfen, war, die Kreditkarte dieser Ignoraten zu akzeptieren. Und wahrscheinlich würden sie ihm dafür nicht einmal dankbar sein.

Zum Glück fing sich der Kanzler rasch wieder. »Gibt es neue Aktivitäten im Netz?«, sagte er.

»Ja«, kam es aus der zuständigen Ecke des Krisenstabs. »Und krass! Extreme-Shopping geht ab«, gefolgt von einem schrillen »Hähäää!«

»Dürfen wir um Einzelheiten bitten?«

Der Verursacher des »Hähäää« war Harald Klusen, der sich selbst Harry nannte, weil er sich für seinen etwas altmodischen Vornamen schämte. Er war nachträglich in den Krisenstab aufgenommen worden, um die Internetaktivitäten der Aliens zu überwachen. Er kannte eine Menge verbotener Ort im Netz und konnte alle digitalen Schlösser knacken. Vor Kurzem hatte er den alternativen Nobelpreis für Hacker bekommen. Außerdem war es für ihn eine Kleinigkeit, sich zweiundsiebzig Stunden ohne Unterbrechung hinter den Bildschirm zu klemmen. Er brauchte keinen Schlaf, er brauchte nicht einmal spezielle Eiweißriegel oder Energydrinks, ihm reichten labbrige Automatensandwiches und lauwarmes stilles Mineralwasser aus Plastikpacks. Davon brauchte er allerdings eine ganze Menge, dementsprechend war sein Arbeitsplatz im Krisenstab schon ziemlich vermüllt.

Schlimm an ihm war allerdings, dass er die Manieren eines überdurchschnittlich albernen Neunjährigen besaß. Er krähte und johlte und hielt jeden seiner eigenen Witze für maßlos lustig. Wenn Frauen in seine Nähe kamen, wurde er allerdings knallrot und konnte nicht mehr sprechen. Eigentlich passte einer wie er nicht in den seriös besetzten Krisenstab, aber wegen seiner außergewöhnlichen Qualifikationen hatte man ihn aufgenommen und ließ man ihm sein kindliches Benehmen durchgehen. Jetzt boxte ihn allerdings sein Nebenmann in die Rippen, was heißen sollte: »Nimm dich zusammen!«

»Sie kaufen wieder ein«, sagte Harry mit der seriösesten Stimme, die er hatte. »Und das voll fett.«

Tatsächlich zeigten die Bilder der Bundeswehrkamera, wie die drei Aliens wieder in ihrem PC-Zelt saßen und tippten.

»Worum geht es diesmal?«, sagte der Kanzler. »Kaffeemaschine und Turnschuhe, dazu würden doch ganz gut ein Dreimannzelt oder ein Rucksack passen. Vielleicht brechen die Herrschaften gleich zu einer Wanderung durch die schöne Mark Brandenburg auf.«

Blamberger erinnerte den Kanzler daran, dass die Turnschuhe nicht die Gnade der Aliens gefunden hatten, bekam dafür aber nur einen bösen Blick.

»Sorry«, sagte Harry, dessen Tastatur zwischen dem Verpackungsmüll kaum mehr zu erkennen war. »Die Orderfrequenz geht voll ab. Liegt momentan bei zwölf und nähert sich der dreizehn.«

»Dann nennen Sie ruhig alle zwölf Bestellungen, oder von mir aus alle dreizehn. Das werden wir schon verkraften.« Der Kanzler lachte sein freundliches Wahlkampflachen.

»No check«, sagte Harry. »Sache ist: zwölf bis dreizehn Orders pro Minute.«

»Und womit bezahlen sie?«

»Kreditkarte«, sagte Harry. Und ganz leise hinterher: »Womit denn sonst? Mit Glasperlen vielleicht?«

In den letzten Minuten war Leona Winterscheidt, die Chefin der Staatsbank, neben den Kanzler getreten. »Gesamtvolumen?«, sagte sie.

»Up, up and away!« Harry machte Gebärden wie ein Dirigent, der den furiosen Schluss eines Musikstückes dirigiert. Sein Nebenmann boxte ihm wieder in die Rippen. »Ich kann's ja mal anhalten«, sagte Harry und fuhrwerkte mit seiner Maus durch den Müll. »Genau zweiundachtzigtausend Euro und zwölf Cent in diesem Moment. Aber wie gesagt: Tendenz bloody steigend.«

»Um Gottes willen«, sagte die Winterscheidt.

»Na ja.« Der Kanzler machte eine beschwichtigende Handbewegung. »Das hält sich doch im Rahmen. Dafür bekommen Sie nicht mal ein Einzimmerapartment in den billigen Stadtvierteln von Berlin.«

Die Direktorin achtete nicht auf ihn. »Können Sie das hochrechnen?«, sagte sie zu Harry gewandt. »Sagen wir, bis heute Abend um acht.«

»Null problemo!« Harry ließ seine Maus wieder Schneepflug im Müll spielen. »Zwischen eins Komma vier und eins Komma sieben Millionen Euro.«

Daraufhin herrschte Stille im Krisenstab. Bis Harry meldete: »Entwarnung, Gentlemen. Sie sind erst mal raus. Bei – Moment – exakt neunzigtausend Euro und sieben Cent.«

Im Krisenstab war nicht das kleinste Aufatmen zu hören.

Eskalation!

Am Montagnachmittag kamen die ersten Lieferwagen mit den Alien-Bestellungen am Brandenburger Tor an. Offenbar hatten die Koofmichs sich wieder nicht von den hohen Gebühren für die Expresszustellung abschrecken lassen. Ich persönlich verstehe diese Ungeduld übrigens gar nicht. Immer schnell, schnell, schnell. Am besten jetzt bestellt, gestern geliefert. Was gibt es dagegen Schöneres, als nach Wochen ein Paket zu bekommen, von dem man gar nicht mehr weiß, was drin sein soll? Das ist doch wunderbar! Das ist so, als hätte man es endlich geschafft, sich selbst zu überraschen.

Aber ich schweife ab.

Bald schon staute sich die Kolonne der Lieferwagen vom Brandenburger Tor die Linden herunter bis zur Kreuzung mit der Friedrichstraße. Zuerst war angeordnet worden, dass alle Lieferungen kontrolliert werden sollten. Aber bei der Masse von Bestellungen blieb dafür keine Zeit. Und wer für eine Expresszustellung bezahlt hat, der hat schließlich auch ein Recht darauf, seine Sachen ohne Verzögerung zu bekommen. Außerdem waren die anwesenden Polizisten schon ausreichend damit beschäftigt, den ungeduldigen Auslieferungsfahrern das Hupen zu verbieten. Die Aliens sollten nicht das Gefühl bekommen, mit ihren Einkäufen würde irgendetwas nicht funktionieren.

Vor dem Ufo hatte man die reibungslose Abwicklung der

Anlieferung einer Kompanie Berliner Politessen überlassen. Das waren knallharte Frauen, die der tägliche Einsatz gegen Park- und andere Verkehrssünder stark und unbeugsam gemacht hatte. Sie behielten immer die Ruhe, egal wie und in welcher Sprache man sie beschimpfte. Was sie anordneten, setzten sie eisern durch, egal womit man ihnen drohte. Die Leitung der Politessen-Kompanie hatte die vormalige Postbotin Carola Braun, die zwar mit ihrem Fragebogen keinen Erfolg gehabt hatte, aber inzwischen dennoch als Fachfrau für Alien-Kontakte galt.

Carola und ihre Politessen sorgten dafür, dass die Lieferwagen langsam und gesittet vorfuhren, selbstverständlich mit Diskretionsabstand, und dass die Fahrer ihre Kartons und Pakete ebenso langsam und gesittet und mit ausgesuchter Freundlichkeit übergaben. Auf alle Formalitäten wurde per Anordnung aus dem Krisenstab ersatzlos verzichtet. Bloß keine Verzögerungen, und bloß kein Grund zum Ärgern! Manchmal macht Schaden eben doch klug.

Die Koofmichs hatten sich auf den Lieferansturm gut vorbereitet. Ihre Hardware hatten sie ins Ufo schweben lassen, sodass die Tische zum Empfang der Waren bereitstanden. Die drei saßen nebeneinander. Außen rechts saß Julian, der sich schon einmal als genialer Auspacker erwiesen hatte. Er machte diesen Job jetzt in Fließbandarbeit und reichte anschließend die elegant aus ihrer Verpackung geschälten Waren an die Alien Charlotte weiter, die in der Mitte saß. Sie nahm den Gegenstand in Augenschein. Sie drehte ihn oder hielt ihn hoch ins Licht, egal wie schwer er war, sie klopfte mit einem Finger darauf oder schüttelte ihn ein wenig, wenn er sich schütteln ließ. Endlich gab sie ihn an den links außen sitzenden Alien Christopher weiter, mit einer winzigen, kaum wahrzunehmenden Handbewegung, auf die ich später noch zu sprechen komme.

Und was hatten sich die drei nicht alles bestellt und auch prompt bekommen! Dampfbügeleisen, Skateboards, Seifenspender, Tischfeuerzeuge, Minikühltruhen, Hundekörbe und Halogenlampen, Bohrmaschinen und Bilderrahmen, dekorative Tischwäsche und Familienpackungen Toilettenpapier, klappbare Servierwagen und vornehme Abendkleider, Serviettenringe und Campingkocher, Bewegungsmelder und Digitalkameras, Bonsai-Startersets, Pediküreкästen, Bildbände, Reiseführer, Korkenzieher und und und.

Was aber tat der Alien Christopher mit den Dingen, die Charlotte ihm anreichte? Nun, Charlottes kleine Handbewegung musste wohl so etwas wie ein Alien-Daumen-Rauf oder -Daumen-Runter bedeuten, denn einige wenige Dinge ließ Christopher auf die bekannte Weise ins Innere des Ufos schweben, indem er sie mit einem ausgestreckten Zeigefinger dorthin dirigierte. Die meisten aber stellte er neben sich in die Luft und schnippte sie mit zwei Fingern an, sodass sie rückwärts unter dem Ufo hindurch und manchmal auch über das Ufo hinweg flogen und dahinter zu Boden fielen, je nach Beschaffenheit krachend oder polternd oder splitternd.

Und nicht zu vergessen: Dasselbe machte Alien Julian mit dem Verpackungsmaterial, das oft genug ein Vielfaches von Gewicht und Masse der bestellten Waren ausmachte. Spitzenreiter war ein Päckchen Stecknadeln, das in einem Karton geliefert wurde, in den locker ein Kinderfahrrad gepasst hätte. Die Stecknadeln flogen übrigens auch übers Ufo und landeten auf der anderen Seite kurz vor dem Absperrzaun, allerdings vollkommen lautlos.

Die Schlange der Lieferwagen wurde derweil immer länger

und länger. Bald schon reichte sie die ganzen Linden entlang bis zum Alexanderplatz. Das Rote Kreuz verteilte wieder Tee und Sandwiches, wurde aber von den Lieferwagenfahrern ausgepfiffen und ausgebuht, worauf der Krisenstab anordnete, ausnahmsweise kaltes Bier und Currywürste mit Pommes frites zu verteilen, was dann auch geschah. Die Linden und der Alexanderplatz erlebten daraufhin eine ziemlich laute Nacht. Die Lieferwagenfahrer hupten und schrien und sangen und ließen es sich nicht verbieten. Der alte König Friedrich auf seinem Denkmalspferd vor der Schlossbrücke tat kein Auge zu.

Ach, und wie hatte sich der schöne Platz vor dem Reichstag verändert! Wo am Freitagnachmittag noch Touristen und Nichtstuer friedlich gesessen und den Berlinern zugesehen hatten, wie sie mit großen Hoffnungen in ihr Wochenende starteten, da stand jetzt, hässlich eingezäunt wie ein Flüchtlingscamp und von Scheinwerfern angestrahlt, ein eher plumpes Ufo. Zu ihm hin führte eine hohle Gasse mit Stacheldrahtabsperrungen, durch die Lieferwagen im Stop-and-go-Modus fuhren, um sich nach erledigter Arbeit in entgegengesetzter Richtung davonzumachen, zurück zum Brandenburger Tor, von wo sie weiter zum Potsdamer Platz und aus Berlin-Mitte herausgeleitet wurden.

Es war ein seltsamer Anblick. Und ein bedrückender Anblick überdies. Traurig genug, dass die Aliens nur zum Shopping gekommen waren. Aber ein Touristenshopping stellt man sich doch irgendwie entspannter und lustvoller vor. Vorausgesetzt, man will es sich überhaupt vorstellen. Wonach aber sah das hier aus? Nach nichts als Mühe und Arbeit und Routine.

Besonders schlimm sah es hinter dem Ufo aus. Das Gelände glich einer frisch eröffneten Müllkippe. Kreuz und quer durcheinander lagen dort die neuen und gleich schon wieder weggeworfenen Sachen, vieles davon zerbrochen und zersplittert. Dazu das ganze Verpackungsmaterial, die Pakete und Kartons, die Knallfolien und die Packpapiere und die durchsichtigen Plastikfolien und die passgenauen Styroporeinsätze. Am Absperrzaun war der Müll an einigen Stellen schon zwei oder drei Meter hoch hinaufgeklettert. An anderen Stellen hatten sich kleine Müllberge gebildet, die gelegentlich mit mehr oder weniger Lärm wieder in sich zusammenfielen, woraufhin die Sachen umherkullerten und sich noch weiter ausbreiteten. Bald würde das Gras verschwunden sein.

Und es gab nicht die leiseste Andeutung, ob die Aliens irgendwann Feierabend mit dem Auspacken und Wegwerfen machen würden. Es wurde dunkel in Berlin, aber weiterhin fuhren die Lieferwagen vor, Julian packte aus, Charlotte begutachtete, und Christopher schmiss das allermeiste gleich wieder weg. Der einzige Unterschied war, dass jetzt alles bei Flutlichtbeleuchtung passierte.

Ein paar Stunden zuvor, gegen acht Uhr abends, als die wilde Auspackerei schon heftig im Gang war, hatte der Krisenstab beschlossen, die Koofmichs weiterhin auf Sendung zu lassen. Der Kanzler hatte gezögert, aber der Psychologe Gelbsattel und der Semiotiker Zettel waren sich ausnahmsweise einig darin gewesen, dass man möglichst die ganze Menschheit an der Einkaufsaktion der Aliens beteiligen müsse. Sie hatten im Chor von »Schwarmintelligenz« gesprochen.

»Schwarmintelligenz« war seit ein paar Jahren eine Art Zauberwort, mit dem man alles erklären und alle Fragen beantworten konnte. »Schwarmintelligenz«, das bedeutete: Wenn nur genug Leute sich mit einem Problem befassen, dann finden sie auch die Lösung. Früher hatte es einmal geheißen: »Viele Köche verderben den Brei«, aber mittlerweile glaubte man an das genaue Gegenteil. Sollten nur Milliarden von Menschen verfolgten, was die Aliens da trieben, dann würde man schon herausfinden, warum sie es taten.

Zusammen mit den paar Milliarden Menschen auf der ganzen Welt verfolgte auch der Hausmeister Wilfried Patzek, was hier vor sich ging. Er saß aber nicht vor dem Fernseher. Vielmehr stand er um halb zehn, als es hinter der Kuppel des Reichstages schon dunkel war, mit seinem größten und härtesten Besen auf dem Bürgersteig vor dem Kanzleramt und schaute mit seinem finstersten Hausmeisterblick in Richtung Ufo. Genauer gesagt: Er schaute in die Richtung der schnell anwachsenden Müllkippe, und dabei bewegten sich gelegentlich seine Lippen.

»Was hast du gesagt, Papa?« Vanessa stand neben ihm. In der Hand hielt sie ihren alten roten Kinderbesen. Das sah schon ziemlich albern aus, aber einen Besen in der Hand zu halten war so etwas wie der Backstageausweis, den man brauchte, um sich hier auf der Straße aufhalten zu dürfen.

»Was?«, sagte Patzek. Seine Aufmerksamkeit gehörte momentan nicht seiner Tochter.

»Was du gesagt hast, Papa?«

»Dass ich mir bald eine andere Stellung suchen muss.«

»Ah ja. Und warum?«

»Ha«, lachte Patzek, aber es war kein richtiges Lachen. »Am Freitag, als diese Monster gelandet sind, habe ich gedacht, ich bin meinen Job los, weil die den Laden hier mit Gewalt übernehmen. Haben sie nicht gemacht. Sehr schön und vielen Dank dafür. Aber für unsereinen bringt das nichts. Wenn die weiter einkaufen wie die Blöden, ist das Land in spätestens zwei Wochen nicht bloß zugemüllt, sondern auch pleite. Dann kann es sich keinen Kanzler mehr leisten. Und wenn der Kanzler entlassen wird, dann brauchen sie auch keinen Hausmeister mehr.«

»Oh!«, sagte Vanessa. So weit hatte sie bislang noch nicht gedacht, und sofort spürte sie in ihrem Bauch einen kleinen Groll auf die Aliens.

»Bleibt dieser Flippi übrigens noch lange bei uns wohnen, oder holen ihn seine Eltern demnächst wieder ab?« Das sagte der Hausmeister Patzek in einem vergleichsweise entspannten Ton. Vanessa war deshalb der Ansicht, dass sie sich beim Lügen nicht die allergrößte Mühe geben müsste.

»Seine Eltern sind bei Freunden auf dem Land«, sagte sie. »Wäre echt eine Erleichterung für sie, wenn er noch bei uns bleiben könnte.«

»Von mir aus«, sagte Patzek. »Vielleicht kann er tragen helfen, wenn wir unsere Klamotten packen und abhauen müssen. – Da!« Er zeigte auf die Rückfront des Ufos, wo gerade ein Elektroherd auf einem Ledersessel landete, der ächzte und zusammenbrach. »Ich wette mal, dass man sich die Sachen, die diese Mistviecher wegwerfen, nicht mal abholen kann. Eine Schande ist das.«

Für die Erlaubnis, Fipp weiter in der Hausmeisterwohnung wohnen zu lassen, schuldete Vanessa ihrem Vater ein Zeichen der Solidarität, »Du hast recht«, sagte sie. »Echt eine Schande.« Und das zu sagen fiel ihr auch gar nicht schwer, denn sie war derselben Meinung. »Aber irgendwann müssen die doch aufhören mit dem Kaufen. Irgendwann muss ihnen doch das Geld ausgehen.«

»Von wegen«, sagte Patzek, »die haben eine unbegrenzte Bürgschaft von der Staatsbank und können hier kaufen, bis nirgendwo auch nur noch ein Glas Marmelade im Regal steht.«

»Woher weißt du das?«, sagte Vanessa.

»Vom Kanzler persönlich.«

Das war nicht ganz gelogen. Patzek hatte vor einer Viertelstunde zufällig in der Nähe gestanden, als der Kanzler im Treppenhaus mit der Direktorin Winterscheidt gestritten hatte. Dabei war es um die besagte Bürgschaft gegangen. Leona Winterscheidt hatte den Aliens den Geldhahn abdrehen wollen, aber der Kanzler war dagegen gewesen.

»Wenn die sauer sind«, hatte er gesagt, »dann machen sie vielleicht mit dem Brandenburger Tor dasselbe wie mit diesem blödsinnigen Fragebogen, lassen es einmal zickzack die Linden hinauffliegen und dort gegen das schöne neue Schloss krachen. Das alles wieder aufzubauen kostet uns mindestens hundert Milliarden!«

Patzek wiederholte, was er gehört hatte.

»Puh«, sagte Vanessa. »Dann wäre es vielleicht am besten, wenn keiner was macht und gar nichts passiert? Ich meine: Wenn nichts geschieht, geschieht niemandem etwas. Keine Bewegung – kein Sturz. Kein Sturz – kein Schmerz. In der Ruhe liegt die Kraft. Was schlecht fürs Geschäft ist, ist schlecht für die Menschen.«

»Wie bitte?« Patzek sah seiner Tochter ins Gesicht. »Woher hast du das denn?«

»Aus dem Geschichtsunterricht.« Vanessa nickte eifrig.

»Na ja«, sagte der Hausmeister. »Ist ja nicht so, dass ich den Kanzler nicht verstehe. Von wegen: bloß nichts machen, damit nicht alles noch schlimmer wird. Kopf einziehen wie 'ne Schildkröte und Maul halten. Dann geht's vielleicht wieder vorbei, und was kaputt gegangen ist, das kann man später reparieren.«

»Aber du bist anderer Meinung?«, sagte Vanessa.

»Ich bin Hausmeister«, sagte Patzek. »Ich bin kein Kanzler und kein General. Ich kann nicht ganz alleine beschließen, diese Monster zu vertreiben. Aber wenn jemand kommen und sagen würde: Patzek, jetzt geht's um die Wurst. Koofmichs oder Berliner. Aliens oder Heimat. Dann würde ich mir meinen Besen schnappen und diese Typen eigenhändig vom Hof jagen.«

»Ach, Papa!« Vanessa gab ihrem Vater einen kleinen Klaps auf den Rücken. »Pass gut auf dich auf, hörst du?«

Patzek brummte eine Antwort.

Vanessa ging zurück ins Kanzleramt, vorbei an den Sicherheitsleuten, von denen die meisten so aussahen, als würden sie genau wie der Hausmeister Patzek befürchten, dass sie demnächst keiner mehr brauchte.

Vor Vanessas Zimmertür stand ihre Mutter. Von drinnen kam gerade der Satz »Nein, du Blödel, mit Pi malnehmen und nicht durch Pi dividieren.« Fipp spielte offenbar weiter Hausaufgaben. Die Mutter schaute streng.

»Ach, der Arme«, sagte Vanessa rasch. »Jetzt führt er schon Selbstgespräche. Er ist ziemlich runter mit den Nerven. Ich geh mal schnell zu ihm. Und du könntest ihm vielleicht einen Milchreis machen. Milchreis mit Zimt. Das beruhigt ihn immer.« Und dann drückte sie sich an ihrer Mutter vorbei in ihr Zimmer.

Respekt, Vanessa. Respekt. Nein, auf den Mund gefallen war sie wirklich nicht.

Das große Rätselraten

In der Nacht von Montag auf Dienstag begann, richtig, das große Rätselraten. Und das weltweit. Natürlich wurde immer noch in einem fort darüber gerätselt, woher die drei Aliens gekommen waren. Aber diese Frage wurde allmählich langweilig, und selbst den neunmalklügsten Ufologen waren mittlerweile die Antworten ausgegangen.

Da wir gerade über Ufologen sprechen: Inzwischen behaupteten einige von ihnen, es gebe überhaupt keine Ufos und sie hätten ihre Theorien und ihre vermeintlichen Beobachtungen nur aus einem einzigen Grund in die Welt gesetzt, nämlich um sich wichtig zu machen. Das Ufo vor dem Reichstag sei entweder ein Werbegag eines großen Internetunternehmens oder ein geschicktes Tarnmanöver der Bundesregierung, um von einer neuen Steuererhöhung abzulenken.

Also kein Wort mehr über die Ufologen, zumal jetzt ganz andere Fragen in der Öffentlichkeit diskutiert wurden. Zum Beispiel die Frage, wer eigentlich diese Shoppingorgie der Koofmichs finanzierte?

Nun, wir wissen Bescheid. Das Geld kam von der Staatsbank. Aber wem gehörte eigentlich das Geld der Staatsbank? Sicher nicht dem Kanzler oder der Direktorin Winterscheidt. Nein, das Geld gehörte allen Bürgern. Jeder hatte mit seinen Steuern etwas dazu einbezahlt, und es sollte eigentlich für Notfälle gespart werden. Jetzt war so ein Notfall eingetreten, aber es war einer, den man nicht für möglich gehalten hatte.

Tatsächlich schlugen die Koofmichs mittlerweile jeden Weltrekord im Einkaufen, und das kostete!

Noch konnte die Staatsbank ihre Einkäufe bezahlen, aber was würde passieren, wenn die Koofmichs nicht nur Sachen kauften, die man ihnen mit der Post liefern konnte? Sondern auch Sachen, die an ihrem Platz bleiben müssen, dafür aber wesentlich teurer sind? Zum Beispiel: Luxusvillen mit Meerblick, Skihotels in den Bergen, Golfplätze in bester Lage, Öltanker, Flugzeuge und Leuchttürme. Auch das alles konnte man längst im Internet kaufen. Und dann gute Nacht, liebe Geldreserven der Staatsbank!

Als immer mehr Leute in den Dauer-Alien-Sendungen fragten, ob die Koofmichs auch ordentlich für ihre Sachen bezahlten, ließ der Krisenstab wahrheitsgemäß bekannt geben, dass das Geld von der Staatsbank kam. Sofort beschwerten sich etliche Leute darüber, dass die Bürger von Deutschland die Einkaufsorgie der Aliens bezahlten. Es waren in der Mehrzahl Finanzbeamte im Ruhestand.

Allerdings achtete kaum jemand auf ihre Beschwerden, denn viel interessanter, was sage ich, unendlich viel interessanter war die Frage, warum die Aliens den einen Einkauf behielten und den anderen wegwarfen. Warum, um nur ein paar Beispiele zu nennen, ließen sie einen ziemlich altmodischen Vierfarbenkugelschreiber in ihr Ufo schweben und schnippten gleich danach ein supermodernes aufrollbares und absolut wasserdichtes Smartphone auf den Müll? Welches Interesse hatten sie an einer kleinen Maschine, die ziemlich lächerliche Eisstückchen in der Form von Zwiebelringen produzierte, und warum hauten sie einen megahippen E-Scooter mit eingebautem Soundsystem nach kurzer Begutachtung in die Tonne?

Die Menschheit verlangte nach Antworten auf diese Frage. Was um alles in der Welt fanden die Aliens gut und was schlecht? Und warum machten sie sich überhaupt die Mühe, Dinge zu bestellen, die sie dann gleich wieder wegwarfen? Die Sachen wurden doch im Internet ausführlich beschrieben.

Okay. Meine letzte Bemerkung muss ich korrigieren. Nicht alles, was im Internet »ausführlich« beschrieben wird, ist auch »gut« beschrieben. Viele Leute können ein Lied davon singen. Oft sind die Sachen nämlich »zu gut« beschrieben. Man könnte auch sagen, es wird kräftig über sie gelogen. Und wenn man sie dann auspackt, kann man gar nicht mehr glauben, dass man vor drei Tagen auf die bescheuerte Idee verfallen ist, sie zu kaufen.

Aber ich schweife ab.

Sehen wir lieber der Weltbevölkerung zu, wie sie herauszukriegen versuchte, was genau bei den Aliens den Daumen rauf- und was ihn runterzeigen ließ. Viele Leute hatten dazu eine Meinung, und Reporter mit Mikrofonen schwirrten überall umher, um diese Meinungen einzusammeln. Ein Hoch auf die Schwarmintelligenz! Denn nach ihr gilt: Alle Meinungen sind interessant, mögen sie noch so verdreht und verrückt sein! Das Prinzip der Schwarmintelligenz lautet: Wenn man allen Blödsinn zusammenrechnet, kommt etwas Intelligentes dabei heraus.

Und was meinten die Leute? Gab es ein System oder eine Regel, nach der die Alien Charlotte entschied, was ins Töpfchen und was ins Kröpfchen, also was ins Ufo und was auf den Müllberg kommen sollte?

»Die nehmen nur eckige Sachen«, sagte jemand.

»Nein«, sagte ein anderer, »die nehmen nur Sachen, die entweder gelb, braun, lila oder beige sind.«

»Falsch«, sagte der Nächste, »sie nehmen nur Sachen, an denen kein Holz ist.«

Ein Vierter behauptete, es gehe um feuerfeste Dinge, weil es beim Flug im Ufo so heiß würde, dass die Sachen leicht ankokeln könnten. Wieder jemand anderes behauptete, ins Ufo wanderten nur Sachen, die garantiert nicht von ausgebeuteten Kindern in armen Ländern hergestellt worden seien. Oder nur *Fair Trade*-Sachen. Oder nur Sachen, in denen sich kein Aluminium befindet. Oder nur Sachen aus heimischer Produktion mit dem Aufdruck *Von zu Hause kommt nur Gutes.* Nur Sachen aus dem befreundeten Ausland. Nur Sachen, die man seiner Schwiegermutter schenken kann. Nur Sachen, die CO_2-neutral sind. Nur Sachen, die nicht zu Weihnachten passen. Und so weiter und so weiter.

»Alles blühender Unsinn«, sagte dazu der Kanzler im Krisenstab. Mittlerweile war es tiefe Nacht geworden. »Davon will ich gar nichts hören.«

Der Psychologe Gelbsattel und der Semiotiker Zettel waren allerdings ganz begeistert. Sie hatten den Hacker Harry damit beauftragt, die weltweiten Antworten auf die Frage »Was gefällt den Aliens?« zu sammeln und auszuwerten. Harry hatte dafür ratzfatz ein Programm geschrieben, das imstande war, Tausende von Meinungsäußerungen in Sendern auf der ganzen Welt und natürlich auch im Internet zu scannen und zu sortieren. Und aus diesem Programm kitzelte er mittlerweile irgendwelche Tabellen und Verteilungshäufigkeitsdiagnosen und Clusterdiagramme heraus. Gelbsattel und Zettel schauten ihm gebannt über die Schulter und sagten, hier könne man jetzt die globale Schwarmintelligenz bei der Arbeit beobachten, und das sei ein einmaliger Anblick. Alle sollten verdammt stolz darauf sein, dass sie dabei sein durften.

»Wenn Sie meine Meinung hören wollen«, sagte der Kanzler unterdessen zum Assistenten Blamberger. »Schwärme sind nicht intelligent. Schwärme sind nichts anderes als Herden. In Herden laufen alle hinter einem Anführer her, wer immer das auch sein mag. Und wenn der Anführer beschließt, über die Klippe ins Meer zu springen, dann springen die anderen hinterher. Herden sind vom Prinzip her«, er suchte nach einem Wort und fand eines: »doof.«

Doch mit dieser skeptischen Ansicht stand der Kanzler allein. Fast der ganze Krisenstab hatte sich im Halbrund hinter Harry versammelt, seitdem der angekündigt hatte, gleich würde er ein »Axiom mit sagenhafter Relevanz« auswerfen können.

Die Leute waren zu Recht gespannt. Man stelle sich nur einmal vor, was für ein Gewinn das wäre, wenn man herausbekommen würde, worauf die Sehnsucht der Aliens zielte. Was wünschten sie sich so herzinniglich, dass sie so viel Mühe dafür auf sich nahmen und so viel Müll dafür produzierten? Vielleicht war es ja ein ganz bestimmter Gegenstand. Und wenn die besagte Schwarmintelligenz ihn herausfinden würde, dann könnte man ihn einfach besorgen, mit oder ohne Geschenkpapier überreichen – und alles wäre gut. Mission erfüllt! Vielleicht würde der bislang nicht besonders sympathische Besuch dann sogar Zeit und Muße haben, sich auf einen Kaffee einladen zu lassen, und man könnte endlich ein paar Dinge von intergalaktischer Bedeutung besprechen.

Es war gegen halb fünf Uhr am Dienstagmorgen, als das besagte »Axiom mit sagenhafter Relevanz« tatsächlich ausgeworfen wurde. Harry zählte einen Countdown herunter wie beim Start einer Rakete, und dann erschien auf seinem Monitor ein waberndes dreidimensionales Gebilde, das sich dauernd verformte und aussah wie etwas, das Männer auf Jahrmärkten aus miteinander verknoteten Luftballons herstellen. Schließlich platzte das Gebilde, und der Drucker neben Harrys PC spuckte ein einzelnes Blatt Papier aus.

Harry nahm es und las mit seiner krähenden Triumphstimme vor: »Achtung! Mit neunundneunzig Prozent Hochrelevanz nimmt die Weltbevölkerung an, dass die Aliens Sachen aussuchen, die –«, hier machte er eine Pause, und als er weitersprach, klang seine Stimme weder krähend noch triumphierend. »Also, sie suchen Sachen aus, die sie schön finden. Die ihnen irgendwie gefallen.«

»Was?«, sagten Gelbsattel und Zettel im Chor.

»Die Aliens kaufen nur Sachen, die sie schön finden und die ihnen irgendwie gefallen«, sagte Harry noch einmal. Und er sagte es mit einer Stimme, die so traurig und düster war, dass sie schon fast erwachsen klang.

»Es ist spät«, sagte der Kanzler. »Beziehungsweise früh. Egal. Ich gehe jetzt zu Bett.«

Niemand machte einen Versuch, ihn davon abzuhalten.

Ein alter Bekannter mit neuem Job

Auch ohne die Anwesenheit des Kanzlers wurde der Krisenstab in dieser Nacht noch einmal aktiv. Er beauftragte nämlich die Berliner Müllabfuhr, den Alien-Müll abzuholen. Damit kein Missverständnis entsteht: Ich meine natürlich die weggeworfenen Sachen und nicht die Außerirdischen selbst. Ob dieser Service den Aliens genehm war, fragte man sie erst gar nicht, sondern öffnete schräg gegenüber der ersten Gasse einen zweiten Zugang zum Platz vor dem Reichstag. Man erreichte ihn vom Hauptbahnhof, und der Weg dorthin führte zwischen hohen Absperrzäunen direkt am Kanzleramt vorbei, sodass Vanessa und Fipp ihn aus den Fenstern der Hausmeisterwohnung überschauen konnten.

Ich sagte: konnten. Sie taten es aber nicht, denn auf den strengen Befehl der Eltern Patzek waren sie zu Bett gegangen und dort tatsächlich eingeschlafen. Erschöpft genug waren sie ja.

Hätten sie aus dem Fenster gesehen, dann hätten sie früh am Morgen, kurz vor Sonnenaufgang, einen Müllwagen beobachten können, der durch die neue Gasse fuhr und hinter dem Ufo parkte. Vielleicht hätten sie den Fahrer erkannt. Es war nämlich unser Walter. In der Charité hatte man mittlerweile begriffen, dass er für die Alien-Forschung nichts mehr hergab. Aber man wollte ihn nicht zurück auf die Straße und in sein ärmliches Leben schicken. Also wurde er wegen seiner

Leistungen als Koofmich-Bollerwagenfahrer in städtische Dienste aufgenommen. Und zwar bei der Müllabfuhr.

Viele Leute hätten das als Beleidigung aufgefasst. Zur Belohnung ein Job als Müllmann? Aber weil Walter schon lange nicht mehr daran glaubte, jemals wieder Arbeit zu finden, war er darüber richtig glücklich. Er hatte im Krankenhaus mehrmals täglich geduscht, und man hatte ihm neue blütenweiße Unterwäsche geschenkt. Jetzt bekam er dazu noch eine orangerote Müllwerkermontur mit weißen Streifen, die in der Dunkelheit leuchteten. Das war vielleicht nicht die eleganteste von allen möglichen Uniformen, aber sie strahlte doch eine gewisse Autorität aus. Und Autorität hatte Walter schon lange nicht mehr ausgestrahlt.

In den Tiefen seiner glücklicheren Vergangenheit hatte er einen Führerschein für Lastwagen besessen. Der war zwar schon lange verloren, aber im städtischen Computer noch verzeichnet. Also druckte man ihm schnell ein Ersatzexemplar aus und vertraute ihm das Müllauto an, das den Alien-Müll abholen sollte. Es war ein älteres Modell mit offener Ladefläche. Schließlich bekam Walter noch einen Händedruck und ein Schulterklopfen vom Chef der Berliner Müllabfuhr sowie ein munteres »Alles Gute, Kollege« von einer Delegation der Müllmännergewerkschaft.

Sollte jetzt jemand auf die Idee kommen, dass man Walter so schnell in den städtischen Dienst befördert hatte, weil man die Müllabfuhr bei den Aliens für ein Himmelfahrtskommando hielt, das er womöglich nicht überleben würde, so muss ich dem widersprechen. Ein so scheinheiliges und moralisch minderwertiges Verhalten möchte ich niemandem unterstellen!

Und um es vorwegzunehmen: Walter war genau der richtige Mann für diesen Job, er machte seine Aufgabe großartig. Zuerst parkte er sein Oldtimer-Müllauto hinter dem Ufo, ohne dass die Aliens überhaupt Notiz von ihm nahmen. Dann belud er es mit all dem Schrott, jedenfalls mit dem, den er tragen konnte. Die großen Sachen wie den Elektroherd und die Tiefkühltruhe musste er liegen lassen. Dabei hatte er immer ein Auge auf die Aliens an der anderen Seite des Ufos, denn schließlich wollte er nicht von einem silbernen Korkenzieher oder einem Heizlüfter am Kopf getroffen werden.

Es war schon heller Tag, als Walter sein Müllauto vollgeladen hatte. Er wendete und kutschierte es in die Müllgasse, ohne dass ihm etwas Schlimmes passiert war. Einer seiner neuen Kollegen stand bereits vor dem Hauptbahnhof mit einem anderen Müllauto, das deutlich moderner und größer war. Die beiden tauschten die Fahrzeuge, und zehn Minuten später war Walter wieder an seinem alten Platz. Doch er machte nicht gleich weiter mit dem Müllsammeln. Stattdessen ging er um das Ufo herum und näherte sich von schräg hinten dem Alien Christopher, der gerade ein Pfeifenkästchen aus Mahagoniholz in die Luft stellte, um es sich in gewohnter Manier über die Schulter zu schnippen.

»Sorry, die Herrschaften«, sagte Walter. »Wenn ich mal kurz stören dürfte.«

Die Aliens sahen sich synchron nach ihm um.

»Wir kennen uns ja bereits«, sagte Walter. »Ich bin's, Walter Friedemann Schlehdorn, einstmals Magister der sieben freien Künste, dann eine Zeit lang gar nichts und ab heute Ihr persönlicher Berater in Sachen Nachhaltigkeit und Umweltschutz. Gestatten Sie mir bitte eine kleine Präsentation.«

Damit schnappte er sich das in der Luft stehende Pfeifenkästchen, trug es in Richtung Müllauto und machte den Aliens einladende Bewegungen, ihm zu folgen.

Und jetzt bitte festhalten!

Denn sie taten es. Sie taten es wirklich! Sie tapsten zögernd hinter ihm her.

Im Krisenstab brach Panik aus. Jemand wurde geschickt, den Kanzler zu holen. Aber kaum dass er aus der Tür war, vergaß dieser Jemand seinen Auftrag, oder er wollte ihn vergessen, und statt den Kanzler zu wecken, der in seinem Arbeitszimmer auf der Couch übernachtete, lief der Jemand aus dem Kanzleramt, quer durch den Tiergarten und Richtung Potsdam. Weiß der Himmel, wo er sich verstecken wollte.

Die Aliens folgten Walter bis zum Müllauto. Und? Brach jetzt der befürchtete Krieg der Sterne aus, richtiger gesagt: der Krieg Aliens gegen Erde? Im Krisenstab vergaß man, die Fernsehbilder zu unterbrechen. Die Kamera im Kamerawagen zoomte unter dem Ufo hindurch auf die Szene vor dem Müllauto.

Dort baute sich Walter auf wie ein Reiseführer, der eine Sehenswürdigkeit erklären will. Er zeigte auf das Pfeifenkästchen in seiner Hand. »Das hier ist Müll«, sagte er. »Müll. Em, Ü, Doppel-El. Und das hier«, er zeigte auf seinen Laster, »das ist das Müllauto. Wie Müll plus Auto. Und der Müll«, er schüttelte das Pfeifenkästchen, »der kommt in das Müllauto.« Und damit die Aliens es wirklich begriffen, warf er das Kästchen auf die Ladefläche des Lasters, wo es scheppernd zu liegen kam.

»Vielen Dank für Ihre geschätzte Aufmerksamkeit«, sagte er. »Die Berliner Müllabfuhr freut sich über die Zusammenarbeit mit Ihnen und darüber, dass Sie unseren freundlichen Hinweisen Folge leisten. Bitte vergessen Sie niemals: Nur eine saubere Erde ist eine gute Erde, und was wir heute vermüllen, das vermüllt uns morgen selbst. Vom Müllverursacher zum Selber-Müll-Sein ist es nur ein kurzer Schritt. Glauben Sie mir, ich weiß, wovon ich rede. Ich kenne den Müll aus der Nähe. Der Müll ist ein übler Geselle, mit dem nicht zu spaßen ist. Und jetzt genießen Sie bitte Ihr weiteres Leben hier auf der Erde nach den Regeln der Berliner Müllabfuhr.«

Die drei Aliens machten, ohne einander anzusehen, wieder die Drei-Finger-Geste, dann wendeten sie auf der Stelle und nahmen ihre gewohnten Plätze wieder ein. Fünf Milliarden Menschen an den Fernsehgeräten weltweit hielten den Atem an, inklusive der Mitglieder des Krisenstabs. Würden die Aliens sich für diese deutliche Zurechtweisung rächen? Vielleicht indem sie das Brandenburger Tor auf den Müll warfen?

Die Antwort lautete: Nein. Der Alien Julian schälte aus dem nächsten Paket einen elektrischen Fensterreiniger, Charlotte reichte ihn nach kurzer Kontrolle an Christopher weiter, der schnippte ihn über seine Schulter, und – Achtung! – haarscharf an Walters Kopf vorbei landete das Teil im Müllauto, Sekunden später gefolgt von seiner Verpackung.

»Wer ist der Mann?«, sagte ganz aufgeregt der Psychologe Gelbsattel im Krisenstab.

»Unser Walter«, klärte man ihn auf. »Der Typ mit dem Bollerwagen.«

»Soll sofort herkommen«, sagte Gelbsattel. »Er hat mit den Aliens gesprochen. Und nicht nur das! Er hat sie dazu gebracht, etwas zu tun, das er von ihnen verlangt hat. Wahnsinn! Womöglich besitzt er den Schlüssel zum Charakter dieser Wesen. Der Mann muss unbedingt genauestens befragt werden.«

»Muss er nicht.« Es war der Kanzler, der das sagte. Jemand anderes war dem weggelaufenen Boten hinterhergeschickt worden, hatte ihn geweckt, und jetzt saß er hinter einer heißen Tasse schwarzen Kaffees an seinem Platz.

»Lassen Sie den Mann da unten. Da wird er mehr gebraucht als hier.«

Dem war nur schwer zu widersprechen. Und da es der Kanzler gesagt hatte, eigentlich gar nicht.

Etwas Romantisches und gleichzeitig Mysteriöses

Quizfrage: Um wen haben wir uns seit geraumer Zeit nicht mehr gekümmert, obwohl sie es durchaus verdient hätten?

Antwort: Um Sophie Mahlmann, die Tochter vom Inhaber des Geschäftes für Gartenmöbel, sowie um den Blondbart aus dem Krankenhaus Charité, den man zu ihrer, nun ja, Betreuung abgestellt hatte. Sehen wir doch einmal, wie es ihnen ergangen ist. Dazu drehen wir die Uhr auf den Sonntag zurück, den Tag des Bollerwagens. In der Wirklichkeit geht das nicht, aber in einer Geschichte kann man das machen, weswegen ich persönlich mich lieber in Geschichten aufhalte als in der Wirklichkeit.

Der Blondbart hatte Sophie am Sonntagabend vorgeschlagen, mit ihm das kleine italienische Restaurant *La Isola* zu besuchen. Das Lokal lag in der Sperrzone, und es hätte dort eigentlich nichts zu Essen gegeben, denn die Besitzer waren zu ihren italienischen Verwandten nach Paderborn gefahren. Aber der Krisenstab hatte eine Küchentruppe der Bundeswehr in das Lokal beordert. Der Kochgefreite Arno Paffrath, der dunkle Augen und pechschwarze Haare besaß, wurde als italienischer Kellner ausstaffiert. Er schaffte es nach kurzer Übung, die Speisekarte mit italienischem Akzent vorzulesen und auf eine unverwechselbar italienische

Art und Weise »prego« zu sagen, was »bitte schön« bedeutet.

Gegen neun Uhr am Sonntagabend liefen Sophie Mahlmann und der Blondbart im *La Isola* auf. Bevor sie sich zu Tisch setzen, sollte ich wohl noch ein paar Sätze über Sophie sagen. Vor hundertundacht Seiten war sie ohne Vorankündigung in diese Geschichte geplatzt, als Fahrerin des kleinen Oldtimer-Lieferwagens, und kurz darauf, nach den Untersuchungen in der Charité, war sie wieder verschwunden. Daher könnte womöglich der Eindruck entstanden sein, sie sei eine Nebenfigur, für die sich keiner zu interessieren braucht.

Das ist aber nicht der Fall. Es mag ja sein, dass man im Leben Leuten begegnet, von denen man nicht wissen muss, was sie von Beruf sind, was sie in ihrer Freizeit treiben und ob sie glücklich oder unglücklich sind. Solche Leute treten einem zum Beispiel in der U-Bahn auf den Fuß mit dem eingewachsenen Zehnagel, sagen vielleicht noch »'tschuldigung« und sind wieder verschwunden, bevor der Schmerz im Zeh mit dem Nachlassen anfängt. Solche Leute kann man vergessen, ohne sie genauer zu kennen.

In einer Geschichte ist das anders. Da sind praktisch alle Leute, die ein bisschen deutlicher hervortreten als die große namenlose Menge, auf ihre Art wichtig. Und sie sind es wert, dass man sich eingehender mit ihnen beschäftigt.

Von Sophie Mahlmann wissen wir bereits, dass sie ihrem Vater im Geschäft aushalf, und das ist schon ein Hinweis auf das Glück und das Unglück in ihrem Leben. Vor etwa zehn Jahren hatte Sophies Mutter das Geschäft, ihren Mann und ihre Tochter verlassen, womöglich aus einer tief empfundenen Abneigung gegen Gartenmöbel. Aber lassen wir ihre Gründe im Dunkeln, sie spielen hier keine Rolle. Jedenfalls war Sophies Vater sehr unglücklich geworden, und es war nur seiner immer fröhlichen Tochter zu verdanken, dass er nicht ganz in Traurigkeit versank, sondern sein Geschäft und damit auch sich selbst am Leben hielt. Jetzt aber war Sophie sechsundzwanzig Jahre alt, und eigentlich wäre es höchste Zeit für sie gewesen, ihren Vater zu verlassen und ihr eigenes Leben zu leben.

Aber das traute sie sich nicht, und zwar aus Angst, ihr Vater könnte dann wieder so traurig werden wie damals, als ihre Mutter ihn verlassen hatte. Also lebte Sophie weiter bei ihrem Vater, sie kochte für ihn und half ihm im Laden. Doch was das Wichtigste war: Sie sorgte dafür, dass er immer etwas zu lachen hatte, und war es nur, indem sie ein neues, knallrotes Haarband trug oder irgendeinen Sommerhit mit Kinderstimme nachsang. Bis vor Kurzem hatte Sophie Archäologie studiert, und sie besaß einen Master in prähistorischer südamerikanischer Kultur. Doch darüber hatte sie mit ihrem Vater so gut wie nie geredet, denn alte und vergrabene Sachen machten ihn traurig. Muss ich noch sagen, dass Sophie kaum Freunde hatte und auch keinen Job, weil ihr dafür keine Zeit blieb? Nein, muss ich nicht, aber jetzt ist es heraus.

Zurück ins *La Isola*, das jetzt eigentlich *La Isola deserta* hätte heißen müssen, auf Deutsch *Die einsame Insel.* Der Kellnergefreite Paffrath komplimentierte Sophie und den Blondbart an einen gemütlichen Zweiertisch, auf dem schon eine Kerze brannte, bot den beiden unaufgefordert ein Glas Sekt an und reichte unter lauter »Pregos« die Speisekarten herüber, nicht ohne dabei die Spaghetti Bolognese überschwänglich zu empfehlen. Die seien nämlich »vorzückelich«, was freilich nichts anderes bedeutete, als dass die Bundeswehr-Küchenbesatzung sich auf Nudeln mit Hackfleisch-Tomatensoße vorbereitet hatte – und auf nichts anderes. Folgerichtig bestellte der Blondbart, der die Hintergründe kannte, dieses Gericht für zwei Personen.

Sophie hatte nichts dagegen einzuwenden. Tatsächlich war sie viel zu sehr bezaubert von dem Lokal, der Kerze und besonders von dem Blondbart, als dass sie es gewagt hätte, durch Sonderwünsche die Stimmung zu ruinieren. Eigentlich hasste sie Nudeln mit Hackfleisch-Tomatensoße, denn das war das Lieblingsgericht ihres Vaters, und um ihn aufzuheitern, kochte sie es manchmal an fünf von sieben Wochentagen.

Das Essen kam erstaunlich schnell. So schnell, als hätten in der Küche ein großer Topf Nudeln und einer mit Hackfleisch-Tomatensoße bereitgestanden, was ja auch der Fall war. Aber Sophie kam das nicht verdächtig vor, zumal sie vollauf damit beschäftigt war, sich angeregt mit dem Blondbart zu unterhalten. Der machte das auch gar nicht schlecht. Er stellte aufmerksame und interessierte Fragen, und noch vor dem Nachtisch, einem Fertig-Tiramisu aus dem Becher, hatte Sophie ihm ihre ganze Lebensgeschichte erzählt, die nicht besonders lang und aufregend war, dafür umso trauriger. Als sie damit fertig war, weinte sie ein bisschen, und der Blondbart besorgte ihr diskret eine Serviette, an der noch kein Rot von der Tomatensoße war.

Dann entstand ein Schweigen. Der Blondbart wollte keine weiteren Fragen stellen, um Sophie nicht wieder zum Weinen zu bringen. Stattdessen holte er etwas aus der Seitentasche seines Jacketts. Es war eine kleine Schachtel. Er stellte sie auf den Tisch und schob sie zu Sophie hinüber.

»Für mich?«, sagte Sophie mit einem kleinen Schluchzer.

Der Blondbart nickte nur. Sophie öffnete die Schachtel, und darin lag –

Na, wer hat aufgepasst? Auf Seite hundertfünfunddreißig waren die beiden Kugeln, die die Aliens an Walter und Sophie verschenkt hatten, in der Charité von einem Tisch gerollt, woraufhin sich eine Tür geöffnet hatte und jemand hereingekommen war. Ich hatte damals verschwiegen, wer es war. Jetzt löse ich das Rätsel. Es war der Blondbart, der gerade den Auftrag zur Verabredung mit Sophie bekommen hatte und noch ein passendes und preiswertes Geschenk suchte. Da kam ihm diese nett anzusehende, einerseits vollkommen wertlose, andererseits aber auch äußerst bedeutungsschwere Glaskugel gerade recht. Er steckte sie ein, ohne zu fragen, ob das erlaubt war. In einer anderen Abteilung fand er eine kleine Schachtel. Und jetzt war er ziemlich stolz auf seinen hübschen Einfall und auf dessen Erfolg.

Denn Sophie war ganz begeistert von der Kugel, auch nachdem der Blondbart ihr erklärt hatte, dass sie nach Aussagen der Wissenschaftler nichts anderes war als eine simple Glaskugel, deren einzige Fähigkeit darin bestand, selbstständig von einem Tisch zu rollen. Vermutlich hatten die Aliens sie irgendwo mitgehen lassen, um doofe Erdlinge, die für sie schufteten, damit abzuspeisen.

»Macht nichts«, sagt Sophie. »Die wird mich ab jetzt immer daran erinnern, dass mir einmal was wirklich Tolles passiert ist. Etwas so Tolles, dass man gar nicht sagen kann, ob es lustig oder traurig war.«

Sie schaute mit einem Auge durch die Glaskugel, sodass darin die Flamme der Kerze und der Kopf des Blondbarts gemeinsam gefangen wurden. Außerdem sah Sophie ihr eigenes Gesicht als den blassen Hintergrund von Blondbart und Flamme. Und durch alles hindurch, durch den Blondbart, die Flamme und sich selbst, sah Sophie ihre Zukunft. Es war eine schöne Zukunft, obwohl nicht genau zu erkennen war, wo sie spielte. Dafür spürte Sophie umso deutlicher, dass in dieser Zukunft alles so war, wie sie sich das wünschte. Genau so sollte es sein.

Und dann geschah etwas höchst Bemerkenswertes. Der Blondbart sagte nämlich, ohne jede Vorbereitung und ohne jeden Übergang: »Sophie, lass uns heiraten.«

Sophie ließ die Glaskugel sinken und sagte nichts.

»Ich bin Arzt«, sagte der Blondbart. »Ich kann überall arbeiten, wo man mich braucht, und das ist überall auf der Welt. Lass uns zusammen nach Südamerika gehen. Ich kann dort Arzt sein, und du kannst alte Sachen ausgraben. Dein Vater wird das verstehen. Nichts macht Eltern so glücklich wie das Glück ihrer Kinder.«

Jetzt ist es höchste Zeit, einmal in den Kopf des Blondbarts zu sehen. Geschichtenerzähler können das, und sie tun es auch mit großem Vergnügen.

Im Kopf des Blondbarts sah es aus wie in einem Glas Wasser, das man heftig schüttelt. Einerseits konnte er nicht begreifen, was er da gerade gesagt hatte. Wie waren ihm diese Wörter und Sätze bloß aus dem Mund gekommen? Besonders das Wort »heiraten« hatte der Blondbart bislang strengstens vermieden!

Doch andererseits war er fest davon überzeugt, dass es genau das war, was er am meisten auf der ganzen Welt wollte: Sophie heiraten und mit ihr dorthin gehen, wo sie rundherum glücklich werden könnte, mit ihm als Ehemann und mit einem Beruf, der ihr Freude machte. Er sah alles vor sich wie auf einem heiteren und vielleicht ein kleines bisschen kitschigen Bild: Er sah sich selbst, wie er in einem weiß gestrichenen Haus arme Leute behandelte, die sich keinen Arzt leisten konnten, und er sah Sophie, wie sie abends staubig und verschwitzt aus dem Urwald nach Hause kam, eine geheimnisvolle Figur unter dem Arm, die sie dort ausgegraben hatte und der sie dann zusammen einen Namen gaben. Zum Beispiel Hoalloxipitel. Oder Alwine.

Irgendwo am Rand dieses Bildes sah der Blondbart auch eine gewisse Lara, daneben eine Mara und eine Tamara und eine Maja, lauter hübsche junge Frauen, mit denen der Blondbart regelmäßig bei Kerzenschein zu Abend aß und mit denen er über alles Mögliche redete, bloß nicht übers Heiraten. Er sah all diese jungen Frauen mit den vielen As im Namen, aber er sah auch, wie sie vom Rand seines Zukunftsbildes verschwanden, ohne ihm noch einmal zuzuwinken. Plötzlich konnte er sich nicht an eine einzige von ihnen mehr erinnern. Stattdessen sah er nur noch Sophie, die vor ihm saß, mit dem Kerzenschein auf dem überraschten, aber glücklichen Gesicht und einem kleinen Klecks Tomatensoße am Kinn.

Ob das, was dann geschah, auch so romantisch war? Ich muss gestehen: Ich weiß es nicht, obwohl ich doch ansonsten ziemlich allwissend bin. Sophie und der Blondbart standen nämlich gleichzeitig auf, sie verließen das Lokal, ohne eine Rechnung zu bezahlen – und dann verschwanden sie aus dieser Geschichte. Schnell und vollständig.

Mehr kann ich dazu nicht sagen. Allenfalls noch: Macht's gut, Sophie und Blondbart. Grüß euch. Fahrt hin in Bälde. Schickt euren Eltern eine Postkarte, wenn ihr dort angekommen seid, wo das Glück auf euch wartet.

Und vergesst nie, die Glaskugel mitzunehmen!

Denkt an meine Worte! Die Glaskugel dürft ihr auf keinen Fall verlieren.

Am Ende geht es immer um Geld

Mit einem erneuten Zeitsprung sind wir wieder zurück im Dienstag. Um ein Uhr mittags wurden im Krisenstab Pizzen geliefert, und in den nächsten Minuten hörte man keine aufgeregten Gespräche mehr, sondern nur noch gedämpftes Kauen und Schlucken. Nur einer kaute und schluckte nicht, Harry Klusen. Bekanntlich verabscheute er Pizza. Er müsse darauf zu sehr herumkauen, sagte er, und das raube ihm die Kraft zum Arbeiten. Dagegen würden sich seine Automatensandwiches im Mund automatisch auflösen und ohne Schlucken Richtung Magen hinabfahren. Verlassen wir dieses nicht sehr appetitliche Thema und schauen wir lieber, was die Aliens so trieben.

Zwischen ein und fünf Uhr nachts hatten sich die Koofmichs abwechselnd in ihr Raumschiff zurückgezogen, das heißt, einer oder eine war darin verschwunden, während die anderen beiden weiter die ununterbrochen eintreffenden Lieferungen annahmen. Gegen sechs Uhr morgens, noch vor Walters Auftritt als Müllberater, hatte die Alien Charlotte wieder mit dem Bestellen begonnen. Sie benutzte dazu nur noch ein kleines Notebook, erreichte aber eine noch viel größere Geschwindigkeit als am Vortag. Tatsächlich schaffte sie es jetzt, etwa fünfunddreißig Bestellungen in der Minute abzusenden und dabei gleichzeitig die eintreffenden Dinge zu begutachten. Allerdings reichte sie vieles gleich an den Alien Christopher weiter, der dann die Begutachtung selbst vornahm, bevor er die Sache ins Ufo oder in den Müllwagen verfrachtete. Womöglich war er inzwischen aufgrund seiner Verdienste vom Koofmich zum Oberkoofmich befördert worden.

Kurz vor der Pizzapause hatte Harry noch gemeldet, dass die Gesamtsumme der Einkäufe mittlerweile bei knapp über eins Komma zwei Millionen Euro lag. Der Krisenstab war sich darüber einig gewesen, dass das noch kein Grund zur Beunruhigung war. Für einen einzelnen Menschen mögen eins Komma zwei Millionen Euro ein ungeheuer großer Betrag sein, mehr als er jemals im Leben verdienen wird, aber für die Staatsbank waren sie eine Kleinigkeit, kaum der Rede wert, gewissermaßen Peanuts.

Was dem Krisenstab allerdings Sorgen machte, waren die kleinen, mittleren und großen Katastrophen, die die Aliens mit ihren Einkäufen auslösten. Ich muss das nicht genauer erläutern, man kennt es schon von der Kringellogofirma und ihren Turnschuhen. Mittlerweile ereigneten sich solche Pleiten oder Beinahe-Pleiten überall auf der Welt. Im Minutentakt entschieden die Aliens über das Wohl und Wehe irgendeiner Firma.

Schlimm war es, wenn sie deren Produkte wegwarfen, denn das ruinierte den Ruf der Firma. »Bäh«, sagten dann Leute überall auf der Welt. »Was die Aliens nicht wollen, das wollen wir auch nicht mehr.« Aber fast noch schlimmer war es, wenn sie irgendein Produkt in ihr Ufo schweben ließen. Nach Harrys Statistik kam das mittlerweile nur noch in einem von siebenundachtzig Fällen vor, und die Tendenz war sinkend. Aber wenn die Aliens etwas behielten, dann wollten wieder alle Leute rund um die Welt das gleiche Ding haben, egal ob es eine Nagelschleifmaschine für Haushunde war oder ein Halter für Meisenfutter. Prompt wurde die betreffende Firma mit Bestellungen bombardiert. Und während »bombardiert« für gewöhnlich nur meint, dass viele Bestellungen eingehen, bedeutete es jetzt, was das Wort eigentlich sagt, dass nämlich die Firma von der Masse an Bestellungen zerstört wurde wie unter einem echten Bombenhagel. Sie konnte noch von Glück sagen, wenn gleich ihr Internetshop zusammenbrach und die Leute ihre Bestellerei wieder aufgeben mussten.

Man stelle sich das vor! Tatsächlich fürchteten jetzt Firmen überall auf der Welt, sie könnten ruiniert werden, wenn die Aliens bei ihnen einkauften. Was für eine verkehrte Welt! Da wünscht sich doch eigentlich jeder, dass die Leute seine Sachen kaufen, am besten massenhaft. Aber was passierte hier? Da trampelte eine unübersehbare Horde von wild gewordenen Kunden in die digitalen Läden und machte alles platt. Weil viele Firmen davor Angst hatten, nahmen sie ihre Internetshops vorsorglich vom Netz.

Um kurz vor zwei Uhr mittags deutscher Zeit, also früh am Morgen in Amerika, fand im größten Internetkaufhaus der Welt, dem berühmt-berüchtigten *Horrizon*, eine Krisensitzung statt. Geleitet wurde sie von ihrem Chef Rabindranath Wilson höchstpersönlich. Auch bei *Horrizon* waren schon erste Produkte ausverkauft und konnten von den Herstellern nicht nachgeliefert werden. Würde jetzt etwa auch *Horrizon* schließen?

»Im Gegenteil«, sagte Wilson, als jemand aus der Runde gleich zu Beginn diese bange Frage stellte.

»Meine Damen und Herren«, fuhr er fort und nahm dabei eine heroische Pose ein. »Heute ist der historische Moment, an dem wir die zweite Stufe unserer digitalen Kundenberatung zünden. Wir betreten hiermit ein neues Zeitalter des Besserwissens.«

Man sah ihn fragend an.

»Es ist ganz einfach«, sagte Wilson. »Die Frage ist: Was wünscht sich der Kunde? Die Antwort lautet: Er weiß es nicht. Er schwankt und leidet. Am Ende hat er was gekauft, aber es gefällt ihm nicht, und er tauscht es um. Oder er wirft es gleich weg. Genau wie unsere Freunde aus den Tiefen des Weltalls das gerade tun. – Aber das muss nicht sein! Und wir werden es verhindern.«

Wilson klatschte in die Hände. »Unsere Abteilung für geheime Kaufüberwachung und verschärfte Geschmacksanalyse hat mich soeben darüber informiert, dass wir mittlerweile genug Daten über das Kaufverhalten der Aliens gesammelt haben, damit wir sie mit maßgeschneiderten Kaufempfehlungen geradezu überschütten können.«

Viele »Ohs« und »Ahs« flogen durch den Raum.

Wilson bat um Ruhe. »Ich habe ausgezeichnete Verbindungen zu unseren Geheimdiensten, und daher weiß ich Folgendes: Diese etwas beschränkten Deutschen haben versucht, die sogenannte Schwarmintelligenz danach zu befragen, was die Aliens mögen und was nicht. Mit dem lächerlichen Ergebnis, dass die Aliens mögen, was sie schön finden und was ihnen gefällt. So viel zum Thema Schwarmintelligenz.«

Wilson lachte hämisch, und alle im Raum taten es ihm nach.

»Schwarmintelligenz ist Bullshit. Die Schwarmintelligenz besteht aus lauter Käufern, und Käufer wissen nicht, was sie wollen.« Er hob wie zum Schwur eine Hand. »Aber wir wissen es. Unsere Kaufüberwachungssoftware liefert hervorragende Ergebnisse zur Geschmacksverstärkung. *Horrizon* weiß, was Aliens wünschen. Bis jetzt hat *Horrizon* einen Anteil von dreizehn Prozent am Einkaufsvolumen der Aliens. Mit der neuen Kaufempfehlungsoffensive werden wir diesen Anteil in wenigen Stunden auf fünfzig, wenn nicht sogar auf siebzig Prozent steigern können.« Er sah in die Runde wie jemand, der um Beifall bittet.

Der Beifall setzte auch sofort ein und wollte gar nicht mehr aufhören, bis Wilson eine Handbewegung machte, woraufhin der Beifall sofort stoppte. Eine junge Frau aus der Abteilung für Image und gutes Auftreten in der Öffentlichkeit, oder mit dem Fachausdruck: *Compliance*, hob die Hand.

»Sie haben eine Frage?«, sagte Wilson. »Dann immer heraus damit.«

Die junge Frau hüstelte, bevor sie sprach. »Wenn wir schon so viel über das Kaufverhalten der Aliens wissen, sollten wir diese Informationen dann nicht weitergeben? An unseren Präsidenten vielleicht, damit er die deutsche Regierung informieren kann. Das könnte doch von großem Interesse sein.«

Ein zustimmendes Gemurmel ging durch den Raum.

Rabindranath Wilson trat ans Fenster des Besprechungsraumes, der sich im obersten Stockwerk eines gläsernen Gebäudes befand, im *Silicon Valley* in der Nähe von San Francisco. Gerade ging die Sonne über den Bergen im Osten auf.

»Da gebe ich Ihnen vollkommen recht«, sagte Wilson, ohne sich zu den anderen umzudrehen. »Die Daten über das Kaufverhalten der Aliens sind mehr wert als unser ganzes Unternehmen.« Er wies mit der Hand über das Tal mit allen seinen Hightechfirmen. »Sie sind mehr wert als alle Unternehmen hier, ja, was sage ich, mehr als dieses ganze Land. Mit diesen Daten werden wir den Code des intergalaktischen

Konsums knacken. Mit diesen Daten beherrschen wir nicht nur die Erde, sondern das Universum.« Er verschränkte die Hände auf dem Rücken und wippte ein paarmal auf den Fußspitzen.

Fünf Sekunden Schweigen, dann drehte er sich wieder zu seinen Angestellten. »Hören Sie gut zu, was ich jetzt sage: Die drei da in Berlin, die sind nur ein Vorauskommando. Die testen uns nur. Die wollen wissen, ob wir ihre Bedürfnisse schnell und richtig analysieren und ob wir präzise und zuverlässig liefern können. Ich sage Ihnen: Demnächst werden mehr von diesen Typen kommen. Sehr viel mehr! Sie werden in Washington vor dem Weißen Haus landen und in Moskau vor dem Kreml, in Paris neben dem Eiffelturm und in London neben Big Ben. Aber egal wo sie landen, wir werden schon da sein und sie mit exakt personalisierten Kaufempfehlungen erwarten. Wir werden dann nicht mehr *Horrizon* heißen, sondern *Interstellar*, und wir werden nicht nur auf der Erde den Markt beherrschen, sondern von hier bis zum Sternensystem Alpha Centauri und von dort noch weiter in die unbekannten Tiefen des Weltraums, die noch nie ein Mensch betreten hat. Wir werden Auslieferungslager auf dem Mars haben und auf Planeten, deren Namen wir heute noch gar nicht kennen.«

Wilson faltete die Hände und hob sie empor. »*Interstellar* wird den Markt nicht beherrschen, es wird dieser Markt sein. Und dann wird eine wunderbare Zeit anbrechen. Die Grenzen zwischen den Ländern werden fallen, genauso wie die Grenzen zwischen den bewohnten Planeten. Die Unterschiede von Sprachen und Kulturen und Lebensformen werden keine Rolle mehr spielen, denn der einzige Ort, an dem es sich zu leben lohnt, wird das Sternenkaufhaus *Interstellar* sei. Jetzt und in Ewigkeit!«

Eine Zeit lang herrschte Stille im Raum, dann sagte die junge Frau: »Mr. Wilson, habe ich Sie richtig verstanden? Wir geben die Daten nicht weiter?«

Wilson wandte sich ihr zu. »Ja, meine Liebe«, sagte er. »Sie haben mich richtig verstanden. Keinerlei Datenweitergabe. Außerdem sind Sie gefeuert.« Und damit schloss er die Sitzung.

Im Berliner Krisenstab wurde unterdessen bemerkt, dass die Bestellgeschwindigkeit der Aliens leicht abgesunken war, wahrscheinlich weil sie immer häufiger vor verschlossene Internetshops gerieten. Aber kaum, dass man darüber zu diskutieren begann, stiegt die Bestellgeschwindigkeit wieder an und erreichte schon bald die Marke von fünfzig Bestellungen pro Minute.

Hacker-Harry versorgte den Krisenstab mit einer Erklärung. Offenbar war diese Beschleunigung eine direkte Folge der Kaufempfehlungen von *Horrizon*. Wie es aussah, ließen sich die Außerirdischen beim Aussuchen gerne helfen, sodass sie noch viel schneller bestellen konnten. Bald war die Wirkung dieser Bestellbeschleunigung deutlich zu spüren. Die Schlange der Lieferfahrzeuge staute sich weit über den Alexanderplatz hinaus, und folglich musste man große Teile des Ostens von Berlin absperren, damit die Lastwagen und Kleintransporter noch Platz fanden.

Um fünf Uhr nachmittags gab es im Krisenstab erstmals eine gemeinsame Kaffeerunde, bei der jeder seine Gedanken frei äußern konnte. Es war eine Idee des Kanzlers gewesen. Der Assistent Blamberger musste Protokoll führen, was ihm nicht leichtfiel, denn zu den tutenden Schiffen in seinen Ohren waren noch Seehunde, Seelöwen und Walrösser gekommen, die nach Kräften bellten, brüllten und schnaubten.

»Ich mache mir Sorgen«, sagte der Psychologe Gelbsattel. »Ich fürchte, dass unsere Besucher durch diese elenden und profitgierigen Kaufempfehlungen in ihrer Individualität eingeschränkt werden. Wer nur noch kauft, was andere Leute ihm aufschwatzen, der verliert doch allmählich sein Gesicht.«

Beinahe hätte Blamberger gesagt, dass bei den Aliens in puncto Gesicht nicht besonders viel zu verlieren sei, aber er hielt den Mund und ließ die Tiere in seinen Ohren für ihn brüllen.

»Mir macht etwas anderes viel mehr Sorgen«, sagte der Semiotiker Zettel. »Womöglich stehen den Aliens wichtige Bestandteile ihres Kommunikationscodes nicht zur Verfügung, wenn sie nur noch kaufen können, was *Horrizon* ihnen aufschwatzt.« Er hielt eisern an seiner Theorie fest, dass die Aliens aus den gekauften Sachen eine Art intergalaktisches Alphabet zusammenstellen wollten. Mittlerweile fand er aber kaum noch Leute im Krisenstab, die ihm zuhörten.

Da meldete sich plötzlich Harry mit seiner bekannten Krähstimme. »Außergewöhnliche Aktivitäten!«, schrie er quer durch den Raum. »Die Koofmichs kaufen ein krass teures Luxusauto. *Horrizon* hat ihnen versprochen, den Schlitten innerhalb von fünfzehn Minuten fahrbereit anzuliefern.«

»Das glaube ich nicht«, sagte der Kanzler. »Das ist unmöglich.«

Er wurde eines Besseren belehrt. Genau fünfzehn Minuten später fuhr ein *Trappemezzo Furioso 100 GJX* elegant an den Lieferwagen vorbei und parkte vor dem Tisch, an dem die Koofmichs saßen. Der Fahrer stieg aus, machte eine kleine Verbeugung vor den Koofmichs und reichte ihnen einen kleines Gerät, vermutlich der digitale Schlüssel für das Luxusfahrzeug. Die Alien Charlotte stand auf, trat um den Tisch herum, ignorierte Fahrer und Gerät und setzte sich in den *Furioso*. Sie legte die Hände aufs Lenkrad, aber auf den Kamerabildern konnte man nicht erkennen, was sie sonst noch machte.

Ich darf es verraten: Sie schürzte die Lippen und machte ein paar Sekunden lang ein Geräusch, indem sie Luft ausstieß und die Lippen vibrieren ließ. Das Geräusch war eine Mischung aus »Bla-Bla« und »Brumm-Brumm«. Dann stieg sie wieder aus und gab dem Alien Christopher ein Zeichen. Der hob mit seinem Zeigefinger den *Furioso* in die Höhe und dirigierte ihn so, dass er genau auf der Ladefläche von Walters Müllwagen landete, leider auf dem Kopf und ein bisschen schief, aber ansonsten fertig zum Abtransport.

»Was hat der Karren gekostet?«, sagte die Staatsbankdirektorin Winterscheidt.

»Zweihundertfünfzigtausend Euro«, sagte Harry. »Ich schätze, wir könnten ihn als gebraucht mit leichten Schäden verkaufen, aber mehr als zwanzigtausend werden wir nicht mehr dafür kriegen.«

»So kann das nicht weitergehen«, sagte die Winterscheidt. »Auch die Reserven der Staatsbank sind irgendwann mal zu Ende.«

Es konnte aber sehr wohl so weitergehen. Gerade fuhren nämlich ein *De Longini Vendetta 500 cx* und ein *Brummelville Churchill deluxe* beim Ufo vor, Gesamtpreis knapp über eine halbe Million Euro.

»Was sollen wir tun?« sagte der Kanzler.

»Wir könnten die Bearbeitungsgeschwindigkeit der Kreditkarte drosseln«, sagte die Winterscheidt, und das wurde dann auch sofort veranlasst. Jetzt bekamen die Koofmichs bei ihren Bestellungen die automatische Meldung, dass die

Bearbeitung ihrer Geldüberweisung sich aufgrund von Softwareproblemen um ein paar Minuten verzögern werde. Das senkte auch tatsächlich die Bestellgeschwindigkeit, doch offenbar als Reaktion darauf kauften die Aliens einen gebrauchten russischen Kampfhubschrauber mit Sonderausstattung.

»Kostenpunkt?« Die panische Stimme gehörte der Winterscheidt.

»Sehr preiswert«, krähte Harry zurück. »Eins Komma vier Millionen Dollar, in Euro etwas weniger. Soll ich den Wechselkursrechner aktivieren?«

Niemand gab ihm eine Antwort.

»Wie ich es vorhergesehen habe«, sagte Gelbsattel. »Wir haben es hier mit einer sogenannten passiv-aggressiven Übersprungkaufhandlung zu tun. Das kennen Sie alle. Man bekommt nicht, was man will, oder man bekommt es nicht schnell genug, und deshalb besorgt man sich etwas anderes, auch auf die Gefahr hin, dass es ein bisschen teurer ist.«

»Eins Komma vier Millionen und ein bisschen teurer?«, sagte die Direktorin. »Sind Sie noch bei Trost? Wenn diese Monster weiter solch teures Zeug kaufen, sind die Reserven unserer Staatsbank in ein paar Stunden erschöpft. Verstehen Sie? Alles alle-alle!«

»Ich denke, sie reden mit uns«, sagte Zettel. »Wie ich es vorhergesehen habe. Das ist eine Drohung! Sie fordern uns auf, die normalen Kaufverhältnisse im Internet wiederherzustellen. Alle Läden sollen offen sein, und das Bezahlen darf nur eine Sekunde dauern.«

»Aber wie sollen wir das machen?«, sagte der Kanzler. »Soll ich von Tür zu Tür gehen und die Leute anbetteln, sie mögen doch bitte ihre Netzläden wieder aufmachen? Wie stellen die sich das vor? Bei Millionen und Abermillionen von Shops im Netz! Oder soll ich *Horrizon* befehlen, sich vornehm zurückzuhalten? Ausgerechnet *Horrizon*, diese digitale Krake, der zwanzig neue Arme wachsen, wenn man ihr einen abschlägt? Das ist doch vollkommen ausgeschlossen!«

»Achtung, Achtung!«, krähte Harry. »Die nächste Eilmeldung! Die Aliens steigern mit bei der Auktion einer Langstreckendrohne. Ihr höchstes Gebot liegt momentan bei drei Millionen Dollar.«

»Die Kreditkarte muss sofort gesperrt werden«, sagte General Gerth. »Im Interesse der nationalen Sicherheit.«

»Sie haben gerade den Zuschlag bekommen«, rief Harry. »Drei Komma sieben Millionen Dollar. Ein echtes Schnäppchen.«

»Sperren!«, schrie die Winterscheidt. »Sofort sperren!«

»Ich wäre da vorsichtig«, sagte Harry. »Die haben das Ding im Darknet gekauft. Und wenn man da nicht sofort bezahlt, kriegt man unangenehmen Besuch von extrem unfreundlichen Leuten.« Harry wusste aus Erfahrung, wovon er redete. Das sagte er allerdings nicht.

»Das muss ein Ende haben, sofort!«, rief die Winterscheidt.

Aber wie? Niemand wusste, was zu tun war, und alle redeten durcheinander.

»Breaking News!«, schrie Harry in das Stimmengewirr hinein. »Ein unbekannter Verkäufer bietet im Darknet ein paar gut erhaltene Mittelstreckenraketen älterer Bauart mit atomaren Sprengköpfen an. Insgesamt acht Stück. Kostenpunkt: vier Milliarden. Die Koofmichs haben sich gerade in eine Interessentenliste eintragen lassen.«

»Ausschalten!«, schrie der Kanzler. »Sofort diese Kreditkarte sperren! Wir kündigen die Bürgschaft. Auf der Stelle!«

Leona Winterscheidt selbst tippte die entsprechenden Befehle in einen Rechner. Eine rote Schrift erschien auf dem Bildschirm, und die Kreditkarte war gesperrt. Jetzt wäre eine gute Gelegenheit für den Satz mit der Stecknadel, die man beim Runterfallen hören könnte. Ich sage aber lieber: Es war sehr still im Krisenstab.

»Ich würde mal sagen: ein halber Erfolg«, ließ Harry endlich verlauten. »Die Raketen bleiben noch so gerade eben im Darknet, aber den Hubschrauber und die Drohne haben sie sich geschnappt. Das Geld wird gerade überwiesen.«

»Vielleicht können wir den Hubschrauber als Löschflugzeug bei Waldbränden brauchen«, sagte der Kanzler. Aber es war ein schwacher Witz, über den nur Blamberger lachte, weil er ihn nicht richtig verstanden hatte. Alle anderen im Krisenstab schwiegen.

Was, um Himmels willen, würde wohl als Nächstes passieren?

Die zweite Botschaft

Werfen wir einen Blick ins zugleich aufgeregteste und stillste Kinderzimmer in weitem Umkreis. Dort saßen Vanessa und Fipp seit dem frühen Morgen dieses Dienstags und ließen den Laptop Fernseher spielen. Außerdem grübelten sie. Seit der persönlichen Botschaft der Aliens über die Internetseite *schrebergartenkolonieseelenfrieden.com* dachten sie unablässig darüber nach, ob sie ihren Kontakt zu den Koofmichs nicht dem Krisenstab melden sollten.

Einerseits natürlich: ja, unbedingt! Schließlich war es das erste Mal gewesen, dass die Koofmichs mit jemandem gesprochen hatten, und das sogar in durchaus verständlicher Sprache.

Doch andererseits hatten die Aliens gesagt, dass nichts geschehen solle, und eine Meldung an den Krisenstab war eindeutig mehr als nichts. Außerdem würde dann die Drohnengeschichte auffliegen, was womöglich scheußliche Folgen hätte.

Also, was tun?

Über diese Grübelei war es Mittag geworden. Fipp hatte zusammen mit den Patzeks einen hausgemachten Eintopf gegessen, in dessen Tiefe sich Dinge fanden, die er noch nie zuvor gesehen, geschweige denn gegessen hatte. Er hielt sich dennoch tapfer. Danach hatten die beiden Alien-Kontaktpersonen wieder ihre Position vor dem Laptop eingenommen.

Am frühen Nachmittag spielte sich dann vor dem Ufo

etwas Besonderes ab, das überall auf der Welt ausgiebig kommentiert wurde. Zuerst fuhren hintereinander drei Luxusautos vor und wurden nach kurzer Besichtigung der Reihe nach verschrottet. Wenig später klopfte die Alien Charlotte mit der flachen Hand auf die Tasten ihres Notebooks, wie man das so macht, wenn irgendetwas im Internet nicht funktioniert.

Wir wissen natürlich, was passiert war. Das rührt von unserer bevorzugten Position als Autor und Leser dieser Geschichte. Die fast schon magische, auf jeden Fall unheilvolle Kreditkarte war nach den letzten Shoppingexzessen der Aliens nicht mehr akzeptiert worden, weil man sie an höchster Stelle gesperrt hatte.

Bei der Gelegenheit: Wer hat schon einmal erlebt, wie das ist? Wenn der Kellner im vornehmen Restaurant einem diskret zuflüstert, da stimme etwas mit der Tuscheltuschel nicht und ob man vielleicht eine andere Tuscheltuschel. Oder wenn der Geldautomat auf der Strandpromenade des Urlaubsortes nach dreimaliger Eingabe der hundertprozentig richtigen Geheimzahl die Karte schluckt und nichts anderes ausspuckt als irgendeine Botschaft in Ausländisch.

Schon mal erlebt? Hoffentlich nicht!

Denn das sind schlimme Momente im Leben des modernen Menschen. Da bekommt man von einer Sekunde auf die andere das Gefühl, klein und schmutzig und vollkommen hilflos zu sein. Ein moderner Mensch ohne funktionierende Geldkarte, das ist, was früher ein Ritter ohne Schwert war. Oder Robin Hood ohne Pfeil und Bogen und Lucky Luke ohne Colt. Und in der Zukunft Käpt'n Kirk ohne seine Phaser-Kanonen. Mit einem Wort, eine schwächliche und fast schon lächerliche Figur.

Charlotte klopfte noch etliche Male auf das Notebook, sie schüttelte es auch, aber das Resultat schien sie nur noch wütender zu machen. Die Fernsehbilder wurden wieder mal vorsorglich gesperrt, daher schaltete Fipp auf die Kameradrohne um. Mit dem Resultat, dass sie Charlotte dabei beobachten konnten, wie sie ihr Notebook regelrecht verprügelte.

»Irgendwas ist da passiert«, sagte Vanessa.

»Ich wette, sie haben ihnen den Geldhahn abgedreht.« Fipp war schon mehrmals dabei gewesen, wenn das seinem Vater oder seiner Mutter passiert war. Alte und wohlklingende Namen schützen nicht davor, gelegentlich mal pleite zu sein. Und bei von Westen und zu Beuthens war die Pleite so etwas wie ein Familienmitglied, eine Art ungeliebter Onkel, der viel zu oft zu Besuch kommt.

»Wir müssen es dem Kanzler sagen.« Vanessa war aufgesprungen. »Wir müssen ihm sagen, dass die Aliens uns gesagt haben, dass man gar nichts machen darf.«

Fipp blieb sitzen und gab keine Antwort. Stattdessen rief er die Seite *schrebergartenkolonieseelenfrieden.com* auf.

»Würde mich wundern, wenn es die noch gibt«, sagte Vanessa.

Doch sie erschien sofort in ihrer ganzen Schmucklosigkeit. Fipp meldete sich mit seinem Namen an. Zuerst war wieder nur eine weiße Seite zu sehen, dann erschien darauf, langsam, Buchstabe für Buchstabe, der folgende Text:

Drei Dinge nehmen uns gefangen. Schönheit, Einzigartigkeit und Liebe.

»Was soll denn dieser –?« Beinahe hätte Fipp das Wort mit dem scharfen S am Schluss gesagt.

»Das müssen wir jetzt unbedingt melden«, sagte Vanessa. Sie hatte die Türklinke schon in der Hand. »Alle müssen das wissen. Oder wenigstens der Kanzler und die Typen da unten.« Sie meinte den Krisenstab.

»Und dann kommt raus, dass wir das mit der Drohne waren. Na dann, gute Nacht.«

»Wir retten vielleicht die Welt.«

»Oder helfen dabei, sie zu pulverisieren.«

»Es ist unsere Pflicht, zu sagen, was da geschrieben steht.«

»Unsere erste Pflicht ist es, am Leben zu bleiben.«

»Wir kommen in den Knast, wenn wir das verschweigen.«

»Wir kommen unter die Erde, wenn wir es weitersagen.«

So ging das noch eine ganze Zeit lang hin und her, ohne ein Ergebnis. Schauen wir also lieber, was anderswo passierte.

Nicht weit entfernt, im Krisenstab, gingen die Meinungen ebenfalls weit auseinander. Und das ist schon vorsichtig formuliert. Jeder hatte eine andere Theorie darüber, wie die Koofmichs darauf reagieren würden, dass man ihnen ihr Taschengeld gestrichen hatte.

»Jetzt werden sie mit uns reden!«, sagte der Kanzler und ballte eine Faust. »Jetzt müssen sie mit uns reden.«

»Ich wäre mir da nicht so sicher«, sagte Gelbsattel. Er begann mit einem Vortrag, in dem es wieder um passive Aggression und aggressive Passivität gehen sollte, aber außer Blamberger hörte niemand ihm zu. Leona Winterscheidt telefonierte mit ihren Angestellten in der Staatsbank, um sich zum werweißwievielten Mal davon zu überzeugen, dass alle Tresore gesichert waren, damit sich die Aliens nicht etwa mit Gewalt Gold oder Bargeld holen könnten. Es war ihr einfach nicht begreiflich zu machen, dass Leute, die mit Luxusautos werfen konnten, wahrscheinlich in der Lage waren, die ganze Staatsbank wie ein Sparschwein zu schütteln, bis das Geld herausfiel.

Die meisten Augen und Ohren richteten sich auf Harry, von dem man sekündlich wichtige Neuigkeiten erwartete.

»Immer noch nichts?«, sagte nach ein paar Minuten Zettel. Auf den Monitoren war die Alien Charlotte zu sehen, wie sie nach ihrem Wutanfall wieder im alten Tempo in ihr verprügeltes Notebook tippte.

»Nanu, nana!«, sagte Harry. Er hatte eine besondere Vorliebe für altmodische Ausrufe des Erstaunens, die er bei seiner Großmutter in Köln gelernt hatte. Er konnte tatsächlich Sprüche wie »Ei der Daus« oder »Ach, du grüne Neune« von sich geben.

»Wir haben hier eine abweichende Aktivität«, sagte er. »Unsere Freunde richten sich gerade ein Konto bei einer Internetbank ein. Mit fünfzig Euro Willkommensgeschenk für jeden Neukunden.«

»Mit fünfzig Euro werden sie nicht weit kommen«, sagte der Kanzler. »Und wo es jetzt keine Zinsen mehr gibt – «

Harry unterbrach ihn. »Und jetzt bieten sie im Internet den Hubschrauber wieder zum Verkauf an. Für fünftausend Euro. Schon melden sich die ersten Interessenten aus der internationalen Terrorszene. Zum ersten, zum zweiten und zum dritten, verkauft an – jemanden, der seinen Namen nicht nennen will, aber gerade schon das Geld überweist.«

»Was um Himmels willen bedeutet das?«, sagte der Kanzler.

Die Staatsbankdirektorin gab ihm die Antwort: »Ich denke, es ist nicht schwer zu verstehen. Die Aliens besorgen sich Geld.« Sie war froh, dass die Staatsbank offenbar verschont wurde.

»Fünftausend Euro! Das ist doch für die Herrschaften bloß ein Klacks.«

»Sapperlot!«, rief Harry dazwischen. »Sie sind jetzt an der Börse. Und sie kaufen Aktien. Fünftausend Aktien der Firma *Silverluck* zu je einem Euro das Stück.«

Im Krisenstab sahen sich alle ratlos an. Und tatsächlich bedarf es jetzt einer kleinen Erläuterung. Ich öffne dafür ein eigenes Kapitel.

Eine aberwitzige Spekulation

Das Land Argentinien würde ins Deutsche übersetzt »Silberreich« heißen, weil dort das wertvolle Metall im Boden liegt. Die Firma *Silverluck* war einmal ein großes, reiches Unternehmen gewesen, aber heute bestand sie nur noch aus ein paar Dutzend Leuten, die in der Silbergegend herumkrochen und Löcher in den Boden gruben, allerdings vergeblich. Ganz im Gegensatz zu ihrem Namen hatte die Firma seit Jahren überhaupt kein Glück mehr, wenn es darum ging, neue Silberminen zu entdecken. Sie kam im besten Fall als zweite an die ertragreichen Orte und guckte dann in die Röhre.

Silverluck gehörte einer Handvoll alter Leute, die früher Aktien der Firma gekauft hatten und dadurch an ihrem Gewinn beteiligt wurden. Doch Gewinne gab es seit Langem nicht mehr, und nur aus Gründen der Nostalgie und der Pietät erlaubte die argentinische Regierung, dass die Aktien der Firma überhaupt noch existieren durften. Verwaltet wurden sie von einem weißhaarigen alten Börsenmakler, der seit Jahr und Tag kein Geschäft mehr damit gemacht hatte. Niemand interessierte sich dafür, sie waren praktisch wertlos, und nur der alte Börsenmakler kümmerte sich um sie, wie man sich um ein altes Pferd kümmert.

Muss ich jetzt noch erklären, dass die Aktien überall auf der Welt an den sogenannten Börsen gekauft und verkauft werden? Nein, das weiß ja heute jedes Kind. Die Börsennachrichten kommen im Fernsehen schon vor den politischen Nachrichten, weil das Geld wichtiger ist als die Politik.

Was aber vielleicht nicht alle wissen: An diesen Börsen laufen Leute herum, die jedem, der sie dafür bezahlt, wahrsagen, welche Firma demnächst mehr und welche demnächst weniger Geld verdienen wird und wessen Aktien infolgedessen billiger oder teurer werden. Man nennt diese Wahrsager Analysten. Manche Leute nennen sie auch Scharlatane oder Betrüger. Wie dem auch sei, es sind äußerst wichtige Leute, egal was man von ihnen denkt.

Besagte Analysten bemerkten nun fast gleichzeitig mit dem Alien-Krisenstab, dass jemand fünftausend Stück der wertlosesten Aktie auf der ganzen Welt gekauft hatte, nämlich der Aktie von *Silverluck*. Und nach ein paar Minuten Schnüffeln im Netz bekamen sie auch heraus, dass es die Aliens in Berlin waren, die dieses famose Geschäft gemacht hatten.

Nun hätte man sich an der Börse natürlich totlachen können über die Außerirdischen, die offenbar überhaupt keine Ahnung von der Börse und von Aktien hatten. Aber an der Börse wird sowieso schon wenig gelacht, und angesichts dieses Geschäfts schon überhaupt nicht.

Stattdessen hieß es: »Wahnsinn! Sensation! Alle mal herhören!« Denn mit Sicherheit hatten die Aliens durch ihre überlegene Technik herausgefunden, dass *Silverluck* kurz davor stand, die womöglich größte Silbermine der Welt zu finden. Innerhalb weniger Minuten stieg der Preis der *Silverluck*-Aktie von einem auf tausend Euro. Der weißhaarige Börsenmakler konnte in wenigen Minuten seinen ganzen Aktienbestand verkaufen, und ein paar alte Leute wurden schlagartig reich. Unterdessen stieg der Kurs der Aktie auf fünftausend Euro. Alle Welt hätte sich jetzt ein Bein ausgerissen, um auch nur eine einzige *Silverluck*-Aktie noch kaufen zu können.

Da plötzlich boten die Koofmichs tausend von ihren fünftausend Aktien zum Kauf an. Die hatten sie kurz zuvor noch lumpige tausend Euro gekostet, doch jetzt verkauften sie sie im Handumdrehen für sage und schreibe fünf Millionen Euro. Damit waren sie wieder flüssig.

In dem ganzen Gold- beziehungsweise Silberrausch hatte nur der weißhaarige Börsenmakler die Nerven behalten und den letzten Suchtrupp der Firma *Silverluck* angerufen, der gerade hoch in den Bergen Argentiniens unterwegs war. Dabei erfuhr er, dass die Männer immer noch kein Körnchen Silber gefunden hatten und deshalb auf dem Weg nach Hause waren.

Der Makler, dem das mittlerweile egal sein konnte, verbreitete diese Nachricht gleich an der Börse, und prompt fiel der Kurs der *Silverluck*-Aktie wieder auf einen Euro. Wer jetzt ausrechnen will, wie viel Geld die einen bei der ganzen Transaktion gewonnen und wie viel die anderen dabei verloren hatten, darf das gerne tun. Viel Vergnügen dabei. Die ersten fünf Einsender der richtigen Zahl werden mit einem Freiexemplar dieses Buchs belohnt.

Die *Silverluck*-Leute selbst erfuhren von dem Rummel um ihre Aktien übrigens erst, als sie ein paar Tage später wieder in Buenos Aires ankamen. Man musste ihnen die ganze Angelegenheit mehrmals und sehr ausführlich erklären, bis sie sie verstanden. Die Sache mit den Aliens wollten sie anfangs überhaupt nicht glauben, aber es gab ja genügend Bilder, denen man nicht widersprechen konnte. Sie selbst hatten übrigens von dem ganzen Wahnsinn nicht im Geringsten profitiert. Nichts von dem vielen Geld, das die Käufer und

Verkäufer der Aktien hin und her geschoben hatten, war bei der Firma *Silverluck* angekommen, weil sie selbst sich an dem Wahnsinn nicht hatte beteiligen können. Das gab den enttäuschten Männern den Rest. *Silverluck* wurde sang- und klanglos aufgelöst.

Während ich hier so tue, als hätte ich alle Zeit der Welt, über einen argentinischen Bankrott zu berichten, überschlugen sich an den Börsen die Ereignisse. Mit ihrem fantastischen Spekulationsgewinn kauften die Aliens nämlich weiter Aktien. Und jedes Mal wiederholte sich das Spiel. Sie kauften die Aktien eines fast bankrotten Raketenherstellers, dessen letzte Modelle samt und sonders kurz nach dem Start abgestürzt waren. Sofort prophezeiten die Analysten, diese Firma werde demnächst einen Taxidienst zu dem unbekannten Planeten betreiben, von dem die Aliens kamen. Dann kauften die Koofmichs Aktien einer Firma, die an der Veredlung von Lebensmitteln arbeitete, bislang aber nur Gemüse gezüchtet hatte, das definitiv ungenießbar war. Prompt verkündeten die Analysten, dass diese Firma demnächst für die Lebensmittelversorgung ferner Galaxien sorgen werde.

Und jedes Mal brach die schon bekannte Hysterie an der Börse aus. Immer wollten alle kaufen, was die Außerirdischen kauften, taten es auch und wurden prompt hereingelegt. Trotzdem machten beim nächsten Mal wieder alle mit. Denn, im Vertrauen gesagt, es finden sich auf dieser Welt immer genügend Leute, die mitmachen, wenn es heißt: Jetzt verdienen wir ganz viel Geld, ohne dafür auch nur einen Finger krumm zu machen.

Lange hielten die Börsen dieses Auf und Ab allerdings nicht aus. Das Geld und die Aktien wurden in atemberaubendem Tempo von rechts nach links und von oben nach unten getrieben, die Aktienkurse schwankten wie die Betrunkenen, und niemand wusste mehr, woran er war. Wenn das auch nur ein paar Stunden so weiterginge, würde an den Börsen eine Panik ausbrechen. Nicht einmal die Analysten hatten noch die leiseste Ahnung, was zu tun war, und das wollte wirklich etwas bedeuten. Demnächst würde man also die einzig mögliche Konsequenz ziehen müssen, und das hieß: Die Börsen müssten geschlossen werden. Niemand würde dann mehr Aktien kaufen oder verkaufen können.

Aber wäre das Problem damit gelöst?

Mitnichten! Denn aus einem geheimnisvollen Grund, den nicht einmal die Direktoren der Staatsbanken ganz genau kennen, müssen die Aktien dauernd gekauft und verkauft werden, weil sie sonst praktisch nichts mehr wert sind. Und wenn auf der ganzen Welt an keiner Börse auch nur die klitzekleinste Aktie mehr angeboten würde, dann würden tatsächlich mit einem Schlag alle Aktien, wirklich alle, vollkommen wertlos sein.

Wenn aber die Aktien wertlos würden, wären plötzlich auch die dazugehörigen Firmen wertlos. Warum das so ist, kann ebenfalls niemand so richtig erklären. Es ist ein Naturgesetz: Wenn die Aktien wertlos sind, dann ist auch die Firma wertlos. Basta! Egal, ob sie arbeitet oder nicht und ob sie Geld verdient oder nicht. Wenn die Aktie wertlos ist, dann will keiner die Produkte der Firma mehr kaufen. Niemand will ihr Geld leihen, damit sie neue Maschinen kaufen kann. Und selbst wenn sie noch Geld hätte, würde ihr keiner etwas verkaufen. So ist das!

Prompt würden dann die Arbeiter in den Fabriken ihre Maschinen abstellen, die Angestellten ihre Schreibtische verlassen. Niemand könnte sie aufhalten. »Eine wertlose Firma«, würden sie sagen, »wird uns bald keine Löhne mehr zahlen. Und bevor wir den ganzen Tag für nichts und wieder nichts arbeiten, gehen wir lieber nach Hause und pflanzen ein paar Kartoffeln in den Vorgarten, damit wir demnächst wenigstens etwas zu essen haben.«

Schlagartig würden überall auf der Welt die Fabriken stillstehen, die Züge würden nicht mehr fahren, und die Flugzeuge blieben auf den Flughäfen stehen. Die Schiffe würden nicht mehr ausgeladen, und die großen Weizenfelder in Amerika würden nicht mehr abgeerntet, weil auch die Aktien der Weizenindustrie wertlos wären. Mit einem Wort: Innerhalb von wenigen Stunden würde die schlimmste Wirtschaftskrise ausbrechen, die es jemals auf der Erde gegeben hätte.

Und das alles würde geschehen, weil der Kanzler den Koofmichs vor seiner Haustür den Geldhahn abgedreht hatte. Ralf Korbschläger war jetzt definitiv drauf und dran, der unbeliebteste Mensch auf der ganzen Welt zu werden.

Und das wusste er auch. »Was soll ich bloß tun?«, sagte er im Krisenstab. Aber die Frage hätte er sich sparen können, denn tatsächlich musste er erst einmal ununterbrochen telefonieren. Der Reihe nach riefen sie jetzt an, die Präsidenten und die Generalsekretäre und die Könige und die Premierminister aus aller Welt und natürlich auch die Präsidentinnen und die Generalsekretärinnen und die Königinnen und die Premierministerinnen. Und in allen Sprachen sagten sie alle nur den einen Satz: »Schaff sofort diese Chaoten weg! Oder halt sie wenigstens von der Börse fern!«

Worauf der Kanzler jedes Mal antwortete: »Ich tue mein Möglichstes!« Das wurde dann zwar gleich in die jeweilige Sprache des Anrufers übersetzt, aber natürlich war niemand mit dieser Antwort zufrieden.

Der Kanzler war jetzt so wütend auf die Koofmichs, dass er sich selbst kaum noch erkannte. Gerne wäre er handgreiflich geworden, aber der General Gerth weigerte sich nach wie vor, auf das Ufo zu schießen. Wir sollten ihm dafür ewig dankbar sein. Bekäme er einmal ein Denkmal im Tiergarten, so müsste man ihn mit beiden Händen in den Hosentaschen darstellen, so als würde er sagen: »Ich tu nix!« Solche Denkmäler gibt es viel zu selten.

Schließlich wollte der Kanzler gar nicht mehr telefonieren, aber man machte ihm ein Zeichen, dass es diesmal seine Mutter war, die mit ihm sprechen wollte.

»Hallo, Mama«, sagte der Kanzler. »Ich bin am Ende. Warum muss so etwas ausgerechnet mir passieren?«

»Das kenne ich«, sagte die Mutter. »Wenn du nicht mehr weiterweißt, schwimmst du im Selbstmitleid.«

Der Kanzler brummte etwas ins Telefon.

»Hör auf zu brummen«, sagte seine Mutter. »Vielleicht kann ich dir helfen. Ich habe meine Doppelkopf-Freundinnen gefragt. Und die hatten eine Idee, wie man diese Räuber wieder loswird.«

Der Kanzler hasste die Doppelkopf-Freundinnen seiner Mutter. Es war eine Bande von Besserwisserinnen, und außerdem waren sie bis zur Oberkante ihrer grellrot geschminkten Unterlippen voller Spott über alle anderen Leute als sie selbst.

»Ich bin ganz Ohr, Mama«, sagte er ins Telefon.

»Olivia und Renate sagen, ihr müsst den Koofmichs irgendwelche kaputten Sachen unterjubeln.«

»Aber sie schmeißen doch sowieso fast alles weg!«

»Ja«, sagte die Mutter. »Weil es ihnen nicht gefällt. Aber wenn sie was Kaputtes kriegen, dann werden sie es umtauschen wollen. Und wer schon mal versucht hat, etwas umzutauschen, der weiß, was für einen Stress das macht. Die Umtauscherei zerstört einem den ganzen Spaß am Einkaufen.«

»Ach, Mama«, sagte der Kanzler. »Du ahnst ja nicht, was passiert, wenn wir diesen Typen den Spaß verderben.«

»Nun gut«, sagte die Mutter. »Ich wollte nur helfen.«

»Danke, Mama«, sagte der Kanzler und beendete das Gespräch. Dann kletterte er auf einen Stuhl.

»Bitte alle herhören!«, rief er. »Anweisung Nummer eins. Die Kreditkarte der Aliens wird sofort wieder freigeschaltet. Anweisung zwei: Wir setzen eine Belohnung aus für denjenigen, der uns einen Tipp gibt, wie wir diese Bande wieder loswerden. Einen erfolgreichen Tipp natürlich.«

»Meine Rede«, sagte der Semiotiker Zettel hocherfreut. »Schwarmintelligenz. Ich formuliere gleich einen entsprechenden Aufruf an die Bevölkerung.«

»Nichts dergleichen werden Sie tun«, sagte der Kanzler von seinem Stuhl herab. »Noch einmal verärgern wir diese Monster nicht. Ich bitte um subtilere Vorschläge.«

Im Krisenstab setzte ein großes Gemurmel ein. Derweil konnte man dort auf den Monitoren verfolgen, wie die Aliens ihre Einkäufe mit der frisch freigeschalteten Kreditkarte auf die bekannte Art und Weise fortsetzten. Julian packte wieder aus, Charlotte tippte und prüfte, Christopher prüfte und schnippte. Niemand von ihnen beschäftigte sich mehr mit Aktien, und wenigstens für den Moment sah es so aus, als wäre die Weltwirtschaft gerettet. Allerdings steigerte Charlotte ihre Bestellgeschwindigkeit immer weiter und erreichte schon nach kurzer Zeit den Wert von fünfundsiebzig Bestellungen pro Minute.

Und nicht zu vergessen: In einer sehr gelassenen und souveränen Haltung stand unser Walter mittlerweile vor nicht weniger als sieben Müllautos, die in Reihe aufgestellt waren und auf deren Ladeflächen weiterhin der Koofmichs-Müll landete. Elektrische Zahnbürsten und Perserteppiche, Bohrmaschinen und Gartenleuchten, Aschenbecher aus rotem Marmor, faltbare Trockenhauben, Springseile, Kochbücher, Gartenbücher und Satellitenschüsseln.

Aber keine Luxusautos mehr. Immerhin.

Bloß weg mit diesen Typen

Am Abend dieses höchst ereignisreichen Dienstags stand der Hausmeister Patzek wieder auf dem Bürgersteig vor dem Kanzleramt. Er hatte keinen Besen dabei, sondern seinen grauen Motorroller. Neben ihm standen Vanessa und Fipp. Patzek hatte eine Zeit lang schweigend zum Ufo hinübergesehen, dann räusperte er sich, wie es Leute tun, die eine längere Rede halten wollen.

»Die Kerle sollen jetzt weg«, sagte er. »Es ist eine Belohnung für denjenigen ausgesetzt, der eine Idee hat, wie man sie loswerden kann. Ich weiß es aus allerhöchster Quelle. Aber es darf nichts davon in dieses verdammte Internet. Alles strengstens mündlich oder höchstens schriftlich.«

Tatsächlich hatte man sich im Krisenstab darauf geeinigt, einen Aufruf zur Sammlung von Ideen zu verbreiten, wie man die Koofmichs loswerden könnte. Aber er sollte nicht im Netz erscheinen, damit die Aliens keinen Wind davon bekämen. Man hatte ja gesehen, was passierte, wenn man sie ärgerte.

Doch wie das bewerkstelligen? Die beste Idee hatte der Psychologe Gelbsattel, der damit wieder ein paar Punkte gutmachte. »Wir müssen die alten analogen Kommunikationskanäle nutzen«, hatte er gesagt und es dann so ausführlich erklärt, dass alle es verstanden.

Schließlich hatte der Kanzler seinen Hausmeister Patzek zu einem persönlichen Gespräch in den Garten des Kanzleramts gebeten. »Patzek«, hatte er gesagt. »Der Staat braucht Ihre Hilfe.«

»Ich stehe zu Diensten«, hatte Patzek geantwortet. Hätte er seinen Besen dabeigehabt, dann hätte er ihn vermutlich wie ein Gewehr geschultert.

»Wir müssen etwas in die Welt setzen«, hatte der Kanzler gesagt. »Ein Gerücht, aber ohne den kleinsten Hinweis darauf, woher es stammt. Trauen Sie sich das zu?«

»Jawohl!«

Und ob er das tat! Hausmeister sind genial darin, Gerüchte in die Welt zu setzen. Außerdem kennen Hausmeister andere Hausmeister, die ihnen beim Verbreiten von Gerüchten helfen können. Und was in diesem Falle besonders wichtig war: Hausmeister verabscheuen das Internet wie den Teufel. Selbst das Telefon ist ihnen nicht geheuer. Sie lieben es vielmehr, in dunklen Korridoren und engen Hinterhöfen miteinander zu flüstern und zu tuscheln. Genau das war jetzt gefragt.

Der Kanzler hatte Patzek erklärt, worum es ging: eine fette Belohnung für den, der weiß, wie man die Koofmichs vertreiben kann. »Patzek«, hatte er abschließend gesagt, »Sie sind unser Mann. Wir verlassen uns auf Sie.«

Das alles war vor nicht mal einer halben Stunde passiert. Jetzt zog Patzek seinen grauen Sturzhelm auf und schwang sich auf seinen Roller, der mit ein paar kleinen Explosionen startete. »Ich bin dann mal los«, sagte er gegen den Motorenlärm. »Sag Mama, es wird heute später. Wartet nicht auf mich. Und wenn es schlecht ausgeht, behaltet mich in guter Erinnerung.« Damit brauste er los, an der Absperrung vor dem Ufo vorbei Richtung Tiergarten. Sollte man ihm dort einmal ein Denkmal errichten, dann natürlich mit Besen.

»Hast du gehört?«, sagte Vanessa. »Das ist unsere Chance. Wir melden jetzt, was wir wissen, und als Belohnung dafür bekommen wir Straffreiheit. Ab zum Kanzler!« Sie wollte schon los.

»Moment«, sagte Fipp. »Was wissen wir denn?«

»*Drei Dinge nehmen uns gefangen. Schönheit, Einzigartigkeit und Liebe*«, sagte Vanessa. Sie kannte den Alien-Text noch Wort für Wort, ohne ihn auswendig gelernt zu haben.

»Na klar«, sagte Fipp. »Und was bedeutet das bitte schön? Und wie soll es dabei helfen, die Koofmichs zu vertreiben? Glaubst du, das ist so eine Art Zauberspruch, mit dem man sie verjagen kann? Warum sollten die uns so was sagen?«

»Hm«, sagte Vanessa. Das bedeutete, dass sie keine von Fipps Fragen beantworten konnte.

»Siehste«, sagte Fipp.

Die beiden blieben dann noch eine ganze Zeit lang auf dem Bürgersteig stehen und sahen den Aliens aus der Entfernung beim Bestellen, Auspacken und Wegwerfen zu.

»*Schönheit, Einzigartigkeit und Liebe*«, sagte Vanessa alle zwei bis drei Minuten. Als wäre es tatsächlich ein Zauberspruch.

Fipp brummte etwas dazu. Irgendwann schlichen sich die beiden in die Hausmeisterwohnung und legten sich zu Bett. Aber schlafen konnten sie nicht.

Auch im Krisenstab schlief niemand, wenn ich mir diese nicht besonders originelle Überleitung gestatten darf. Noch vor Mitternacht hatte man hier umgeräumt. Ein paar der PCs und Monitore waren in die Ecke gerückt worden, und an den jetzt merkwürdig leer und nackt wirkenden Tischen saßen Leute, die Briefe lasen.

Richtig, Briefe! Geschriebenes auf Papier. Wie im 20. Jahrhundert und in den Jahrhunderten zuvor. Total oldschool. Dabei waren die meisten nicht einmal richtige Briefe, DIN-A4 im Umschlag, sondern bloß kleine Zettel oder irgendwelche Papierschnipsel, vielleicht von einem Rechenblock abgerissen oder von einer Tageszeitung. Geheime Boten brachten sie zum Hintereingang des Kanzleramts, von dem schon mehrmals die Rede war.

Auf manchen dieser Zettel oder Schnipsel standen ein paar Sätze, auf manchen auch nur ein paar Worte. Ein Mann aus Berlin-Reinickendorf, der seit Jahr und Tag unter einer juckenden Hautkrankheit litt, wollte die Außerirdischen anstecken, sodass sie zu ihrem Planeten zurückfliegen und sich in ärztliche Behandlung begeben müssten. Ein Junge aus Berlin-Neukölln schlug vor, sein Freund solle vor den Aliens Karaokesongs singen, das sei zum Weglaufen schrecklich. Ein Mädchen aus Königs Wusterhausen wollte für die Koofmichs backen, am besten Käsesahnetorte, davon sei bislang allen ihren Freundinnen schlecht geworden. Mehrmals kam auch der Vorschlag, man solle den Aliens Comedyshows oder Quizsendungen auf ihre Endgeräte spielen. Das müsste sie zurück auf ihren Planeten treiben.

Andere Vorschläge lauteten so: das Ufo mit Graffiti besprühen, den Platz davor mit extra lauten Laubsaugern bearbeiten, Flyer verteilen, auf denen steht: »Auf dem Mars ist alles umsonst«, eine besonders schlechte Fußballmannschaft vor dem Reichstag trainieren lassen, die Popikone Madilla Zirrus oder den Popkönig Dietmar Bretter zu offiziellen Alien-Kontaktperson ernennen, vor dem Ufo einen Catwalk für eine Model-Castingshow aufbauen und so weiter.

Mit einem Wort: alles Blödsinn und ohne jede Aussicht auf Erfolg. Man könnte auch sagen: Die Schwarmintelligenz versagte erneut. Wer würde schon so töricht sein, oder besser gesagt, so lebensmüde, um den Aliens mit juckenden Leuten, Karaokesängern, Hobbyköchen oder Laubsaugern auf die Pelle zu rücken?

Irgendwann zwischen spät in der Nacht und früh am Mittwochmorgen erklärte der Kanzler den Arbeitstag des Krisenstabs für beendet. Alle waren ihm dankbar, denn sie waren genauso enttäuscht und müde wie er. Der Hacker Harry war sogar vor seinem Monitor eingeschlafen, den Kopf im Müll rund um seine Tastatur vergraben.

Einzig die Aliens dachten nicht an Schlaf. Sie bestellten, packten aus und warfen weg, als gäbe es nicht Morgen und Abend, Tag und Nacht oder Gut und Böse.

Der Kanzler zieht die Notbremse

Am Mittwochmorgen waren alle wieder frühzeitig auf ihren Plätzen. Die Koofmichs sowieso, die mussten offenbar gar nicht mehr schlafen, alle drei hatten durchgemacht. Hinter ihnen erwachte Walter in der gemütlichen Schlafkabine eines topmodernen Müllautos, das man ihm zur Verfügung gestellt hatte. Im Krisenstab taten wieder alle ihre wenig erfreuliche Arbeit, auch Harry war aus seinem Tastaturschlaf erwacht. Die Familie Patzek inklusive Pflegesohn Fipp saß beim Frühstück.

Die anderen Millionen Menschen in Deutschland waren ebenfalls wieder auf ihren Posten, genau wie die restlichen Milliarden auf der ganzen Welt, soweit bei ihnen nicht gerade Nacht herrschte. Viele von ihnen waren sehr beschäftigt, die allermeisten mit dem, womit sie sich schon gestern und letzte Woche und in den letzten Jahren beschäftigt hatten. Sie gingen zur Arbeit, und die Arbeit ist nun mal nicht gleich verloren und vergessen, bloß weil ein paar Außerirdische gelandet sind. Schließlich wollen die Leute überall essen und trinken und noch so einiges mehr, und dafür müssen sie nach Kräften arbeiten.

Einige Leute hatten allerdings seit Kurzem eine neue Arbeit, oder besser gesagt: neue Projekte. Denn während sich leider nur sehr wenige Menschen ernsthaft Gedanken darüber machten, wie man die Außerirdischen loswerden könnte, arbeiteten andere sehr emsig daran, aus ihrer Anwesenheit irgendwie Kapital zu schlagen. In höchster Eile, und in schlechtester Qualität, wurden jetzt T-Shirts hergestellt, auf denen *Ich bin ein Koofmich* oder nur *Koof mich!* stand. Es gab Koofmich-Sticker und Koofmich-Buttons, Koofmich-Kaffeetassen, Koofmich-Geldbörsen, Koofmich-Baseballkappen, Koofmich-Badelatschen und billige Plastik-Ufos, die dem Ufo vor dem Reichstag überhaupt nicht ähnlich sahen. Das machte aber nichts, denn der ganze Ramsch wurde gekauft, als wäre er aus schierem Gold.

Auf den Auktionsplattformen im Internet wurden mehr und mehr Dinge angeboten, von denen es hieß, die Koofmichs hätten sie bestellt und gleich wieder weggeworfen. Sie erreichten sagenhafte Preise, dabei waren diese Angebote nichts als freche Lügen. Tatsächlich wurde der gesamte Alien-Schrott in einer besonders heißen Verbrennungsanlage unter wissenschaftlicher Aufsicht in Asche und Rauch verwandelt. Womöglich war er ja durch die Berührung mit den Koofmichs irgendwie verseucht.

Viele Firmen versuchten, Werbespots für ihre Produkte in den Koofmich-Dauersendungen des Fernsehens platzieren, um so besonders viele Zuschauer zu erreichen. Allerdings verlangten die Fernsehsender dafür gewaltige Summen, weil so wahnsinnig viele Leute noch immer zuschauten. Seit dem großen Koofmich-Angriff auf die Börse waren die Einschaltquoten sogar noch gestiegen.

Im Krisenstab hatte man inzwischen eine Zahl ermittelt. Oder besser: ein Datum. Wenn das Einkaufsverhalten der Aliens sich weiter so steigern würde, wie es das momentan tat, war damit zu rechnen, dass die Geldreserven der Staatsbank in sieben Tagen und fünf Stunden aufgebraucht wären. Der Assistent Blamberger überbrachte dem Kanzler diese

Nachricht, anschließend dachte er wieder über seine momentane Lieblingsidee nach. Er wollte auf die Galapagos-Inseln. Dort gab es nicht nur keine Aliens, sondern auch keine menschliche Zivilisation. Und wenn dort die Robben und Seelöwen an den Stränden bellten und brüllten, würde das sehr gut zu den Geräuschen in seinen Ohren passen.

»Hat jemand eine Idee?«, sagte gegen halb zehn der Kanzler. Er sagte es praktisch alle halbe Stunde, ohne dass er dabei auf die Uhr sehen musste.

»Ja, ich«, sagte die Staatsbankdirektorin Winterscheidt. Sie hatte gerade ihre dritte Tasse Cappuccino getrunken. »Die Idee ist mir heute Nacht im Traum gekommen, und gerade jetzt fällt sie mir wieder ein. Wir verkünden offiziell, dass wir eine Sondersteuer einführen, um die Bestände der Staatskasse wieder aufzufüllen. Ich hatte an zehn Euro pro Person und Woche gedacht. Das wären immerhin über drei Milliarden Euro im Monat. Damit könnten wir vielleicht die schlimmsten Finanzlöcher stopfen.«

»Heikel«, sagte der Psychologe Gelbsattel. »Das könnte die Leute verärgern.«

»Zehn Euro könnten die Leute verärgern? Das ist doch nicht viel.«

»Steuern sind immer zu viel«, sagte der Psychologe. »Egal, wie niedrig sie sind. Es könnte auch ein Euro sein, und die Leute würden Sturm dagegen laufen. Niemand will etwas für die Allgemeinheit opfern. Traurig, aber wahr.«

Alle stimmten ihm zu. Außer dem Kanzler. Der grinste nur übers ganze Gesicht.

»Das ist des Rätsels Lösung«, sagte er. »Eine Steuer! Wir werden den Leuten sagen, dass wir nicht darum herumkommen, wegen der Aliens eine neue Steuer zu beschließen. Eine

Art galaktischer Vergnügungssteuer oder so ähnlich« Dabei grinste er immer breiter.

Nun gibt es für Politiker eigentlich nichts zu grinsen, wenn sie neue Steuern beschließen müssen. Wer nämlich neue Steuern beschließt, der kann sicher sein, dass er bei den nächsten Wahlen nicht mehr gewählt wird. Da kann er dann Rosen züchten oder mit dem Dreirad einmal um die Welt fahren, und niemand wird ihm eine Träne nachweinen. Die Leute hassen die Steuern mehr als die Pest.

Dass der Kanzler dennoch grinste, lag daran, dass er eine Idee hatte. Endlich! Es war immer noch kein ausgefeilter Plan, um die lästigen Koofmichs loszuwerden, aber wenigstens ein Plan, wie man die Leute dazu bringen könnte, sich etwas Entsprechendes auszudenken.

»Ich will sofort auf Sendung gehen«, sagte er, und das wurde in aller Eile arrangiert. Ein Kameramann nahm den Kanzler ins Visier und sagte: »Achtung, Aufnahme!« Von anderswo her sagte jemand: »Wir sind jetzt live auf Sendung!«

»Liebe Mitbürger«, sagte der Kanzler und schaute dabei so gut gelaunt in die Kamera, als hätte er ewige Sommerferien zu verkünden. »Wie Sie alle wissen, haben wir seit letztem Freitag Besuch von lieben Gästen aus einer fernen Galaxie. Bislang hatten wir zwar leider nicht besonders viel Kontakt miteinander, aber es ist ja vollkommen verständlich, woran das liegt. Sie sehen selbst, dass unsere Freunde sich erst ein bisschen einrichten und es sich gemütlich machen wollen. Das würden wir schließlich alle tun, wenn wir eine so weite Reise gemacht hätten und in einer ganz und gar fremden Welt gelandet wären.«

Jetzt schaute der Kanzler ein wenig besorgter. »Leider«, sagte er, »gibt es ein klitzekleines Problem. Die Kosten für die Einrichtung und Ausstattung unserer lieben Gäste sind ein bisschen höher, als wir gedacht hatten.«

Er machte eine dramatische Pause.

»Und deshalb müssen wir leider eine neue Steuer einführen, um diese Ausgaben zu begleichen. Sie ist bereits beschlossen, tritt in einer Viertelstunde in Kraft und trägt den Namen *Alien-Bewirtungssteuer*. Für einen Normalverdiener beträgt sie hundert Euro am Tag. Kinder, Rentner und Arbeitslose zahlen die Hälfte, Millionäre zahlen das Fünfzigfache. Um die lästige Organisation zu vereinfachen, wird die Steuer gleich vom Lohn, der Rente, dem Taschengeld oder anderen Einkünften abgezogen beziehungsweise vom Bankkonto eingezogen. Außerdem werden alle Beamten der Finanzämter vierundzwanzig Stunden am Tag unterwegs sein, um Haustresore hinter Ölgemälden, Geldstrümpfe unter Matratzen und Sparschweine in Kinderzimmern zu kontrollieren und gegebenenfalls leer zu räumen.«

Noch eine dramatische Pause.

»Die *Alien-Bewirtungssteuer* gilt übrigens bis zu dem Zeitpunkt, da unsere lieben Freunde uns wieder verlassen. Danach wird sie augenblicklich nicht mehr erhoben. Ich danke Ihnen allen für Ihr Verständnis und wünsche Ihnen noch einen schönen und geruhsamen Tag.«

Muss ich sagen, dass das weder ein schöner noch ein geruhsamer Tag wurde? Nein, er wurde das gerade Gegenteil. Der Grund dafür lag auf der Hand: Die vom Kanzler angekündigte Steuer würde in wenigen Wochen praktisch jeden Bürger ruiniert haben, egal wie arm oder reich er vorher gewesen war.

Fast augenblicklich erhob sich, was man altmodisch einen »Sturm der Entrüstung« und modern einen »Shitstorm«

nennt. Schon nach wenigen Minuten bildeten sich im Netz Gruppen mit Namen wie *#aliensteuerhass* oder *#aliensteuertod,* und schon nach einer halben Stunde formierten sich überall in Deutschland, über Facebook und Instagram zusammengetrommelt, Flashmobs aus Tausenden von Menschen, die gegen die *Alien-Bewirtungssteuer* demonstrierten. In Berlin wollten diese Protestzüge zum Kanzleramt ziehen, aber Polizei und Bundeswehr hinderten sie daran. In die Gegend um das Ufo durften nur die Lieferwagen der Post fahren, und überall standen Doppelreihen von Polizisten und Soldaten, um niemanden sonst durchzulassen. Also drehten die Protestzüge irgendwo in Neukölln, in Moabit, im Wedding oder in Friedenau ihre Kreise. Das verkleinerte ihre Wirkung, aber es vergrößerte die Wut der protestierenden Menschen.

Ganz ungehemmt tobte diese Wut im Internet. Ich muss das nicht ausführlich beschreiben. Man kann es sich vorstellen. Die Steuerhassgruppen hatten innerhalb weniger Minuten Millionen von Mitgliedern und Followern. Und niemand wäre imstande gewesen, die Hassmails zu zählen, die der Regierung und besonders dem Kanzler galten.

»Wenn das nur gut geht«, sagte General Gerth im Krisenstab.

»Ich bin absolut zuversichtlich«, sagte der Kanzler. »Das wird unsere lieben Bürger auf Trab bringen. Wenn es an den eigenen Geldbeutel geht, werden sie erfinderisch. Wollen wir wetten, dass es gleich gute Ideen hageln wird?«

Aber niemand wollte mit ihm wetten, obwohl die meisten gar nicht seiner Meinung waren.

Schönheit, Einzigartigkeit und Liebe

Fipp und Vanessa saßen derweil in Vanessas Zimmer und grübelten immer noch über ihr Spezialproblem. Sollten sie jemandem das Geheimnis von *schrebergartenkolonieseelenfrieden.com* verraten? Vanessa war weiterhin dafür, Fipp dagegen. Manchmal tauschten sie neue Argumente aus, manchmal wiederholten sie die alten, aber die meiste Zeit saßen sie auf dem Boden und brüteten vor sich hin.

Irgendwann stand Vanessa auf und nahm ihre blonde Kiki vom Regal. »Sollen wir die mal fragen?«, sagte sie.

Fipp sagte: »Hä?«

»Na ja. Vielleicht versteht sie diese Alien-Typen. Jedenfalls war sie auch total heiß aufs Shoppen. Und sie war immer genauso unzufrieden mit ihren Einkäufen wie die Koofmichs da draußen. Ich glaube, die würden ganz gut zueinanderpassen.«

Fipp grinste. »Dann bring sie ihnen doch. Da hat sie's vielleicht besser als bei dir.«

»Und wenn sie sie wegwerfen?«

»Müsstest du dann heulen?«

»Blödmann«, sagte Vanessa und fuhr der Kiki mit einem kleinen silbernen Kamm durch die langen blonden Haare.

Fipp gluckste. »Gib's doch zu, du willst sie eigentlich loswerden, aber du schaffst es nicht, sie in die Tonne zu hauen. Ich kenne das. Ich hatte mal ein Fernlenkauto, nach dem ich mich dusselig gejammert hatte. Aber das Teil war grauenhaft, es fuhr eigentlich nur im Kreis und schluckte pro Minute eine Batterie. Ich hab's trotzdem nicht wegwerfen können. Wenn meine Eltern das rausgekriegt hätten, wäre ich erledigt gewesen. Ich hätte mir nie wieder was wünschen dürfen.«

»Hm«, machte Vanessa und kämmte weiter.

»Hey«, sagte Fipp. »Bei dir ist es anders, nicht wahr? Du feierst das Teil, oder?«

Er nahm Vanessa die Kiki aus der Hand, bevor sie es verhindern konnte, und sah die Puppe mit zusammengekniffenen Augen an. »*Schönheit, Einzigartigkeit und Liebe*«, sagte er. »Könnte es sein, dass die Koofmichs nach so einer wie der hier suchen?«

»Du spinnst«, sagte Vanessa.

»Na ja. Schön ist sie doch, oder?«

»Darüber gehen die Meinungen auseinander. Meine Freundin Annalena meint, Kikis sind schlecht proportioniert, haben ein Lineal verschluckt und eine Haut wie Plastik.«

»Gib's zu, du hast sie mal schön gefunden.«

»Und wenn schon. Aber sie ist nicht einzigartig. Es gibt Millionen davon.«

»Okay«, sagte Fipp. »Aber Liebe hat gestimmt, nicht wahr? Und Liebe macht alles, was man liebt, einzigartig.«

»Ist das von dir?« Vanessa zog die Kiki vorsichtig aus Fipps Händen.

»Nee. Das ist von meinem Vater. Das hat er meiner Mutter zu ihrem letzten Geburtstag gesagt. Das war voll peinlich.«

»Du bist ein Idiot«, sagte Vanessa. »Ich wollte, mein Vater würde so etwas ein einziges Mal zu meiner Mutter sagen.«

»Geschenkt. Komm, lass uns deine Kiki den Koofmichs bringen.«

»Können wir sie nicht mit der Post schicken?«

»Das dauert zu lange«, sagt Fipp. »Da steht sie tagelang im Stau. Du musst sie rüberbringen. Am besten jetzt gleich.«

»Ich weiß nicht«, sagte Vanessa.«

»Wenn du dich nicht traust, mache ich es.«

Vanessa drückte ihre Kiki an sich. Das sah ein bisschen rührend aus. Sie bemerkte es und wurde gleich wieder streng, weil es ihr peinlich war. »Moment mal!«, sagte sie. »Ich dachte, du hast Angst um dein Leben. Bislang warst du doch dafür, wir sollten hier sitzen bleiben und uns Augen, Ohren und Mund zuhalten.«

»Ich habe meine Meinung geändert«, sagte Fipp. »Ich will jetzt wieder ein Held sein. Einer meiner Von-Westen-Vorfahren hat bei der Belagerung von Groß-Kummersdorf im Jahr 1756 ganz alleine einen Schafstall gegen die feindliche Übermacht verteidigt. Seitdem sind in unserer Familie keine Heldentaten mehr vorgekommen.« Er stand auf. »Ich werde das jetzt ändern.«

Er schnappte sich wieder die Kiki und hielt sie hoch wie eine Fackel oder ein Schwert. »Auf zum Angriff!«, sagte er. »Jagen wir diese Typen aus unserem Schafstall.«

»Gib sie sofort wieder her!«, sagte Vanessa und riss ihm die Puppe aus der Hand, dass ihre blonden Haare nur so flogen. »Wenn sie einer zu den Koofmichs bringt, dann bin das ich. Verstanden?«

Fipp ging in die Knie, hob die Arme und ließ die Hände herunterhängen. Er sah aus wie ein Hund, der Männchen macht. »Wuff«, sagte er.

»Wenn du unbedingt ein Held sein willst«, sagte Vanessa, »dann mach mir jetzt einen Plan, wie ich zum Ufo komme.«

»Wuff, wuff«, sagte Fipp.

Vanessa musste lachen.

Im Krisenstab gab es derweil wenig zu lachen, um die wenig originelle Überleitung zu wiederholen. Die *Alien-Bewirtungssteuer* schien nicht auf Anhieb den erhofften Erfolg zu bringen. Statt sich auszudenken, wie man die Koofmichs loswerden könnte, protestierten die Leute lieber. Und sie protestierten nicht gegen die Koofmichs, sondern gegen die eigene Regierung und gegen den Kanzler. Sie trugen Transparente, auf denen »Kanzler go home!« oder »Keine Steuern für niemand!« stand. Und durch ihre Megafone riefen sie: »Wir sind das Volk und nicht die Koofmichs.«

Bald schon wurde es ziemlich schwierig, die Protestzüge von den Absperrungen in Berlin-Mitte zurückzuhalten. Besonders am Brandenburger Tor, von wo die Lieferwagen zum Platz vor dem Reichstag fuhren, hatte es schon Handgreiflichkeiten gegeben. Und immer noch war kein heißer Tipp im Krisenstab eingegangen, wie man die Dauereinkäufer loswerden könnte.

Derweil verpackte Vanessa ihre Kiki. Leider hatte sie die Original-Kiki-Schachtel schon vor einiger Zeit weggeworfen. Daher musste sie improvisieren. Als Erstes packte sie die Kiki in eine ziemliche Menge Watte, die sie aus dem Kosmetikvorrat ihrer Mutter stibitzte. Dann wickelte sie die üppig wattierte Kiki in Zeitungspapier, von dem auch eine Menge vorhanden war. Jetzt fehlte nur noch so etwas wie eine Schachtel. Nach langem Suchen fand sie einen Karton, der ungefähr die richtige Größe hatte. Sie musste allerdings zuvor den Rasenkantenschneider herausnehmen, den ihr Vater darin verwahrte.

»Perfekt«, sagte Fipp, der Vanessa begeistert zugesehen hatte.

»Nee«, sagte Vanessa. »Da fehlt noch was Hübsches drum

herum. Sonst machen sie es vielleicht gar nicht auf.« Tatsächlich war auf dem Karton eine eher langweilige Rasenkantenschere abgebildet.

»Vielleicht finde ich noch Geschenkpapier von Weihnachten«, sagte Vanessa. Das gab es tatsächlich, und mit vereinten Kräften wickelten die beiden den Karton in etwa zwei Meter rosafarbenes Papier, auf dem weiße und goldene Engel Harfe und Flöte spielten oder anderen weihnachtlichen Tätigkeiten nachgingen.

»Und du willst wirklich alleine da raus«, sagte Fipp, als Vanessa schließlich noch eine Schleife um das Paket band, deren rote Farbe ganz schlecht zu dem Rosa des Geschenkpapiers passte.

»Klar«, sagte Vanessa, klemmte sich den Karton unter den Arm und wollte los.

»Moment«, sagte Fipp. »Gehen wir noch einmal die Einzelheiten durch. Mein Plan ist ziemlich kompliziert.«

»Nicht nötig«, sagte Vanessa. »Dein Plan ist nicht kompliziert, und ich habe ihn verstanden.« Sie verstaute gerade ihre Haare unter einer Koofmich-Baseballkappe, die sie auf dem Flur vor ihrer Wohnung gefunden hatte.

»Okay«, sagte Fipp. »Aber ich gehe raus und schaue, ob der Weg frei ist. Vielleicht muss ich deinen Vater ablenken.«

Das war auch nicht nötig. Der Hausmeister Patzek war nirgendwo zu sehen. Vanessa winkte fröhlich ein paar Sicherheitsleuten zu, Fipp grinste immerhin, und so erreichten die beiden den Bürgersteig vor dem Kanzleramt.

»Komm heil wieder zurück«, sagte Fipp.

Vanessa machte das V-Zeichen.

Fipp druckste. »Eigentlich war es immer schön mit dir«, sagte er.

»Hä?«, sagte Vanessa. »Wird das jetzt so was wie ’ne Liebeserklärung?« Und sofort tat ihr leid, was sie gesagt hatte.

»Never!«, sagte Fipp schnell.

»Dann ist ja gut.« Vanessa gab ihm einen Kuss, der knapp neben seinem rechten Ohr landete. Schon war sie weg. Sie ging an der Absperrung vor dem Ufo entlang nach rechts in den Tiergarten. Unauffällig trabte sie am Denkmal der Kanzlerin vorbei, dann schlug sie, so wie Fipp es geplant hatte, einen großen Bogen. Der führte sie vorbei am Brandenburger Tor über den Potsdamer Platz und die Leipziger Straße, bis sie in Höhe des Kaufhauses Schnick die Friedrichstraße erreichte. Von dort ging sie zurück in Richtung Linden, wo sich die Lieferwagen stauten.

Das war allerdings erheblich einfacher gesagt als getan. Aus allen Seitenstraßen der Friedrichstraße kamen Lärm und Geschrei. Immer mehr Protestzüge versuchten, sich ihren Weg in Richtung Brandenburger Tor und Reichstag zu bahnen, und immer mehr Polizei und Soldaten versuchten, sie daran zu hindern.

Zwei Querstraßen vor den Linden hielt ein Polizist Vanessa an. »Durchgang gesperrt, Kleene«, sagte er und sah nicht aus, als würde er darüber diskutieren wollen.

»Mach mal ’ne Ausnahme, Kleener«, sagte Vanessa. Sie hielt den wohlverpackten Karton hoch. »Hier sind ’n paar Sachen für meine Oma drinne. Tabletten und so. Sie wohnt am Bahnhof Friedrichstraße und traut sich wegen der Koofmichs nich mehr vor die Tür. Ick muss ihr die Sachen bringen, sonst jeht ihr Blutdruck durche Decke.«

»Aha«, sagte der Polizist. »Und warum diese reizende Verpackung?«

»Hat Oma ausdrücklich drum jebeten. Soll aussehn wie ’n

Weihnachtsjeschenk. Sie sagt, die Koofmichs wären jottlose Kreaturen, und so ’n Karton mit Engelkens druff, den würden’se nich anpacken.«

Der Polizist war sich ziemlich sicher, dass Vanessa ihn anlog, aber unterhaltsam lügen zu können galt in der Hauptstadt Berlin immer schon als schätzenswerte Eigenschaft. Außerdem rollte gerade ein neuer Protestzug aus einer Seitenstraße.

»Mach dich davon«, sagte der Polizist. »Aber pass auf dich auf! Hier brennt gleich die Luft.« Und schon lief er, um sich der wütenden Menschenmenge entgegenzustellen. Vielleicht lief er auch vor ihr weg. Wer weiß das schon?

Vanessa ging weiter Richtung Linden. In einem Hauseingang, der tief in das Gebäude hineinreichte, lag neben anderen Sachen ein Parka auf dem Boden. Wer weiß, was hier passiert war. Vanessa zog den Parka an und klappte die Kapuze über ihre Kappe. Das Teil war ihr viel zu groß, oberhalb ihrer Knie war nichts mehr von ihr zu erkennen. Wieder auf der Straße, konnte sie das in einer Schaufensterscheibe kontrollieren. Jetzt war sie für die Tausenden von Überwachungskameras nur noch ein Parka mit Beinen.

Endlich erreichte sie die Linden. Langsam ging sie an den Lieferwagen entlang, die hier Schlange standen. Jetzt hieß es, den richtigen Moment zu erwischen. Zum Glück gab es hier keine Polizisten und Soldaten mehr, die hatte man wohl alle zu den Protestzügen geschickt, genau wie Fipp es vorausgesehen hatte. Nicht lange, und Vanessa hatte gefunden, was sie suchte. Ein »trojanisches Pferd«, wie Fipp es genannt hatte. Oder anders gesagt, ein Lieferwagen, in dem sie sich verstecken konnte und der sie zu den Koofmichs bringen würde.

Ihre Wahl fiel auf einen Wagen der Firma *Stil & Blüte*, der den Aliens vermutlich ein Blumengebinde bringen sollte. Der Fahrer lehnte neben dem Wagen und rauchte. Als er ausgeraucht hatte, warf er die Kippe vorschriftswidrig auf die Straße und öffnete kurz die hintere Tür. Vielleicht wollte er sehen, ob noch eine realistische Chance bestand, seine Blumen abzuliefern, bevor sie komplett verwelkt waren. Da ertönte ein Pfiff, was wohl bedeutete, dass es ein Stück weiterging. Der Fahrer klappte die hintere Tür zu, schloss sie aber nicht ab. Er stieg auf den Fahrersitz, und im selben Moment kletterte Vanessa in den Laderaum. Gleichzeitig mit dem Fahrer zog sie die hintere Tür ins Schloss, sodass es nur ein einziges Geräusch gab.

Das hatte gut funktioniert! Oder besser gesagt: Das hätte gut funktioniert, wäre Vanessa nicht sofort ein süßlicher Duft in die Nase gestiegen, der sie mit großer Macht zum Niesen zwang. Sie hielt mit großer Macht dagegen, kniff mit zwei Fingern ihre Nase zusammen und atmete durch den Mund. Außerdem versuchte sie, an irgendetwas zu denken, das nicht süßlich war.

Es ist allerdings schwierig, seine eigenen Gedanken von etwas weg zu zwingen. Das ist so, als würde man versuchen, zehn hungrige Welpen von ihren Futternäpfen fernzuhalten. Man schafft es vielleicht mit zweien, aber kaum will man sich um die anderen acht kümmern, hängen die zwei schon wieder über dem Futter. Und zu allem Übel ging es langsam voran in der Kolonne der Lieferwagen, entsetzlich langsam.

Tatsächlich dauerte es eine gefühlte Ewigkeit, bis Vanessa in ihrem Blütenversteck durchs Brandenburger Tor rollte. Zum Glück hatte sie einen kleinen Lüftungsschlitz in der Seitenwand des Lieferwagens gefunden, und durch den konnte sie immer wieder etwas von der angenehm unsüßlich verpesteten Abgasluft einatmen, die von den vielen Autos produziert wurde. Vom Brandenburger Tor aus dauerte es noch einmal eine Dreiviertelstunde, bis der Lieferwagen von *Stil & Blüte* endlich vor dem Tisch mit den drei Koofmichs anhielt. Der Fahrer stieg aus, öffnete die hintere Tür – und wurde starr vor Schreck.

Das war ein Teil des Plans. Und gleich folgte der nächste.

»Guten Tag«, sagte Vanessa. »Mein Name ist Vanessa Patzek. Ich freue mich, Sie kennenzulernen.« Sie streckte ihm quer durch die Blütenpracht ihre Hand entgegen. »Wie ich das sehe, haben Sie jetzt zwei Möglichkeiten. Entweder A: Sie machen einen totalen Aufstand, dann landen wir im Gefängnis oder gleich auf dem Müll. Oder B: Sie tun, als wäre alles total normal, und dann haben wir eine reelle Chance, in ein paar Minuten aus dem Wahnsinn hier rauszukommen. Nun – wie lautet Ihre Wahl? A oder B?«

Der Fahrer nickte nur zur Antwort, was wohl B bedeuten sollte. Er zerrte das Blumengebinde aus dem Wagen und wurde von Carola Braun persönlich zum Alien-Empfangstisch geführt. Ein paar Sekunden später hüpfte Vanessa aus dem Wagen, und in dem Moment, da der Alien Julian das Blumengebinde, an dem es nichts auszupacken gab, an die Alien Charlotte weiterreichte, hielt sie ihm ihren phänomenalen Schleifenkarton entgegen. Julian guckte ein bisschen verdattert, Vanessa machte noch einen hübschen Knicks als Zugabe, Julian nahm das Paket, und was dann geschah, sahen weder Vanessa noch der Fahrer, denn da saßen sie schon wieder im Lieferwagen und fuhren zurück Richtung Brandenburger Tor.

Sie schwiegen dabei. Wie es häufig ist, wenn zwei Menschen ein großes Abenteuer gemeinsam überstanden haben, hatten sie sich nichts mehr zu sagen. »Sie können mich hier irgendwo rauslassen«, sagte Vanessa kurz vor dem Potsdamer Platz, was der Fahrer auch tat. Wir können davon ausgehen, dass die beiden sich in ihren ganzen Leben nicht wiedersahen. Und wahrscheinlich waren sie beide recht froh darüber.

Vanessa brauchte dann ziemlich lange, um sich wieder zum Kanzleramt durchzuschlagen. Sie wollte quer durch den Tiergarten gehen, das hätte normalerweise keine halbe Stunde gedauert, aber auch dort tobte jetzt der Aufstand. Es gab Straßensperren und Polizisten mit Plexiglasvisieren, woraufhin die Demonstranten versuchten, sich durch Bäume und Büsche zu schlagen. Immer wieder musste Vanessa den Protestzügen ausweichen. Neben einem kleinen Teich stand ein Wasserwerfer, der gerade nachgetankt wurde, worüber sich die Enten lautstark beschwerten. Gelegentlich erschienen auch die Tiere, die man sonst nie sah.

Irgendwann trennte sich Vanessa von ihrer Kappe und dem Parka. Als es dämmerte, bekam sie es ordentlich mit der Angst zu tun. Wer will schon eine Nacht im Wald mit einer wütenden Menschenmenge und aufgebrachten Tieren verbringen. Aber schließlich mogelte sie sich mit etwas Glück zwischen den Protestzügen und den Polizisten hindurch und schaffte es nach Hause, bevor es gänzlich dunkel wurde.

Vanessa sieht sich selbst

Vanessas Empfang verlief eher unspektakulär. Um ihre Eltern zu täuschen, hatte Fipp wieder eifrig Nachhilfegeräusche produziert. Aber das wäre wahrscheinlich gar nicht nötig gewesen. Denn seit vor ein paar Stunden eine unidentifizierbare Person den Koofmichs einen albernen und der Jahreszeit unangemessen verpackten Karton überreicht hatte, klebten buchstäblich alle Menschen vor den Bildschirmen. Abgerechnet nur die, die in der Berliner Innenstadt mit der Polizei Nachlaufen und Wasserschlacht spielten.

Ohne auf jemanden zu stoßen, der ihr unangenehme Fragen gestellt hätte, erreichte Vanessa ihr Zimmer. Fipp sprang auf, als die Tür ging. »Endlich«, sagte er. »Wo hast du bloß gesteckt?«

»Na, wo wohl?«, sagte Vanessa. »Ziemlich viel Verkehr da draußen. Und? Hat man's gesehen?«

Sie zog den Laptop zu sich. Das TV-Dauerbild vom Platz vor dem Reichstag zeigte einen leeren Tisch unter dem Zelt. Keine Koofmichs zu sehen.

»Schau an«, sagte Vanessa. »Machen die auch mal Pause?«

»Würde ich nicht so nennen«, sagte Fipp. »Warte. Gleich werden sie es wieder zeigen. Sie zeigen es alle fünfzehn Minuten.«

»Was?«

»Deinen Superauftritt natürlich! Und was danach kam.«

Es dauerte tatsächlich nur eine kurze Zeit, bis der Moderator die Wiederholung einer Szene ankündigte, die sich vor ein paar Stunden abgespielt habe. Man sah, wie ein Lieferwagen der Firma *Stil & Blüte* vor den Koofmichs anhielt. Dann sah man eine unidentifizierbare Person, eine Art Parka auf Beinen, mit einem rötlichen Paket aus dem Laderaum steigen und selbiges Paket an den Auspacker-Alien übergeben. Kurz darauf waren die Person und der Lieferwagen wieder verschwunden.

Aber was war daran Außerordentliches, dass man es dauernd wiederholte? Vanessa wollte es wissen.

»Wart's ab«, sagte Fipp. »Jetzt kommt's!«

Zuerst sah man den Auspacker, wie er mit leichtem Kopfschütteln die Schleife und das Weihnachtspapier von dem ehemaligen Rasenkantenschneiderkarton schälte. Dann ließ er den Karton elegant auseinanderfallen und wickelte mit noch deutlicherem Kopfschütteln das Zeitungspapier und die Watte ab, bis er Vanessas ehemalige Kiki in Händen hielt. Das hatte wohl etwas länger gedauert als das routinemäßige Auspacken, jedenfalls schaute die Alien Charlotte schon etwas ungeduldig. Sie hatte auch das Tippen eingestellt. Julian reichte ihr die Kiki und machte dazu eine Bewegung, die der irdischen Bewegung für »Keine Ahnung, was das soll« oder »Wer zum Teufel hat das bestellt?« sehr ähnlich sah: Er zog beide Schultern hoch und ließ sie wieder fallen.

Charlotte packte die Kiki bei ihren langen, schmalen Beinen und drehte sie ein paarmal hin und her, dabei nahm ihr Gesicht teils nachdenkliche und teils erstaunte Züge an. Schließlich stellte sie die Kiki auf die bekannte Art und Weise vor sich in die Luft und wedelte mit der Hand, sodass ihre blonden Haare höchst dekorativ flatterten.

Und dann sagte Charlotte ein Wort! In einem fragenden

Tonfall. Höchst deutlich, wenngleich höchst unverständlich. Es lautete: »Lümpanaran?« Man hörte es überall auf der ganzen Welt. Und man verstand es nirgends.

Inzwischen hatte Julian das Annehmen und Auspacken weiterer Lieferungen eingestellt und war ganz nah an Charlotte herangerückt. Dasselbe galt für Christopher, der sowieso nichts mehr zum Wegwerfen hatte.

»Lümpanaran?«, wiederholte Charlotte. Sie erhob sich, und die beiden anderen taten es auch. Und richtig, sie machten die Drei-Finger-Geste, doch diesmal blieben sie sehr lange in dieser Stellung, und dabei wiederholten sie mindestens zwölf Mal: »Lümpanaran.« Diesmal ganz ohne den fragenden Tonfall.

Endlich lösten sie sich voneinander. Ohne dass man sehen konnte, wer sie fernsteuerte, schwebte die Kiki Richtung Ufotüre und verschwand im Dunkel dahinter. Die Koofmichs folgten ihr, langsam und gemessen. Es sah aus wie der Einzug einer Festgesellschaft in eine Festhalle. Oder in eine Kirche. Hinter den vieren schloss sich zum ersten Mal seit Tagen die Tür und war nicht mehr als Tür zu erkennen.

»Wow!«, sagte Vanessa. »Haben die schon rausgekriegt, dass ich das war?«

»Nope«, sagte Fipp. »Sie sagen, sie haben keine Ahnung.«

»Und? Was läuft? Hab ich jetzt die Menschheit gerettet?«

»Möglich«, sagte Fipp. »Oder im Gegenteil.«

Der Gesang der Koofmichs

Ähnlich unsicher war man sich auch im Krisenstab. Dort lief die Kiki-Szene seit Stunden in Endlosschleife. Und ebenso endlos musste der Hacker Harry allen Fragern bestätigen, dass die Koofmichs sich definitiv keine Spielzeugpuppe der Firma *Kiki Enterprises* bestellt hatten.

»Jetzt haben wir den Salat«, sagte der Semiotiker Zettel. »Jetzt ist der größte anzunehmende Unfall passiert. Irgendjemand hat den Aliens etwas untergeschoben, das sie nicht bestellt haben. Haben Sie gesehen, wie unprofessionell diese Puppe eingepackt war? Und dieser Parka hat sich zweifellos unerlaubterweise in die Lieferkette hineingeschmuggelt.«

Er war ganz aufgeregt. »Ein Terrorist ist das. Oder von mir aus eine Terroristin. Und was er da platziert hat, das ist eine schmutzige Bombe. Sie hat das gesamte Zeichensystem der Außerirdischen gesprengt. Ich rechne jede Minute mit dem Allerschlimmsten.«

Bekanntlich hatte niemand im Krisenstab Zettels Produktalphabettheorie so richtig ernst genommen. Jetzt allerdings, da alle unter Schock standen und keiner sich einen Reim auf die Ereignisse machen konnte, war Zettel wieder im Aufwind. Auch wenn er nur düstere Prophezeiungen abgab.

Das ärgerte den Psychologen Gelbsattel. »Diese Deutung der Ereignisse kann ich überhaupt nicht teilen«, sagte er. »Sie haben doch alle mit eigenen Augen gesehen, wie positiv die Aliens auf dieses Püppchen reagiert haben.«

»Von wegen Püppchen«, sagte die Staatsbankdirektorin Winterscheidt. »Es handelt sich eindeutig um eine *Kiki de luxe*.« Sie hatte drei Töchter und wusste, wovon sie redete.

»Von mir aus *Kiki de luxe*«, sagte Gelbsattel. »Egal. Ich habe in den Gesichtszügen der Aliens etwas gesehen, von dem ich nicht geglaubt hätte, dass ich es dort einmal entdecken würde. Und ich scheue mich nicht zu sagen, was es war. Es war Glück! Tiefempfundenes Glück.«

»Völliger Blödsinn«, sagte Zettel. »Es war Verzweiflung. Ein wahrscheinlich über viele Jahre geplantes und durchgeführtes Unternehmen droht zu scheitern, weil irgendein unverantwortlicher Mitmensch sich einen albernen Scherz erlaubt hat.«

Gelbsattel wollte antworten, aber Harry krähte in die Diskussion. »Null«, sagte er. »Keinerlei Alien-Netzaktivität mehr. Alles tot. Sozusagen.«

»Die Stadt übrigens auch«, sagte ein für den Verkehr zuständiges Mitglied des Krisenstabs. »Der Stau der Lieferwagen beginnt mittlerweile im Osten schon in Köpenick und im Westen am Wannsee. Wenn die Fahrer mitkriegen, dass es nicht mehr weitergeht, befürchte ich auch von ihrer Seite einen Aufstand.«

»Sie haben Sorgen«, sagte General Gerth. »Wir haben es jetzt mit über dreißig einzelnen Protestzügen in der Innenstadt zu tun, und dauernd bilden sich neue. Einen konnten wir gerade noch an der Friedrichstraße zurückdrängen, bevor er auf die Lieferwagen getroffen wäre. Aber die größte Sorge macht uns der Bereich Tiergarten. Im Wald ist alles so unübersichtlich. Demnächst ist es dort stockdunkel, und dann werden wir überrannt. Dann werden die Demonstranten den Zaun vor dem Ufo erreichen.«

Nur einer beteiligte sich nicht an dem aufgeregten Gespräch. Es war der Kanzler. Ihm ging etwas anderes durch den Kopf. Bei seinem Amtsantritt hatte man ihm eine Fluchtroute erklärt, die er im äußersten Notfall nehmen könnte. In einer der Toiletten des Regierungsbunkers befand sich eine Kabine, zu der nur er einen Schlüssel besaß. Aus dieser Kabine führte ein streng geheimer Notausgang in einen unterirdischen Tunnel, der viele Kilometer weit unter der Stadt verlief. Der Tunnel war gerade hoch und breit genug, dass man mit einem Elektroroller hindurchfahren konnte. An seinem Ausgang wartete ein unauffälliges Wohnmobil der Marke *Globetrotter*. Es hatte einen extra großen Tank randvoll mit Benzin, und in seinem Kühlschrank lag eine Menge luftdicht eingeschweißter Verpflegung. Man könnte damit in einem Rutsch bis nach Genua oder Lissabon fahren. Der Geheimdienst hielt das für die unauffälligste Art und Weise, den wichtigsten Mann im Staat notfalls in Sicherheit zu bringen. Und jetzt sah sich der Kanzler hinter dem Lenkrad des Wohnmobils, ein kaltes Sandwich in der Hand und vor sich eine Autobahn nach Süden. Neben ihm saß seine Frau, hinten spielten die Kinder mit dem Hund Adele. Es war das mit Abstand Schönste, was er sich momentan vorstellen konnte.

Und war es vielleicht auch das Sinnvollste? Denn wenn er ehrlich mit sich selbst war, musste er eingestehen, dass er als Kanzler und als Chef des Alien-Krisenstabs gründlich versagt hatte. Statt mit den Außerirdischen in Kontakt zu treten, hatte er ihnen bloß bei ihren rätselhaften Einkaufsorgien zugesehen und ihre Rechnungen bezahlt. Und statt die berühmte Schwarmintelligenz gegen die Koofmichs zu aktivieren, hatte er einen Straßenkrieg über Steuererhöhungen ausgelöst. Es war für ihn wohl an der Zeit, mit dem Rest seines Lebens etwas ganz anderes anzufangen. Wenn das überhaupt noch möglich war.

»Ich fress 'nen Besen!« Das war Harrys Krähstimme, die den Kanzler aus seinen Gedanken riss. Alles eilte vor die Monitore.

Und was sah man?

Gerade öffnete sich die Tür am Ufo, aber heraus schwebten nicht gleich die Aliens, sondern – ja, richtig, es waren all die Dinge, die die drei Koofmichs in den letzten Tagen für würdig befunden hatten, nicht auf der Müllkippe, sondern in ihrem Kofferraum zu landen. Ich kann hier wirklich nicht alles aufzählen, doch unter anderem schwebten da herbei: ein Eierkocher mit Temperaturanzeige, eine elektrische Fahrradpumpe, eine definitiv nicht goldene Armbanduhr, eine mehrfach verwendbare Mausefalle, ein sehr kleiner Notenständer, ein elektronischer Bilderrahmen, total veraltet, ein Vogelhäuschen, ein Patentwischmopp mit Fliehkraftschleuder, ein Salatbesteck in Form von Störchen, ein äußerst kitschiges Designerhandy mit falschen Diamanten drauf, ein Reisigbesen aus nachhaltiger Produktion, ein Hundespielzeug, das die Intelligenz stärken sollte, eine Handfräse und ein Set mit Bocciakugeln.

Das alles und noch sehr viel mehr kam in der Luft zu stehen, sodass die Kamera es einfangen konnte. Ein paar Minuten später schwebten die Aliens Julian und Christopher herbei. Sie blieben oben neben den Dingen und arrangierten sie sehr sorgfältig mit ihren ausgestreckten Zeigefingern, bis ihre Einkäufe so angeordnet waren wie die Zuschauer in einem Zirkus, wenn sie rund um die Manege auf Tribünen sitzen.

Schließlich kam die Alien Charlotte aus dem Ufo. Zusammen mit den beiden anderen bewegte sie sich in die Mitte der schwebenden Gegenstände, dort vollführten sie ihre Drei-Finger-Geste. Und dann sangen sie. Ja, sie sangen! Gemeinsam, laut und deutlich, auf eine geheimnisvoll zitternde und wabernde Melodie, und sie sangen immer wieder und wieder das eine Wort, das ich hier, um Platz zu sparen, nur einmal hinschreibe: »Lümpanaran.«

Es war ein trauriger, aber auch ein stolzer Gesang, ähnlich denen, die man auf der Erde an hohen Feiertagen anstimmt. Wahrscheinlich ging es darin um etwas Wichtiges, vielleicht sogar um das Wichtigste im ganzen Universum. Aber vielleicht war es auch ganz anders. Niemand hatte bislang verstanden, wer die Aliens waren und was sie wollten. Würde sich das vielleicht ändern, wenn sie sangen?

Der Gesang der Koofmichs dauerte fast eine Stunde. Weil aus dem Krisenstab keine gegenteilige Anordnung kam, wurde er über alle Fernsehsender übertragen, und jeder, der wollte, konnte zuhören. Fast alle taten es, die Leute zu Hause und die Leute in den Lokalen und Geschäften, in denen Fernseher aufgestellt waren.

Und ob man es glaubt oder nicht: Der Gesang zeigte eine ganz besondere Wirkung. Wer ihn hörte, wurde ruhig und gelassen, friedlich und zufrieden. Die Leute vor den Fernsehern kuschelten sich aneinander, sie legten einander die Arme über die Schultern und die Hände auf die Köpfe. Viele öffneten die Fenster und drehten die Lautstärke auf, sodass der Gesang der Koofmichs hinaus auf die Straße dringen konnte. Die Fahrer der Lieferwagen im Stau hörten auf, zu hupen und zu schimpfen. Und es dauerte nicht lange, da sah man überall auf den Straßen von Berlin die Demonstranten und die Polizisten und die Soldaten, wie sie friedlich und einvernehmlich nebeneinandersaßen und den Tönen aus einer fremden Welt lauschten. Selbst die Protestler im Tiergarten, die kurz davor gewesen waren, zum Ufo vorzudringen, wurden vom Gesang der Koofmichs erreicht, worauf sie sich mit den Polizisten hinter den Straßensperren verbrüderten. Schließlich war der außerirdische Gesang in der Stille der Stadt Berlin das einzige Geräusch.

Und er war es auch in den sonst so lauten Städten wie New York oder Mumbay, Tokio oder Moskau, Paris oder Buenos Aires. Er war es sogar in den Wäldern rund um die Forsthäuser, in denen ein Fernseher stand, in den Weiden rund um die Schäferkarren und im ewigen Eis rund um die Wetterstationen. Er war's auf den Schiffen, die durch die Weltmeere fuhren, und in den Flugzeugen, die darüber hinwegflogen. Überall tönte es zu der fremden Melodie: »Lümpanaran, Lümpanaran.«

Still war es auch in all den Fernsehstudios, von wo der Gesang der Aliens um die ganze Welt verbreitet wurde. Niemand wollte mehr einen Ufologen oder sonst einen Experten befragen, und niemand wollte sich mehr vordrängen, um seine Meinung zu sagen. Es schien, als seien das Fragen und das Meinen im Handumdrehen überflüssig geworden. Eine Mode von gestern, die heute nur noch albern erscheint.

Abflug

»Ich glaub, mich tritt ein Pferd.«

Wer sonst sollte das sagen als Harry? Der Mann mit der Vorliebe für altmodische Redewendungen.

Die Koofmichs hatten schließlich ihren Gesang beendet. Sie zogen sich an die Ränder ihres luftigen, wie soll ich sagen: Gabentisches zurück, Julian und Christopher an den linken, Charlotte an den rechten Rand. Und dann schwebte, ohne dass einer von ihnen auch nur den kleinsten Finger gehoben hätte, die Kiki aus dem Ufo. Sie schwebte in die Mitte der Manege, also zu dem Ort, um den herum die Einkäufe in der Luft standen. Und kaum war sie dort angekommen, fingen die Dinge an, sie langsam zu umkreisen, manche einzeln und für sich allein, andere in Paaren und wieder andere in Gruppen. Zwei Salzstreuer hatten einen Würfelbecher in die Mitte genommen, die besagten Bocciakugeln ritten auf einem kleinen Staubsauger, und ein Set von sechs Sektgläsern bildete eine Polonaise. So kreiste alles langsam und anmutig um die Kiki, die dazu ihre Arme ausbreitete, ganz von selbst, ohne dass jemand sie ihr gebogen hätte. Dazu wehten ihre extra langen und extra weichen blonden Haare im Wind.

»Ich erkläre den Alien-Krisenstab für aufgelöst«, sagte der Kanzler tief unten im Bunker. »Unsere Arbeit ist getan. Man muss wissen, wann Schluss ist. Sonst macht man sich lächerlich.«

Alle sahen ihn erstaunt an.

»Ich weiß nicht, was da draußen passiert«, sagte der Kanzler. »Und von Ihnen weiß es auch keiner. Also sollten wir nicht länger an unseren Posten und Titeln kleben. Treten wir zurück, mischen wir uns wieder unter die anderen Menschen, und hoffen wir mit ihnen, dass nichts Schlimmes passiert.«

Fast alle blieben stumm, einige nickten, ein paar Leute wischten sich eine Träne aus dem Auge, darunter die Direktorin Winterscheidt.

Einzig General Gerth hatte einen Einwand. »Herr Kanzler«, sagte er, »bei allem Respekt. Aber diese Stille da draußen könnte sehr gut die berüchtigte Ruhe vor dem Sturm sein. Für mich sieht das, was die Aliens da machen, wie eine Beschwörung aus. Vielleicht bereiten sie sich auf einen Großangriff vor.«

»Das mag sein«, sagte der Kanzler. »Vielleicht habe ich in diesem Land demnächst nichts mehr zu sagen, weil es dieses Land nicht mehr gibt. Aber bevor es so weit ist, möchte ich wenigstens noch Sie alle in einen schönen Feierabend entlassen. Ich danke Ihnen für Ihre Hilfe, auch wenn sie so gut wie nichts gebracht hat. Manchmal ist man einfach überfordert, und dann ist es wohl das Beste, wenn man es zugibt und still und bescheiden seines Weges geht. Und genau das werden wir jetzt alle tun.«

Es gab einen leisen, aber freundlichen Beifall. Dann packten alle ihre Siebensachen und wünschten einander eine gute Nacht. Der Psychologe Gelbsattel und der Semiotiker Zettel wollten noch irgendwo gemeinsam ein Bier trinken. Die Direktorin Winterscheidt wollte noch einmal alle Tresore der Staatsbank persönlich überprüfen, schlug es sich aber aus dem Kopf. Geld wird womöglich überschätzt, dachte sie.

Der Gedanke gefiel ihr. Und selbst General Gerth konnte sich plötzlich vorstellen, einmal gar nichts mehr zu befehlen. Nur dem Hacker Harry fiel es schwer, seinen PC zu verlassen.

Auf der Straße vor dem Kanzleramt gaben sich alle noch einmal die Hände und verschwanden dann zu Fuß in verschiedene Richtungen. Nur der Kanzler blieb noch auf dem Bürgersteig stehen, um aus der Entfernung zuzusehen, wie die Dinge weiter und weiter um die Kiki kreisten.

Da trat der Hausmeister Patzek an ihn heran. »'tschuldigung«, sagte er. »Meine Tochter, die Vanessa, die würde gerne mit Ihnen reden. Wäre das ausnahmsweise möglich?«

»Aber selbstverständlich«, sagte der Kanzler, der sich so frei fühlte wie selten zuvor.

Vanessa war nicht alleine gekommen. Fipp war neben ihr. »Wir müssen Ihnen was sagen«, begann sie. »Was Schlimmes, leider!«

»Nur zu«, sagte der Kanzler. »Angesichts der Verhältnisse möchte ich annehmen, dass es nicht so furchtbar schlimm ist.«

»Doch«, sagte Vanessa. »Es ist furchtbar schlimm. Das mit der Drohne, das waren nämlich wir.«

»Hoppla!«, sagte der Kanzler. »Das ist nun wirklich eine Überraschung.«

»Und das ist noch nicht alles.« Vanessa holte tief Luft, dann sagte sie: »Seitdem die Drohne da drin ist, sprechen die Koofmichs mit uns. Das heißt, zweimal haben sie mit uns gesprochen. Beim ersten Mal haben sie gesagt, das man nichts machen soll. Da haben wir dann auch nichts gemacht.«

»Das hört sich immerhin klug an«, sagte der Kanzler.

»Aber beim zweiten Mal, da haben sie gesagt: *Drei Dinge nehmen uns gefangen. Schönheit, Einzigartigkeit und Liebe*.«

»Schönheit, Einzigartigkeit und Liebe«, wiederholte der Kanzler.

»Ja, genau. Wir haben lange hin und her überlegt, ob wir's Ihnen sagen sollen, aber wir haben uns nicht getraut.«

»Nun gut«, sagte der Kanzler. »In der Tat ein schlimmer Streich, das muss ich sagen. Aber angesichts der allgemeinen Lage ist heute ausnahmsweise alles vergeben und vergessen.«

Er wollte schon weitergehen, aber Vanessa hielt ihn an seinem Jackettärmel zurück.

»Leider ist das noch nicht alles«, sagte sie. »Die Person in dem Parka, die den Koofmichs die Kiki untergejubelt hat, das war ich.«

»Donnerwetter!«, sagte der Kanzler. »Sollten noch einmal Geschichtsbücher auf diesem Planeten geschrieben werden, wird man dir wahrscheinlich ein ganzes Kapitel darin widmen. Für mich gibt es sicher nur zwei Zeilen mit hässlichen Bemerkungen.« Er lachte.

»Es tut uns wirklich sehr leid«, sagte Vanessa.

»Echt sehr leid«, sagte Fipp.

»Nun denn.« Der Kanzler machte die übliche Handbewegung des Verzeihens. »Es ist geschehen, was geschehen ist. Schwamm drüber. Reden wir von etwas anderem. Hättet ihr vielleicht Lust, euch diesen Zirkus da hinten mal aus der Nähe anzusehen? So richtig in echt und in Farbe? Ich würde gerne noch einen Blick darauf werfen, bevor ich nach Hause gehe und mich ins Bett haue.«

»Klar!«, sagten Vanessa und Fipp gleichzeitig. Patzek hätte diese Exkursion gerne verboten, aber noch war der Kanzler sein Chef. Also gingen der erste Mann des Staates und die beiden reumütigen Koofmich-Verschwörer an der Absperrung entlang, bis sie auf gleicher Höhe waren wie der kreiselnde Gabentisch der Aliens mit der Kiki in seiner Mitte. Dort blieben sie stehen und sahen durch den Zaun dem Schauspiel zu.

Und wie sie da standen und schauten, da spürten sie, dass sie nichts mehr verstehen und nichts mehr erklären wollten. Die Zeit fürs Verstehen und Erklären war wohl vorbei. Es war ein seltsames Gefühl, das Gefühl einer angenehmen Leere und Leichtigkeit. Der Kanzler wünschte sich, er wäre jetzt der hölzerne Nussknacker, der da oben um die Kiki kreiste. Fipp hätte mit dem silbernen Käsehobel tauschen wollen. Und Vanessa wünschte sich natürlich, sie selbst wäre die Kiki im Zentrum der kreisenden Dinge.

Vielleicht hätten die drei noch länger so dagestanden, ganz vertieft in ihre Gefühle und Wünsche. Aber da trat ein Obergefreiter der Bundeswehr an sie heran. »Herr Kanzler«, sagte er, »verzeihen Sie, dass ich Sie einfach so anspreche. Aber ich habe keinen Funkkontakt zum Krisenstab mehr, und ich brauche dringend eine Anweisung.«

»Worum handelt es sich, mein lieber Mann?« Der Kanzler sagte es in dem gütigen Ton, in dem die Könige im Puppentheater sprechen.

»Da hinten im Tiergarten, nicht weit von hier, da rotten sich Menschen zusammen.«

»Ich dachte, es ist wieder ruhig auf den Straßen, und die lieben Bürger sind friedlich gestimmt durch den Gesang der Außerirdischen.«

»Ja, das stimmt«, sagte der Soldat. »Die Leute da drüben im Tiergarten wollen auch bestimmt keinen Krawall. Nein, wirklich nicht. Aber ich mache mir trotzdem Sorgen. Es sind nämlich, wie soll ich sagen –« Er sprach seinen Satz nicht zu Ende.

»Nur heraus mit der Sprache«, sagte der Kanzler gutmütig.

»Okay. Also, es sind lauter Mädchen. Wirklich nur Mädchen. Na ja, ein paar ganz kleine haben ihren Papa oder ihre Mama dabei. Und alle haben so eine«, er machte eine Bewegung hin zu dem Koofmich-Kreisel, »alle haben so eine Puppe dabei.«

»Ach!«, sagte der Kanzler. Und plötzlich klang er nicht mehr wie der gütige und etwas verträumte König. Er klang vielmehr wie ein gewiefter Politiker, der blitzschnell eine neue Lage analysiert und seine Schlüsse daraus zieht.

»Sie meinen eine *Kiki*?«

»So heißt sie wohl«, sagte der Soldat, der weder Söhne noch Töchter hatte.

»Und wie viele sind es?«

Der Soldat zuckte die Schultern. »Die sind nicht leicht zu zählen. Sie sind ja so klein. Und sie wuseln dauernd durcheinander. Aber es sind ziemlich viele, und es werden dauernd mehr.«

»Haben sie gesagt, was sie wollen?«

»Nicht so genau. Außerdem haben sie so hohe Stimmen, und sie reden auch immer alle durcheinander. Aber ich denke schon, dass sie zu den Koofmichs, Pardon, dass sie zu den Außerirdischen wollen. Das können wir natürlich nicht zulassen. Aber wie gesagt, es werden immer mehr, und ich kann doch nicht kleine Mädchen verhaften. Da wüsste ich jetzt wirklich gerne, was ich machen soll.«

»Das sollen Sie erfahren«, sagte der Kanzler. »Das sollen Sie wirklich erfahren. Ich befehle hiermit: Lasset die Kindlein zu mir kommen!«

»Wie bitte?«, sagte der Soldat.

»Sie haben mich schon verstanden. Bringen Sie die Kinder

genau hierhin. Alle. Und dass mir auch nicht eines zurückgelassen wird! Verstanden?«

»Jawohl«, sagte der Soldat und sah den Kanzler an, als hätte er einen vierten Außerirdischen vor sich.

»Vorher lassen Sie schnell ein Loch in den Zaun schneiden, genau hier, wo ich jetzt stehe. Ein schönes großes Loch. Und passen Sie auf, dass es an den Rändern nicht zackig ist. Es soll sich ja niemand verletzen, nicht wahr?«

»Niemand verletzen«, sagte er Soldat. »Wird gemacht.« Er sprach in sein Funkgerät, und schon kamen Soldaten mit Drahtscheren, die den Absperrzaun auf eine Länge von mindestens dreißig Meter aufschnitten.

Das ging schnell, und kaum war es getan, da kamen sie. Waren es hundert Mädchen? Nein, es waren sicher mehr als hundert. Eher dreihundert. Und hinter ihnen kamen noch immer mehr aus dem Tiergartenwald hervor.

Mädchen, so weit man sehen konnte. Dazwischen ein paar Männer und Frauen, die besonders kleine Mädchen auf dem Arm oder auf den Schultern trugen. Mädchen mit blauen und mit braunen Augen, mit Röcken und Jeans, mit heller und dunkler Haut, mit langen blonden und kurzen roten Haaren, mit Zöpfen und Pferdeschwänzen und grünen Punkfrisuren.

Und alle, wirklich alle, hielten sie etwas in der Hand, hielten es hoch und schwenkten es hin und her. Manche warfen es sogar in die Luft und fingen es wieder auf.

Und alle riefen sie etwas, lauter und lauter, immer dasselbe Wort.

Was sie riefen?

»Kiki!«, riefen sie. »Kiki! Kiki! Kiki!«

Und was hielten sie in den Händen?

Kikis natürlich! Hunderte von Kikis.

Das alles sahen jetzt die Menschen an den Fernsehschirmen überall auf der Welt. Und sie sahen auch, wie die Aliens unruhig wurden und auf das Loch im Zaun schauten, durch das jetzt langsam und gesittet die Mädchen unter den schwebenden Gabentisch traten, ihre Kikis mit beiden Händen auf die Brust gedrückt. Währenddessen drehten sich noch immer die Einkäufe der Koofmichs um Vanessas schwebende *Kiki de luxe* in ihrer Mitte.

Die drei Aliens ließen sich auf den Boden herab, und Charlotte machte einen zögernden Schritt auf die Mädchen zu. »Lümpanarana?«, sagte sie. Ihre Stimme klang unsicher und gebrochen. »Lümpanarana?«

War das vielleicht die Mehrzahl von Lümpanaran?

»Kiki! Kiki!«, riefen die Mädchen zurück. »Kiki!«

Näher und näher rückten sie heran, bis sie endlich einen Halbkreis um den schwebenden Gabentisch bildeten. Und immer enger wurde dieser Halbkreis, bis in seiner Mitte nur noch Platz war für die drei Aliens und die kreisenden Dinge.

Da löste sich ein kleines, sehr rothaariges Mädchen von den anderen und trat so nahe vor die Alien Charlotte, dass sie sie mit ihren kurzen Armen hätte berühren können. Das tat sie aber nicht. Sie hielt nur ihre Kiki so hoch sie konnte über ihren Kopf.

Es war eine besondere Kiki. Im Fernsehen konnte man es nicht erkennen, das Mädchen war ja so klein und wurde von den anderen verdeckt. Aber der Kanzler und Vanessa und Fipp, die in der ersten Reihe standen, sahen es genau. Da trat der Kanzler vor und hob das Mädchen hoch, so hoch, dass ihre Kiki über alle Köpfe ragte und auch von der Kamera gesehen wurde.

Also ging das Bild dieser einen Kiki um die Welt. Es war ein arg ramponiertes Exemplar. Einer ihrer Arme war mit Klebeband notdürftig festgemacht, und ihre Haare waren verfilzt. Außerdem hatte sie einen linken Fuß aus blauem Knetgummi, einen bösen Kratzer am Kinn und eine etwas schiefe Nase. Sie trug zerrissene Jeans und ein fleckiges T-Shirt.

»Hier, schau!«, sagte das kleine rothaarige Mädchen.

Die Alien Charlotte trat vorsichtig einen halben Schritt zurück.

»Hier, schau!«, sagte das Mädchen noch einmal. »Das ist meine Kiki. Die hab ich so lieb. Meine Kiki wünscht sich ein silbernes Pony. Kaufst du meiner Kiki ein silbernes Pony?«

Fünf Sekunden lang blieb es noch still. Vermutlich stiller, als es jemals auf der Welt gewesen war, seit sich die Menschen auf ihr zu schaffen machten. Doch dann zerriss ein Schrei die Stille, ein Schrei, der furchtbarer war als so manches Furchtbare, das man schon gehört hatte. Es war Charlotte, die so schrie, und mitten in ihrem Schrei warf sie sich herum und sprang mit einem einzigen Satz in das Ufo. Julian und Christopher folgten ihr im Abstand von wenigen Sekundenbruchteilen. Hinter ihnen schloss sich die Tür und verschwand, und im selben Moment fielen die kreisenden Dinge scheppernd und klirrend zu Boden. Einzig Vanessas Kiki schwebte noch, mit ausgebreiteten Haaren und wehendem Haar.

»Kiki! Kiki! Kiki!«, riefen die Mädchen jetzt wieder.

»Kiki, Kiki, Kiki!«

Doch da ging schon ein leichtes Zittern durch das Ufo, seine Spinnenbeine klappten zuckend ein, und es stand frei in der Luft. Ein leises Sirren hob an, und das Raumschiff stieg in den Himmel über Berlin. Auf Höhe der Reichstagskuppel verharrte es ein paar Sekunden, dann verschwand es in der dunklen Weite. Keine der vielen Kikis, die die Mädchen ihm hinterherwarfen, traf es mehr. Und endlich sank auch Vanessas Kiki herab, ihrer ersten Besitzerin in die Arme.

Nachspiel

Eigentlich ist es schlechter Stil, ganz am Ende einer Geschichte noch eine neue Figur einzuführen. Ich kann es aber nicht ändern, denn sonst müsste ich etwas Wichtiges ganz und gar verschweigen.

Kurz bevor das Ufo abhob, betrat die Reinigungskraft Almira Mohamaddian einen verlassenen Raum im obersten Stockwerk des Krankenhauses Charité. Sie wischte den Boden und fand dabei eine der beiden Glaskugeln, von denen hier schon ausführlich die Rede war. Sie hob sie auf und überlegte, ob sie jemanden kannte, dem man das Ding schenken könnte. Sie trat damit ans Fenster.

Von hier aus konnte man den gut beleuchteten Platz vor dem Reichstag sehen, aber was genau dort gerade passierte, war aus der Entfernung nicht zu erkennen. Womöglich gab es einen Menschenauflauf am Zaun. Almira hielt sich die Glaskugel vors rechte Auge und kniff das linke zu. Jetzt sah sie das Ufo inmitten der farbigen Schlieren, die durch die Kugel liefen.

Da plötzlich hob das Ufo ab und stieg in den Himmel. Almira verfolgte es mit ihrem Blick durch die Glaskugel. Dabei sagte sie laut: »Ihr bescheuerten Koofmichs. Jetzt macht ma die Biege und kreuzt hier die nächsten tausend Jahre nich mehr uff.« Dann steckte sie die Glaskugel in ihre Schürzentasche. Sie hatte selbst drei Kinder und mehr als ein Dutzend Neffen und Nichten. Irgendjemand würde sich schon für dieses Kugeldings interessieren.

Ich hoffe jetzt inständig, meine Leser haben begriffen, was diese kleine Episode bedeutet. Ich werde es nicht erklären!

Abspann

Man kennt das aus Filmen: Wenn die Geschichte zu Ende ist, läuft noch ein Abspann, in dem kurz erzählt wird, was später aus den Personen geworden ist. Ich bin eigentlich kein Freund davon. Ich finde, wenn eine Geschichte zu Ende ist, dann ist sie zu Ende. Basta. Soll sich jeder Leser selbst ausdenken, was aus den Personen noch werden soll.

Genau so wollte ich es auch halten. Aber die Menschen, die dieses Buch verlegen, haben mich gebeten, noch einen Abspann zu schreiben. Und es sind nette Menschen, ich kann ihnen einfach nichts abschlagen!

Ralf Korbschläger wurde bei der nächsten Wahl mit knapp über 99 Prozent aller Stimmen wieder zum Kanzler gewählt. Er hatte zwar unablässig beteuert, er habe die Welt nicht vor den Koofmichs gerettet, aber das wurde ihm als übertriebene Bescheidenheit ausgelegt. Er regierte dann mit seiner PEP, der Partei für ernsthafte und entspannte Politik, die bald so viele Mitglieder hatte wie das Land Bürger. Es ist zu erwarten, dass ihm in späteren Geschichtsbüchern besonders lange und lobende Kapitel gewidmet werden.

Vanessa Patzek erhielt ein Stipendium der Bundesregierung und studierte Intergalaktische Kommunikationswissenschaft, ein Fach, das speziell für sie erfunden und eingerichtet wurde. Mit dreiundzwanzig Jahren wurde sie Professorin und hielt überall auf der Welt Vorträge. *Kiki Enterprises*, das Unternehmen, das die Kiki herstellt, bot ihr einen hoch bezahlten Beraterposten an, aber Vanessa lehnte ab. Sie heiratete und bekam vier Söhne, die sich für teure Puppen nur dann interessiert hätten, wenn es nichts anderes auf der Welt gegeben hätte, um damit auf ihren schlammigen Berliner Bolzplätzen die Tore zu markieren.

Philipp Franziskus und so weiter wuchs später zu einer überraschenden Größe von ein Meter vierundachtzig, verlor aber früh seine roten Haare. Seinen Namen ließ er offiziell in Filip West ändern, ganz ohne von und zu, und er wurde Seemann. Er brauche, sagte er, viel frischen Wind um die Nase, einen freien Blick auf den Horizont und ganz viele total reale Dinge. Über Aliens und dergleichen sprach er selten. Nach einigen Jahren auf Tankern und Frachtern wurde er Kapitän auf einem schneeweißen Kreuzfahrtschiff von dreihundert Metern Länge. Er galt als streng und korrekt, war aber bei Besatzung und Passagieren sehr beliebt. Gelegentlich kontrollierte er, ob die Seite *schrebergartenkolonieseelenfrieden.com* womöglich wieder aktiv war. Aber das war sie nicht, und darüber war er froh.

Das Ehepaar Patzek kaufte sich von einer hohen Belohnung, die der Kanzler persönlich angeordnet hatte, ein hübsches Haus im Spreewald mit einer angrenzenden Gärtnerei. Dort bauten sie die berühmten Spreewald-Gurken an. Sie sind sehr glücklich geworden, und von Wilfried Patzek heißt es, er sei der am wenigsten griesgrämige Mensch im südlichen Brandenburg.

Roman Blamberger war nach der Auflösung des Krisenstabs nach Hause gegangen, um endlich etwas gegen die Geräusche in seinen Ohren zu unternehmen. Als er seine Wohnung betrat, hob das Ufo gerade von der Erde ab. Blamberger schaltete seinen PC ein und ging ins Internet, um die Webseiten von Ohrgeräuschselbsthilfegruppen zu besuchen. Dabei geriet er versehentlich, oder sagen wir: mit halber Absicht, ins Internetkaufhaus *Horrizon*, wo man ihm gerade ein paar Sachen zum Kaufen anbot, nach denen er immer schon gesucht hatte. Er klickte sich dann durch Seiten mit Gesundheitssandalen und Fensterreinigern und entschied sich schließlich für ein wirklich praktisches Teil, mit dem man das Shampoo an die Wand der Duschkabine klemmen konnte, damit es einem nicht immer so schmerzhaft auf die Zehen fiel. Darüber wurde er müde und ging zu Bett. Seine Ohrgeräusche waren da schon verschwunden, aber das merkte er erst beim Aufwachen am nächsten Morgen, als er von nichts als süßer Stille umgeben war. Er kündigte seinen Job als Assistent des Kanzlers und wurde als Seiteneinsteiger Lehrer an einer Grundschule in Berlin-Neukölln.

Der Psychologe Gelbsattel und der Semiotiker Zettel schrieben in den nächsten Jahren jeweils sieben ziemlich dicke Bücher über den Besuch der Koofmichs auf der Erde. Sie stellten darin Hunderte von Theorien auf, und jeder widerlegte in seinen Büchern die Theorien des anderen. Die Bücher waren in einer weitgehend unverständlichen Wissenschaftssprache geschrieben, wurden aber trotzdem massenhaft verkauft, denn immerhin hatten ihre Verfasser jenem legendären Krisenstab angehört, der unter der Leitung des Kanzlers die Aliens von der Erde vertrieben hatte. Gelbsattel und Zettel verdienten ein Vermögen mit ihren Büchern, und das sei ihnen auch gegönnt. Privat wurden sie dicke Freunde und fuhren zusammen mit ihren Familien mindestens einmal im Jahr gemeinsam in Urlaub.

Der Staatsbankdirektorin Leona Winterscheidt war der letzte Gedanke, den sie bei der Auflösung des Krisenstabs gedacht hatte, nicht mehr aus dem Kopf gegangen. Er hatte gelautet: »Geld wird womöglich überschätzt.« Sie kündigte ihren Job und widmete sich fortan der Forschung. Dazu unternahm sie lange Reisen zu Völkern in Zentralneuguinea und Südamerika, bei denen kein Geld wie das unsere verwendet wird. Man hat dann irgendwann nichts mehr von ihr gehört. Womöglich ist sie an einem Ort geblieben, an dem man Geld nicht einmal kennt. Oder keines will.

General Gerth blieb General. Ständig grübelte er darüber, ob er die Schlacht um die Erde gewonnen oder ob er sie verloren hatte oder ob sie womöglich gar nicht stattgefunden hatte. Zum Glück sprach er nie über seine Grübeleien und machte bis zu seiner Pensionierung einfach weiter wie bisher.

Der Obergefreite, der ganz am Schluss der Geschichte noch eine kleine, aber nicht unwichtige Rolle gespielt hatte, blieb ebenfalls bei seinem Job. Im Gegensatz zu seinem General erzählte er aber allen, die nicht schnell genug wegliefen, dass er an einem Mittwochabend in Berlin die Schlacht um die Erde gewonnen hatte. Er, praktisch im Alleingang und nur bewaffnet mit einer Drahtschere. Man hörte ihm gerne zu.

Der PC-Nerd und Hacker Harald »Harry« Klusen wurde, bitte festhalten, Schriftsteller. Seine Bücher handeln, was nun wirklich kein Wunder ist, samt und sonders von der Landung außerirdischer Besucher auf der Erde. Und natürlich finden sie reißenden Absatz. Bemerkenswert ist allerdings, dass Harry alle seine Bücher mit der Hand schreibt, ja, sogar mit Tinte und Feder. Hinten auf seinen Büchern sind Fotos von ihm abgebildet, auf denen er mit seinen altmodischen Schreibwerkzeugen in seinem ebenfalls altmodischen Gartenhäuschen sitzt und weise vor sich hin lächelt.

Walter Friedemann Schlehdorn arbeitete noch eine Zeit lang bei der Berliner Müllabfuhr als Koordinator für Entsorgungsspezialfälle. Aber nicht lange, dann wurde er als Experte für Sondermüll von der Stadtverwaltung von Peking abgeworben, mit einem geradezu unverschämt hohen Gehaltsangebot. Wahrscheinlich wird das nicht seine letzte Stelle sein. Wer sich mit Müll auskennt, macht heutzutage schnell Karriere.

Carola Braun arbeitete nach ihrem kurzzeitigen Einsatz als Politessenchefin wieder als Postbotin. Man musste sie aber entlassen, weil alle ihre Kunden sie unablässig auf ihr Alien-Abenteuer ansprachen und Carola daher nicht mehr als drei oder vier Pakete am Tag zustellen konnte. Mit der großzügigen Abfindung, die sie bekam, eröffnete sie im Tiergarten, ziemlich nah am Kanzleramt, einen kleinen Kiosk mit ein paar Tischen und Stühlen davor. Sie hätte sich damit dumm und dusslig verdienen können, leider quasselte sie dauernd mit ihren vielen Gästen über die Aliens. Glücklich wurde sie trotzdem. Oder besser gesagt: gerade deswegen. Den kleinen

Griffel, mit dem die Alien Charlotte unterschrieben hatte, hat Carola übrigens nicht verkauft. Stattdessen hängt er an einer dünnen Kette um ihren Hals. Ein denkbar unattraktiver, aber zweifellos ein besonderer Talisman.

Earl J. Waggadorn III., der die Kringellogofirma ein bisschen vorschnell an seinen kleinen Produktionsdirektor verkauft hatte, konnte später erfolgreich behaupten, so ein Unsinn sei nie und nimmer passiert. Also blieb bei Kringellogo alles, wie es war. Der *Superflash* wurde, nachdem die Aliens die Erde verlassen hatten, der berühmteste Turnschuh der Welt und noch jahrelang hergestellt. Die Firma wird inzwischen von Waggadorns Tochter geleitet, von Early J. Waggadorn IV.

Rabindranath Wilson konnte *Horrizon* nicht zu *Interstellar* und auch nicht zum Weltmarktbeherrscher machen. Die gefeuerte junge Frau veröffentlichte nämlich im Internet einen Mitschnitt seiner berühmten Rede, die hier ausführlich wiedergegeben wurde. Der Mitschnitt bekam mehr als drei Milliarden Dislikes und hat der Firma jahrelang sehr geschadet. Wilson wurde rasch entlassen und zog sich ins Privatleben zurück. Gelegentlich organisierte er noch Flohmärkte in seiner Nachbarschaft.

Der Kaufhausdirektor Benno Marx, die Kassiererin Pauline Schwerdtfeger, der Besitzer des Computerladens und Sophies Vater befreundeten sich während der Zeit, da man sie in der Charité auf Alien-Spuren untersuchte. Später taten sie sich zusammen, um voll ausgestattete PC-Zelte im Alien-Style herzustellen und zu verkaufen. Das Geschäft lief glänzend. Tausende von stubenhockerischen PC-Nerds zogen jetzt mit ihrer Hardware in die freie Natur, weil das als cool und trendy galt. Man mag darüber denken, wie man will. Immerhin heiterte der Geschäftserfolg Sophies Vater merklich auf. Manchmal lachte er ganze Viertelstunden lang scheinbar grundlos vor sich hin.

Bleibt noch das kleine rothaarige Mädchen, das die Aliens mit ihrer arg ramponierten Kiki möglicherweise so erschreckt hatte, dass sie etwas überstürzt die Erde verließen. Seit damals kursieren um sie die verrücktesten Geschichten. Allerdings war sie nach ihrem Auftritt spurlos verschwunden. Man hat sie weder auffinden noch identifizieren können, obwohl – oder besser: weil – sehr viele rothaarige Mädchen später behauptet haben, sie seien es gewesen, die mit ihrer Schrott-Kiki die Aliens verjagt hätten. Man musste den Fall auf sich beruhen lassen.

Und was ist aus Sophie und dem Blondbart geworden? Was fragt ihr? Ich sagte es doch schon: Keine Ahnung. Ich weiß es nicht. Ich habe nicht den leisesten Schimmer.

Oder glaubt etwa jemand, dass ich lüge?

© Bogenberger Autorenfotos

Burkhard Spinnen hat sich fast sein ganzes Leben lang mit Büchern beschäftigt. Er hat Literatur studiert und an der Universität unterrichtet. Er schreibt Romane und Erzählungen und Texte fürs Radio. Er liest sehr gerne vor, anfangs vor allem seinen beiden Söhnen Caspar und Jacob, aber die sind jetzt erwachsen und lesen selbst. Alle zehn Jahre schreibt er ein Buch für junge Leser, *Fipp, Vanessa und die Koofmichs* ist sein drittes. Wenn er gerade nicht schreibt oder liest oder vorliest, fährt Burkhard Spinnen mit seinem rot-weißen Motorroller durch die Gegend oder geht mit seiner Frau und den beiden Labradoren Monty und Adele spazieren.

Für junge Leser sind von ihm bei Schöffling & Co. erschienen: *Belgische Riesen* (2000) und *Müller hoch Drei* (2009).